The Voyages of Doctor Dolittle

The Voyages of Doctor Dolittle

둘리틀
박사의
모험
2

둘리틀 박사의 바다 여행

휴 로프팅 | 임현정 옮김

궁리
KungRee

일러두기 |

1 · 이 책은 『The Voyages of Doctor Dolittle』(J. B. Lippincott Company, 1922)을 우리말로 옮긴 것입니다.

2 · 이 책을 읽다가 범포 왕자와 그의 고향 아프리카 사람들을 묘사하는 일부 대목에서 불편함을 느낄 독자들도 있을 것입니다. 이 책을 만든 저희도 그런 불편함을 똑같이 느꼈으며, 영미권의 다른 출판사들처럼 그런 대목을 빼고 출판하는 것도 고려해 보았습니다.

하지만 이 책은 1922년에 씌어졌습니다. 아무리 뛰어나고 훌륭한 사람이라도 자신이 살아가는 시대적 환경에서 완전히 자유로울 수는 없는 법입니다. 그 시대를 뛰어넘어 사랑받는 작품이라면 아마도 그런 결점을 뛰어넘을 무언가가 있기 때문이겠지요. 그래서 저희는 그런 대목을 마음대로 솎아내기보다는 그대로 두기로 결정했습니다.

이 책이 처음 발표되었던 시절의 독자들과는 달리 우리는 학교 교육과 독서, 뉴스 등 여러 매체를 통해 그런 묘사가 올바르지 않음을 배웠습니다. 이 책을 쓴 휴 로프팅이 살던 시절보다 우리가 사는 세상이 조금 더 나은 방향으로 변하였기 때문이겠지요.

콜린과 엘리자베스에게

차례

4부

5부

6부

들어가는 말

내가 둘리틀 박사님에 대해 쓴 모든 글은 그 일들이 일어난 후 오랜 기간이 지난 다음 박사님을 아는 사람들로부터 들은 이야기다. 실제로 많은 부분은 내가 태어나기도 전에 일어난 일이다. 하지만 이번에는 내가 직접 보고 겪었던 이 위대한 사람의 삶에 대해 적어 보려 한다.

아주 오래전에 박사님은 내게 본인 이야기를 써도 된다고 허락해 주셨다. 하지만 그때 우리 둘은 세계를 돌아다니고 모험을 하면서 노트를 자연사 지식으로 채우느라 정신없이 바빴기 때문에 자리에 앉아서 우리가 한 일에 대해 쓸 시간이 없었다.

물론 이제 나는 꽤 나이가 들었고 기억력 역시 예전 같지 않다. 그래서 기억이 가물거리거나 확실하지 않을 때마다 앵무새 폴리네시아에게 물어보곤 한다.

이 멋진 새(이제 거의 250살이 되어 간다.)는 내가 이 책을 쓰는 동안 책상머리에 앉아서 뱃사람의 노래를 흥얼거리곤 한다. 폴리네시아를 만나 본 사람들이라면 다 인정하듯이 폴리네시아의 기억력은 이 세상 그 누구도 따라올 수 없다. 확실하지 않은 게 있으면 폴리네시아가 언제나 나를 깨우쳐 주곤 한다. 그 일이 어떻게 일어났으며 거기에 누가 있었는지, 그 일에 대한 모든 걸 내게 정확히 말해 준다. 사실 이따금 이 책은 내가 쓴 게 아니라 폴리네시아가 썼다고 해야 하는 게 아닐까 싶다.

어쨌든 이제 시작해 보겠다. 먼저 나 자신에 대해서, 그리고 어떻게 박사님을 만나게 되었는지부터.

1부

1장

구둣방 집 아들

내 이름은 토미 스터빈스, 습지 옆 퍼들비 마을에 사는 구두 수선공 제이컵 스터빈스의 아들이다. 내가 아홉 살이 되고 여섯 달이 지났을 무렵의 일이다. 그때 퍼들비는 꽤 작은 마을이었다. 마을 한가운데에 강이 흘렀고 강 위에는 킹스브리지라고 불리는 아주 오래된 돌다리가 있었는데, 다리 이쪽에는 시장이 있었고 다리를 건너가면 교회가 나왔다.

범선들이 바다에서 강으로 거슬러 올라오면 킹스브리지 인근에 닻을 내렸다. 나는 강가로 달려가 뱃사람들이 강둑에 짐을 부리는 걸 보곤 했다. 그러다 보니 그들이 밧줄을 당기면서 부르는 이상한 노래를 다 외우게 됐다. 강둑에 앉아 발을 흔들면서 뱃사람들과 함께 노래를 부르다 보면 나도 뱃사람이 된 것 같은 느낌이 들었다.

범선이 퍼들비 교회를 등지고 천천히 강을 흘러가 넓고 쓸쓸한 습지를 지나 바다로 향하는 걸 보면 나도 그런 멋진 범선을 타고 떠나고 싶었다. 배를 타고 세상으로 나가 아프리카와 인도, 중국, 페루 같은 외국 땅에서 돈을 벌고 싶었다. 범선이 굽은 강을 지나고 강물이 더 이상 보이지 않게 되었을 때에도 마을 지붕 위로 우뚝 솟은 채 느릿느릿 앞으로 나아가는 거대한 갈색 돛이 보였는데, 그 모습은 마치 집들 사이로 소리 없이 걸어가는 순한 거인 같았다. 항해를 마치고 범선이 다시 킹스브리지에 정박하러 돌아오면 나는 뱃사람들이 어떤 낯선 세상을 만났을까 참 궁금했다. 그리고 한 번도 가 보지 못한 땅을 꿈꾸면서 그곳에 앉아 범선이 내 눈앞에서 사라질 때까지 바라보았다.

퍼들비에 살 때 나에게는 멋진 친구가 세 명 있었다. 첫 번째 친구의 이름은 조 할아버지, 킹스브리지 아래 강가의 작은 오두막에 사는 조개잡이 할아버지였다. 조 할아버지는 물건을 아주 잘 만들어 냈다. 그 할아버지처럼 손재주가 좋은 사람을 본 적이 없었다. 조 할아버지는 내가 강에서 가지고 노는 장난감 배를 고쳐 줬고 상자와 술통에서 뜯어낸 나무 살로 풍차도 만들어 줬다. 또 낡은 우산으로 세상에서 제일 멋진 연을 만들어 냈다.

가끔 조 할아버지는 나를 조개잡이 배에 데려갔는데 썰물 때가 되면 우리는 바다와 맞닿은 강 하구까지 노를 저어 가서 시장에

나는 강둑에 앉아 발을 흔들곤 했다.

내다 팔 조개와 게를 잡았다. 그러고는 춥고 쓸쓸한 갯벌에 서서 날아가는 기러기, 소금 습지에서 자라는 미나리, 키가 큰 풀 사이에 사는 마도요, 붉은발도요 같은 바닷새를 바라보았다. 또 밀물이 들어오는 저녁 때가 되면 강을 거슬러 올라와 황혼 속에서 킹스브리지 위로 깜박거리는 불빛을 바라보며 따뜻한 차와 장작불을 떠올렸다.

두 번째 친구는 동물 먹이 장수 매슈 머그 아저씨였다. 매슈 아저씨는 사팔뜨기였는데 재밌는 분이었다. 생긴 건 조금 볼품없지만 말동무로는 최고였다. 매슈 아저씨는 퍼들비에 사는 사람들은 물론, 개와 고양이까지 다 알고 있었다. 그 당시에 동물 먹이 장수는 정식 직업이었다. 거리에 나가 보면 고기 조각을 꼬챙이에 꽂아 나무 쟁반에 얹고 "고기요! 고-오-기!"를 외치며 다니는 사람을 볼 수 있었다. 사람들이 개나 고양이에게 사료나 남은 음식을 먹이는 대신 동물 먹이 장수에게 돈을 주면 먹이 장수가 자기가 가지고 있는 고기를 먹였다.

나는 매슈 아저씨와 같이 다니면서 아저씨가 외치는 소리에 어김없이 대문으로 달려 나오는 고양이와 개들을 보는 게 즐거웠다. 아저씨는 종종 내가 직접 동물들에게 먹이를 주도록 했는데 먹이를 나눠 주는 건 정말 신나는 일이었다. 개에 대해서라면 척척박사였던 매슈 아저씨는 마을을 돌아다니다가 보이는 개가 있으면 무슨 종류인지 나에게 가르쳐 줬다. 아저씨는 집에서 개 여러 마리를 키웠다. 그중 한 마리는 휘핏인데 달리기 명수였다. 매슈 아저씨는 토요일 사냥 대회에 이 휘핏을 데리고 나가서 상을 타기도 했다. 다른 한 마리는 테리어였는데 쥐잡기 선수였다. 아저씨는 동물 먹이용 고기를 파는 일도 했지만 방앗간과 농장의 쥐를 잡아 주고 돈을 벌기도 했다.

세 번째 친구는 은둔자 루크 아저씨였다. 루크 아저씨에 대해서는 나중에 다시 말해 주겠다.

나는 집이 가난해서 학교에 다니지 못했다. 하지만 동물을 무척 좋아해서 하루 종일 새알과 나비를 채집하거나 강에서 낚시를 하고 검은딸기와 버섯을 찾으러 시골을 쏘다니거나 조개잡이 할아버지가 어망 고치는 걸 돕곤 했다.

오래전 그때, 물론 그때는 몰랐지만, 나는 참 행복했다. 아홉 살이 되고 여섯 달이 지난 때였다. 모든 아이들이 그렇듯이 나는 아무 근심 걱정도 없이 사는 게 얼마나 행복한 건지 몰랐고 그저 어른이 되고 싶었다. 언제나 아버지 집을 떠나 멋진 배에 짐을 싣고는 안개가 피어오르는 습지 사이 강을 지나 바다로 나가 다른 세상에서 성공하고 싶었다.

2장

위대한 자연학자, 둘리틀 박사님

어느 봄날 이른 아침, 나는 마을 뒷동산을 어슬렁거리다가 우연히 부리에 다람쥐를 물고 있는 매를 발견했다. 매는 바위에 앉아 있었고 다람쥐는 살기 위해 발버둥치고 있었다. 매는 갑자기 다가온 나를 보고 겁을 먹은 나머지 가엾은 다람쥐를 떨어뜨리고 날아가 버렸다. 다람쥐를 들어 올려 보니 두 다리를 심하게 다친 상태였다. 나는 다람쥐를 품에 안고 마을로 돌아왔다.

나는 다리 밑 조개잡이 할아버지 오두막으로 가서 다람쥐를 살려 달라고 부탁했다. 조 할아버지는 안경을 쓰고 다람쥐를 주의 깊게 살펴보더니 고개를 저었다.

"다리 하나가 부러졌어." 할아버지가 말했다. "나머지 한쪽도

상처가 심해. 톰, 네 장난감 배를 고쳐 줄 수는 있다만 나한테는 다친 다람쥐를 낫게 할 만한 도구도 없고, 재주도 없단다. 이건 의사가 해야 할 일이야. 그것도 아주 실력이 뛰어난 의사. 네 다람쥐 목숨을 구할 사람을 딱 한 명 알고 있지. 존 둘리틀이란다."

"존 둘리틀이 누구죠? 수의사인가요?" 내가 물었다.

"아니, 둘리틀 박사는 수의사가 아니고 자연학자란다." 조 할아버지가 말했다.

"자연학자가 뭐예요?"

"자연학자는…" 조 할아버지는 안경을 벗고 파이프를 채우며 말을 이었다. "동물과 나비, 식물, 바위 등에 대해 모든 걸 아는 사람이지. 존 둘리틀은 정말 위대한 자연학자야. 네가 존 둘리틀 박사 이름을 들어 본 적이 없다니 이상하구나. 넌 동물이라면 사족을 못 쓰잖니. 내가 알기로 둘리틀 박사는 조개류나 갑각류에 대해서도 많이 알아. 그는 조용한 성격이란다. 말수가 적지. 하지만 그가 이 세상에서 제일 훌륭한 자연학자라고 말하는 사람들도 있어."

"박사님은 어디 살고 있죠?" 내가 물었다.

"마을 반대쪽 옥슨스롭 길 너머에 살아. 정확히 어느 집인지는 모르겠다만 아마 그쪽에 사는 사람들은 다 알 게다. 그를 만나 보거라. 둘리틀 박사는 훌륭한 사람이야."

나는 조개잡이 할아버지에게 감사 인사를 한 다음 다람쥐를 다시 안고는 옥슨스롭 길을 향해 발걸음을 옮겼다.

내가 시장에 들어서자마자 누군가가 "고기요! 고-오-기!"라고 외치는 소리가 들렸다.

"매슈 아저씨야." 나는 혼잣말을 했다. "아저씨라면 박사님이 어디에 사는지 알 거야. 매슈 아저씨는 모르는 사람이 없으니까."

나는 서둘러 시장을 가로질러서 아저씨를 따라잡았다.

"매슈 아저씨!" 나는 아저씨를 불렀다. "둘리틀 박사님을 아세요?"

"알고말고!" 아저씨가 대꾸했다. "확실히 알지! 내 마누라만큼, 아니 어쩌면 마누라보다 더 잘 알지도 몰라. 둘리틀 박사는 훌륭한 사람이야. 대단히 훌륭한 사람이고말고."

내가 물었다. "박사님이 어디 사는지 가르쳐 줄 수 있나요? 이 다람쥐를 박사님께 데려가려구요. 다람쥐 다리가 부러졌거든요."

"물론이지." 아저씨가 말했다. "마침 지금 박사 집에 가려던 참이었거든. 같이 가면서 알려 주마."

그래서 우리는 함께 걸어갔다.

"으음, 난 오랜 세월 동안 존 둘리틀을 알고 지냈지." 시장통을 빠져나와 계속 걸으면서 매슈 아저씨가 말을 이었다. "그런데 박사는 지금 집에 없을걸. 항해를 떠났거든. 하지만 곧 돌아올 거야. 내가 어느 집인지 알려 주면 네가 박사를 찾을 수 있겠지."

옥슨스롭 길을 따라 걷는 내내 매슈 아저씨는 멋진 친구인 존 둘리틀 박사에 대해 끊임없이 얘기했다. 얼마나 말을 많이 했는지 아저씨는 "고기!"를 외치는 것도 잊을 정도였다. 문득 정신을 차려 보니 개들이 우리 꽁무니를 졸졸 따라오고 있었다.

"박사님은 어디로 항해를 떠났죠?" 나는 개들에게 고기를 나눠 주고 있는 매슈 아저씨에게 물었다.

아저씨가 대답했다. "모르겠는걸. 박사가 어디를 여행하는지, 언제 떠났는지, 언제 돌아올지 아무도 몰라. 박사는 혼자서 애완 동물하고만 산단다. 그는 꽤 멋진 항해를 했고 그러던 중 놀라운 걸 발견하기도 했지. 지난번 항해에서 돌아왔을 때 박사가 내게 태평양에 있는 섬 두 군데에서 아메리카 원주민을 봤다고 그러더구나. 한쪽 섬에는 남편들이 모여 살고 다른 한 섬에는 아내들이 산다는 거야. 지각 있는 사람들이긴 한데 개중에는 야만적인 사람들도 있대. 부부가 일 년에 딱 한 번 만난다는구나. 크리스마스 쯤에 남편이 아내가 사는 섬으로 가서 큰 잔치를 벌인다나. 박사는 멋진 사람이야. 그리고 동물에 대해서라면 박사처럼 많이 아는 사람이 없지."

"둘리틀 박사님은 어떻게 동물들에 대해 그렇게 잘 알게 됐대요?" 내가 물었다.

매슈 아저씨가 걸음을 멈추고는 몸을 구부리더니 내 귀에 대고 속삭였다.

"박사는 동물들 말을 하거든." 매슈 아저씨는 쉰 목소리로 궁금증을 자아내며 말했다.

"동물들 말이라구요?" 내가 외쳤다.

"그렇다니까. 동물들도 다 자기들끼리 통하는 말이 있어. 말을 많이 하는 동물이 있는가 하면, 귀가 멀고 말을 못 하는 사람처럼 신호로만 말하는 동물도 있단다. 박사는 짐승은 물론이고 새들이 하는 말도 다 알아들어. 하지만 이건 박사랑 나만 아는 비밀이야. 이 얘기를 들으면 사람들이 다 코웃음을 칠 테지. 박사는 동물 말로 글까지 써. 애완동물에게 책을 읽어 주기고 하고. 원숭이 말로 역사책을 쓰고 카나리아 말로는 시를 쓴단다. 까치가 부를 수 있게 재미난 노래도 짓지. 다 사실이야. 요즘에는 조개류의 말을 익히느라 바빴단다. 그런데 조개류의 말은 배우기가 힘들다고 하더구나. 오랫동안 머리를 물속에 처박고 있는 바람에 끔찍한 감기에 걸렸다나. 아무튼 박사는 대단한 사람이야."

"정말 그러네요." 내가 말했다. "박사님이 집에 계셔서 만날 수 있으면 좋을 텐데요."

"박사 집이야. 보렴. 저기 길이 구부러지는 곳에 있는 작은 집. 마치 거리 위 담장에 앉아 있는 것처럼 높이 있는 저 집 말이야."

우리는 막 마을 경계를 벗어났는데 매슈 아저씨가 가리킨 집은 꽤 작은 집으로 다른 집들과는 동떨어져 있었다. 박사님 집에는 커다란 정원이 딸려 있었는데, 이 정원은 도로보다 한참 높은 곳에 자리하고 있었기 때문에 긴 계단을 올라가야 대문에 다다를 수 있었다. 정원에는 싱싱한 열매가 달린 나무가 많이 보였는데 나뭇가지들이 담 밖으로 축 늘어져 있었다. 담이 너무 높아 그것들 말고는 아무것도 보이지 않았다.

둘리틀 박사님의 집 앞에 도착하자 매슈 아저씨는 대문으로 이어진 계단을 올라갔고 나는 그 뒤를 쫓아갔다. 나는 아저씨가 정원 안으로 들어갈 거라고 생각했지만 문이 잠겨 있었다. 개 한 마리가 집에서 달려 나왔다. 개는 동물 먹이 장수 아저씨가 대문 창살 사이로 던져 준 고기 몇 조각과 옥수수, 겨가 가득 담긴 종이 봉지를 물었다. 그런데 다른 보통 개들과는 달리 멈춰 서서 먹이를 먹는 대신 고기랑 종이 봉지를 가지고 집 안으로 사라져 버렸다. 그 개는 놋쇠 같은 걸로 만든, 이상하게 생긴 넓적한 목걸이를 목에 걸고 있었다. 그런 다음 우리는 그곳을 떠났다.

"박사는 아직 돌아오지 않았나 보군. 돌아왔다면 대문이 잠겨 있지 않을 텐데." 매슈 아저씨가 말했다.

"아저씨가 개한테 준 종이 봉지 안에 있는 게 다 뭐예요?" 내가 물었다.

"동물들 먹이야. 박사 집은 애완동물 천지거든. 박사가 집에 없는 동안 내가 그 개한테 먹을 걸 주면 개가 나머지 동물들에게 가져다준단다."

"그럼 개 목에 있던 이상하게 생긴 목걸이는 뭐죠?"

"금으로 만든 개 목걸이인데 튼튼하지. 아주 오래전에 개가 박사와 함께 항해를 했을 때 받은 거란다. 사람 목숨을 구했거든." 아저씨가 말했다.

"박사님은 그 개를 얼마나 오랫동안 키운 거죠?" 내가 물었다.

"오래됐지. 이제 지프도 늙었어. 박사가 지프를 더 이상 항해에 데려가지 않는 이유란다. 박사는 지프에게 이 집을 맡겨 놓고 있어. 매주 월요일, 목요일에 내가 먹이를 가져와서 대문 창살 사이로 넣어 주지. 박사가 집을 비우면 저 개는 아무도 정원에 들이지 않아. 나마저도. 나를 잘 아는데도 말이야. 넌 박사가 돌아왔는지 아닌지 언제든 알 수 있을 거야. 박사가 집에 있으면 대문이 늘 열려 있거든."

박사님 집에서 돌아온 나는 아버지 집으로 가서 낡은 나무 상자에 밀짚을 가득 채운 다음 거기에 다람쥐를 재웠다. 박사님이 돌아올 때까지 최선을 다해 돌봐 주었다. 그리고 날마다 마을 언저리에 있는 정원이 딸린 작은 집에 가서 대문이 잠겨 있는지 밀어 보았다. 가끔은 박사님이 키우는 개, 지프가 대문까지 달려와 나를 반겨 주었다. 지프는 꼬리를 흔들며 나를 반갑게 맞아 주었지만 결코 정원으로 들이는 법은 없었다.

3장

둘리틀 박사님 집

4월 끝자락의 어느 월요일 오후, 아버지는 나에게 수선해 놓은 구두를 마을 저편에 있는 집에 가져다 주라고 말씀하셨다. 그 구두는 벨로스 대령의 것이었는데 벨로스 대령은 상당히 괴팍한 사람이었다.

나는 그 집을 찾아가 현관문 초인종을 눌렀다. 대령이 문을 열고 붉게 상기된 얼굴로 소리쳤다. "돌아서 쪽문으로 가. 뒷문으로 가란 말이야." 그러고는 문을 쾅 닫아 버렸다.

나는 구두를 화단 한가운데에 던져 버리고 싶었다. 하지만 아버지가 화를 낼 것 같아 참았다. 나는 뒷문으로 돌아갔고 거기서 벨로스 부인을 만났는데 부인이 내가 가져온 구두를 받았다. 벨로스 부인은 자그마한 체구의 소심해 보이는 여성이었는데 빵을 만들고 있었는지 손이 온통 밀가루투성이였다. 부인은 남편을 끔찍이 무서워하는 것처럼 보였다. 내가 앞문으로 간 것에 화가 난 대령이 여전히 툴툴대며 집 안에서 쿵쿵 돌아다니는 소리가 들렸다.

구두를 받은 벨로스 부인은 소곤거리는 목소리로 나에게 빵과 우유 한 잔 먹겠느냐고 물었다. "네." 내가 대답했다. 빵과 우유를 먹고는 부인에게 감사 인사를 한 후 그 집을 떠났다. 그때 문득 집으로 돌아가기 전에 둘리틀 박사님이 돌아왔는지 가 봐야겠다는 생각이 들었다. 사실 난 그날 아침에 이미 한 번 박사님 집에 다녀온 터였다. 하지만 다시 가 보고 싶었다. 다람쥐가 도통 나아질 기미가 보이지 않아서 걱정됐기 때문이다.

그래서 나는 옥슨스롭 길로 방향을 틀어 박사님 집 쪽으로 향했다. 가는 길에 하늘을 보니 구름이 낀 게 비가 쏟아질 것 같았다.

박사님 집 대문에 도착해 보니 문은 여전히 닫혀 있었다. 나는 무척 낙담했다. 나는 일주일째 매일 이곳을 찾아오고 있었다. 박사님이 키우는 개 지프가 대문으로 와서 여느 때처럼 꼬리를 흔들고는 혹시 내가 집으로 들어오지 않는지 앉아서 유심히 지켜보았다.

나는 박사님이 돌아오기 전에 다람쥐가 죽는 게 아닐까 걱정이 되기 시작했다. 안타까운 마음으로 돌아서서 길로 이어진 계단을 내려가 다시 집으로 향했다.

나는 저녁 먹을 때가 됐는지 궁금해졌다. 물론 나에게 시계 같은 건 없었다. 그때 길을 따라 이쪽 방향으로 걸어오는 신사 한 명이 눈에 띄었다. 거리가 가까워지자 나는 그 남자가 산책 나온 벨로스 대령이라는 걸 눈치챘다. 대령은 맵시 나는 코트와 목도리, 밝은 색상의 장갑으로 온몸을 무장한 상태였다. 그다지 춥지 않은 날이었는데도 어찌나 많이 껴입었는지 그 모습이 마치 둘둘 말아 놓은 담요 속 베개처럼 보였다. 나는 대령에게 몇 시쯤 됐는지 공손하게 물었다.

벨로스 대령은 걸음을 멈추더니 그르렁거리며 나를 노려봤다. 안 그래도 빨간 그의 얼굴이 새빨갛게 변했다. 입을 열자 대령의 목소리는 마치 진저비어 병에서 코르크 마개를 땄을 때 나는 소리처럼 들렸다.

대령이 식식거리며 말했다. "너같이 어린놈한테 시간 따위를 알려 주려고 내가 이 단추들을 다 풀 거 같냐!" 말을 마친 대령은 그 어느 때보다 더 툴툴거리며 가 버렸다.

나는 잠시 가만히 서서 대령을 바라보며 그가 시계를 꺼내려면 내가 몇 살쯤 되어야 하는 걸까 생각했다. 그때 갑자기 비가 억수같이 쏟아졌다.

나는 그처럼 세차게 내리는 비를 본 적이 없었다. 주위는 밤처럼 어두워졌다. 바람이 불기 시작했고 천둥이 쳤다. 번개가 내리치더니 곧 빗물이 길가 도랑으로 강물처럼 흘렀다. 몸을 피할 작은 공간조차 없어서 나는 머리를 숙인 채 맞바람을 뚫고 집을 향해 내달리기 시작했다.

얼마 가지 못해 나는 무언가 부드러운 것에 머리를 부딪쳐 길에 주저앉고 말았다. 누구와 부딪쳤는지 보려고 고개를 들었다. 내 앞에는 매우 친절하게 생긴, 작달막하고 통통한 남자가 나처럼 젖은 도로에 주저앉아 있었다. 그는 닳아 빠진 신사용 긴 모자를 쓰고 있었고 손에는 검정색 작은 가방을 들고 있었다.

내가 말했다. "정말 죄송합니다. 머리를 숙이고 가느라 아저씨가 오는 걸 못 봤어요."

놀랍게도 키 작은 남자는 화를 내기는커녕 껄껄 웃기 시작했다.

"얘야, 이 일을 겪고 보니 생각나는 사건이 있구나. 내가 인도에 머무르고 있을 때였지. 폭풍우 속에서 어떤 여자와 전속력으로 부딪쳤어. 그런데 그 여자가 하필 머리에 당밀 주전자를 이고 있었지 뭐냐. 그 후로 몇 주 동안 당밀 때문에 머리가 끈적끈적했고 파리 떼가 나를 졸졸 쫓아다녔지. 어디 다쳤니?"

"아뇨, 괜찮아요." 내가 말했다.

작은 체구의 남자가 말했다. "이건 네 탓이기도 하지만 내 잘못도 있어. 나도 머리를 숙이고 가고 있었거든. 근데 얘야, 여기 이렇게 앉아서 얘기하면 안 되겠다. 너 홀딱 젖었구나. 나도 그렇고. 넌 얼마나 더 가야 하니?"

"우리 집은 마을 반대편이에요." 몸을 일으키면서 내가 말했다.

"세상에, 그나저나 길이 엉망진창이야!" 아저씨가 말했다. "이런 세찬 비는 처음인데. 우리 집으로 가서 몸을 말리는 게 좋겠다. 이런 폭풍우는 오래가지 않거든."

아저씨가 내 손을 잡았고 우리는 함께 길을 따라 달리기 시작했다. 같이 뛰면서 나는 이 작고 유쾌한 남자가 누군지, 어디에 사는지 궁금해졌다. 생전 처음 본 나를 몸을 말리라며 집까지 데려가다니. 늙은 홍당무같이 생긴 벨로스 대령은 시간을 알려 주는 것조차 거절했는데. 정말 하늘과 땅 차이였다. 우리는 곧 걸음을 멈췄다.

"다 왔다." 아저씨가 말했다.

어디까지 왔는지 보려고 주위를 둘러봤더니 큰 정원이 딸린 작은 집으로 이어지는 계단 앞에 다시 와 있는 거였다! 새로운 내 친구는 이미 계단을 뛰어올라가 주머니에서 열쇠 꾸러미를 꺼내 대문을 열고 있었다.

"설마, 이 아저씨가 그 유명한 둘리틀 박사님일 리 없는데!"

나는 둘리틀 박사님에 대한 많은 얘기를 들으며 키가 크고 튼튼하고 멋지게 생긴 사람일 거라고 상상해 왔다. 얼굴에 친절한 미소가 가득한 이 유쾌하고 작달막한 남자가 진짜 둘리틀 박사님이라곤 믿기 힘들었다. 하지만 이 아저씨가 이곳에 오더니, 아니나 다를까, 계단을 뛰어올라가서는 내가 몇 날 며칠 동안 봐 왔던 바로 그 문을 여는 게 아닌가!

그 개, 지프가 달려오더니 아저씨에게 뛰어오르며 신나서 짖기 시작했다. 비는 그 어느 때보다 더 세차게 내리고 있었다.

"아저씨가 둘리틀 박사님인가요?" 나는 서둘러 정원에 난 길을 지나 집으로 향하면서 소리쳤다.

"응, 내가 둘리틀 박사란다." 아저씨가 같은 열쇠 꾸러미로 현관문을 열며 대답했다. "얼른 들어가! 발 닦을 생각하지 말고. 진흙이 묻는 것도 신경 쓰지 마. 그냥 들어가렴. 비부터 피해야 하니까!"

내가 집 안으로 들어갔고 둘리틀 박사님과 지프가 뒤따라 들어왔다. 그러고는 박사님이 우리 뒤로 문을 쾅 닫았다.

폭풍우 때문에 밖이 어두웠다. 그런데 문을 닫자 집 안은 칠흑처럼 깜깜해졌다. 그리고 한 번도 들어 본 적 없는 기괴한 소리가 들렸다. 마치 온갖 짐승과 새들이 한꺼번에 울부짖거나 지저귀는 것 같았다. 뭔가가 계단을 쿵쾅거리며 내려오더니 서둘러 통로를 지나가는 소리가 들렸다. 어둠 속 어디에선가 오리가 꽥꽥, 수탉은 꼬끼오 하며 울었다. 비둘기는 구구, 부엉이는 후후, 아기 양은 매애매애, 지프는 멍멍 짖어 댔다. 새들이 내 얼굴 가까이에서 푸드덕 날갯짓을 하는 게 느껴졌다. 뭔가 내 다리에 계속 부딪쳐서 짜증이 나려 했다. 복도 전체가 동물로 가득 차 있는 것 같았다. 그리고 이 소리들이 세찬 빗소리와 섞여서 어찌나 크게 나던지 겁이 나기 시작했다. 그때 둘리틀 박사님이 내 어깨를 감싸안고는 귀에 대고 소리를 질렀다.

"놀랄 것 없다. 겁내지 말아라. 내 애완동물들이야. 석 달 동안 집을 비웠다가 다시 돌아오니 녀석들이 나를 아주 반가워하는구나. 성냥불을 켤 때까지 여기 꼼짝 말고 서 있거라. 이것 참, 대단한 폭풍우야, 저 천둥소리 좀 들어 봐!"

내가 칠흑 같은 어둠 속에 서 있는 동안 어둠에 가려진 이런저런 동물들이 시끄럽게 울면서 나를 밀치고 돌아다녔다. 그건 재미나면서도 신기한 느낌이었다. 나는 대문 앞에서 집 안을 들여다보면서 둘리틀 박사님이 어떤 사람일지, 그 작은 집 안에 뭐가 있을지 궁금해하곤 했다. 하지만 집 안이 이럴 거라고는 상상도 못 했다. 박사님이 내 팔에 손을 얹자 어느 정도 두려움은 가셨지만 혼란스러웠다. 모든 게 다 기묘한 꿈인 것만 같았다. 그리고 내가 진짜 깨어 있는 건지 의심스러워지기 시작했을 때 박사님이 다시 얘기하는 게 들렸다.

"이런, 성냥이 다 젖어 버렸네. 불이 붙질 않아. 혹시 성냥 가진 것 있니?"

"아뇨, 없는데요." 내가 대답했다.

"괜찮아. 아마 대브대브가 어디선가 불을 가져올 거야." 박사님이 말했다.

그러고는 둘리틀 박사님이 혀로 딸깍거리는 소리를 내자 누군가가 다시 계단으로 올라가더니 윗방에서 돌아다니는 소리가 들렸다.

그러고 나서 한참을 기다렸지만 아무 일도 일어나지 않았다.

내가 물었다. "밝아지려면 한참 걸릴까요? 동물 한 마리가 제 발 위에 앉아 있어서 발가락에 쥐가 나려고 해요."

"아니, 일 분이면 돼." 박사님이 말했다. "금방 돌아올 거야."

그때 층계참 주위에 처음으로 불빛이 깜박이는 게 보였다. 단번

대브대브가 오른쪽 발로 촛불을 가져오고 있었다.

에 모든 동물이 조용해졌다.

"혼자 사시는 줄 알았는데요." 내가 둘리틀 박사님에게 말했다.

"혼자 살고 있지." 박사님이 대답했다. "불을 켜 준 건 대브대브란다."

나는 누가 오는지 보려고 계단을 올려다봤다. 하지만 층계참은 보이지 않았고 대신 위쪽 계단에서 한 번도 들어 본 적 없는 기이한 발자국 소리가 들렸다. 누군가가 다리 한 쪽만 사용해서 계단을 폴짝폴짝 뛰어내려오는 것 같은 소리였다.

불빛이 점점 아래로 내려오면서 주위가 환해지더니 벽에 폴짝폴짝 뛰는 이상한 그림자가 드리워졌다.

"드디어! 대브대브, 잘했어!" 박사님이 말했다.

진짜 꿈을 꾸는 것 같았다. 새하얀 오리 한 마리가 목을 꼿꼿이 세운 채 한 발로 폴짝폴짝 뛰며 층계참을 지나 내려오고 있었다. 오른쪽 발에 촛불을 들고서.

4장

위프와프

마침내 주위를 둘러볼 수 있게 되자 복도가 동물들로 꽉 차 있다는 걸 알게 됐다. 시골에나 있을 것 같은 온갖 동물들 말이다. 비둘기와 흰쥐, 부엉이, 오소리, 갈까마귀까지. 심지어는 비가 내리는 정원에서 안으로 들어와 깔개에 꼼꼼하게 발을 닦은 새끼 돼지도 있었는데 그 돼지의 분홍색 등이 불빛을 받아 번들거리고 있었다.

둘리틀 박사님은 오리가 가져다준 촛불을 들고 나를 돌아봤다.

"이런, 젖은 옷들은 다 벗어야겠다. 근데, 네 이름이 뭐니?" 박사님이 말했다.

"토미 스터빈스라고 해요." 내가 대답했다.

"오, 네가 구두 수선공 제이컵 스터빈스 씨 아들이로구나?"

"네." 내가 말했다.

박사님이 말했다. "네 아버지는 훌륭한 구두 수선공이야. 이것 좀 보겠니?" 박사님이 오른발을 들더니 신고 있던 커다란 장화를 내게 보여 줬다. "네 아버지가 4년 전 내게 만들어 준 장화야. 지금까지 신고 있지. 더할 나위 없이 멋진 장화란다. 음, 스터빈스. 얼른 젖은 옷을 갈아입어야겠다. 촛불을 좀 더 가져올 테니 잠깐만 기다리렴. 그러고 나서 위층으로 올라가 마른 옷을 찾아 보자. 부엌 불로 네 옷을 다 말릴 때까지 내 낡은 옷을 좀 입고 있어야겠다."

이내 집안 다른 곳에도 촛불이 켜졌고 우리는 위층으로 올라갔다. 침실에 들어가자 박사님이 큰 옷장을 열고 오래된 옷 두 벌을 꺼냈다. 우리는 옷을 갈아입었다. 그리고 젖은 옷을 들고 부엌으로 가서 커다란 벽난로에 불을 지피기 시작했다. 내가 입은 박사님의 외투가 너무 커서 박사님을 도와 지하 창고에서 장작을 가져올 때 자꾸 뒷자락이 밟혔다. 곧 벽난로 속 불이 활활 타올랐고 우리는 젖은 옷을 주변 의자 위에 널었다.

"이제 저녁을 지어 보자. 여기서 나와 함께 저녁을 먹을 수 있겠지, 스터빈스?" 박사님이 말했다.

나는 나를 '토미'나 '꼬마'가 아니라 '스터빈스'라고 부르는 이 유쾌하고 작달막한 아저씨가 이미 매우 좋아지기 시작했다.(나는 '꼬마'라고 불리는 걸 정말 싫어했다!) 박사님은 처음부터 나를 자신의 어른 친구 대하듯 했다. 박사님이 함께 저녁을 먹자고 했을 때 나는 무척 뿌듯했고 행복했다. 하지만 문득 어머니에게 외출에서 늦어질 거라는 말을 하지 않은 게 생각났다. 그래서 안타깝지만 이렇게 대답했다.

"정말 고맙습니다. 여기 있고 싶지만 제가 돌아가지 않으면 어머니가 걱정하실 거예요."

"오, 하지만 스터빈스." 박사님은 다시 장작 한 개를 불 속에 던지면서 말했다. "옷이 아직 안 말랐어. 옷이 다 마를 때까지는 기다려야지. 그렇지 않니? 우리가 저녁 식사를 마칠 때쯤이면 옷이 말라 있을 거야. 그건 그렇고 내가 가방을 어디에 뒀는지 혹시 아니?"

"아직 복도에 있는 거 같은데요. 제가 가서 볼게요."

나는 현관문 근처에서 가방을 찾았다. 그 검정 가죽 가방은 아주 오래되어 보였다. 가방 걸쇠 하나가 망가져서 그 중간에 끈을 묶어 고정시켜 놓은 상태였다.

"고마워." 내가 가방을 가져다주자 박사님이 말했다.

"항해 때 가져간 짐이 이 가방 하나뿐이에요?" 내가 물었다.

"응." 박사님은 끈을 풀면서 대답했다. "짐이 많아 봐야 좋을 게 없거든. 성가시기만 할 뿐이야. 짐 가지고 호들갑을 떨기에 인생은 너무 짧지. 알겠지만, 사실 짐이 많이 필요하지도 않아. 내가 소시지를 어디에 뒀더라?"

박사님은 손을 가방 안에 넣고 뒤적였다. 그러고는 먼저 손도 대지 않은 빵을 꺼냈다. 다음으로는 특이하게 생긴 금속 뚜껑이 덮인 유리병을 꺼냈다. 박사님은 유리병을 탁자에 내려놓기 전에 아주 조심스럽게 불빛에 갖다 댔다. 그러자 처음 보는 작은 수중 생물이 유리병 안에서 헤엄치고 있는 게 보였다. 마지막으로 박사님은 450그램짜리 소시지를 꺼냈다.

"이제 프라이팬만 있으면 되겠다." 박사님이 말했다.

우리는 주방 창고로 들어갔는데 그곳 벽에는 냄비와 팬이 걸려 있었다. 박사님이 프라이팬 한 개를 내렸는데 안쪽에 녹이 많이 슬어 있었다.

"이런, 이것 좀 봐라. 오랫동안 집을 비우면 이런 게 제일 문제야. 동물들은 착한 데다 놀랄 정도로 집을 깨끗이 치운단다. 대브대브는 더할 나위 없이 훌륭한 살림꾼이고. 물론 동물들이 손쓸 수 없는 부분도 있어. 하지만 괜찮아, 우리가 닦으면 되니까. 저기 개수대 밑에 흰 모래가 좀 있을 거야, 스터빈스. 나한테 좀 갖다주겠니?"

조금 지나자 잘 닦인 팬이 환하게 반들거렸고 소시지를 담아 불에 올리자 노릇노릇 구워지는 냄새가 집 안 곳곳으로 퍼졌다. 박사님이 바쁘게 저녁을 준비하는 동안 나는 유리병에서 헤엄치고 있는 작은 생물을 다시 쳐다보았다.

"이 동물 이름이 뭐죠?" 내가 물었다.

"아, 그 녀석 말이니." 박사님이 돌아보며 말했다. "위프와프라고 해. 원래 이름은 히포캄푸스 피피토피투스란다. 하지만 그곳 사람들은 헤엄칠 때 꼬리를 흔드는 모습 때문인지 위프와프라고 부르더구나. 사실 이번 항해는 이 녀석을 잡으러 떠난 거였어. 난 지금 조개류의 말을 배우느라 무척 바쁘단다. 조개도 분명히 말을 가지고 있을 거거든. 난 상어 말과 돌고래 말을 조금 할 수 있긴 한데 지금 특히 배우고 싶은 건 조개류의 말이야."

"왜요?" 내가 물었다.

"음, 조개류야말로 우리가 아는 이 세상에서 가장 오래된 동물이니까. 바위에서 수천 년이나 된 조개껍질 화석이 발견되거든. 그러니까 내가 조개류의 말을 할 수 있다면 아주 오래전 이 세상이 어땠는지 알 수 있게 될 거야. 이해하겠니?"

"하지만 다른 동물들도 박사님한테 세상에 대해 얘기해 줄 수 있지 않나요?"

"그렇지 않아." 박사님이 포크로 소시지를 찔러 보면서 말을 이었다. "얼마 전 아프리카에서 알게 된 원숭이들이 예전에 세상이 어땠는지 들려주기는 했어. 하지만 천 년 전 얘기 정도지. 조개만이 세상의 가장 오래된 역사를 알고 있을 거야. 오직 조개만이. 아득히 먼 옛날에 살았던 다른 동물들은 다 사라져 버렸거든."

"박사님은 아직 조개 말을 배우지 못했나요?" 내가 물었다.

"응, 이제 막 시작했거든. 나는 특히 이런 실고기의 말을 배우고 싶었지. 왜냐하면 실고기는 조개에도 속하고 일반 어류에도 속하거든. 동지중해까지 간 건 실고기를 찾기 위해서였어. 그런데 아쉽게도 이 실고기가 큰 도움은 안 될 거 같구나. 솔직히 말해서 실고기 생김새에 좀 실망했거든. 그다지 똘똘해 보이지 않아. 그렇지 않니?"

"네, 그러네요." 나는 맞장구를 쳤다.

박사님이 말했다. "오, 소시지가 알맞게 익었구나. 이리 가까이 와서 네 접시를 들고 있을래? 내가 집어 줄 테니."

그리고 우리는 식탁에 앉아서 거한 식사를 시작했다.

그곳은 멋진 부엌이었다. 나는 어마어마한 양의 음식을 먹으면서 이곳이야말로 세상 그 어떤 웅장한 식당보다 훌륭하다고 생각했다. 그곳은 우리 집처럼 포근했고 따스했다. 음식을 먹기에도 매우 편했다. 음식이 다 되면 뜨거운 상태로 불에서 바로 식탁으로 옮겨 놓고 먹을 수 있었다. 그리고 수프를 떠먹으면서 벽난로 가장자리에 올려 둔 빵이 타지 않는지 살펴볼 수 있었다. 소금을 식탁에 두는 걸 잊었더라도 소금을 가지러 다른 방까지 갈 필요가 없었다. 그냥 몸을 돌려 뒤에 있는 찬장에서 큰 나무 상자를 꺼내기만 하면 되었다. 그리고 벽난로는 내가 본 것 중에 가장 컸다. 그 자체로 방 같았다. 장작이 타고 있는데도 그 안에 들어갈 수도 있고 밥을 다 먹은 다음 양쪽에 있는 널따란 의자에 앉아 밤을 구워 먹을 수도 있었다. 주전자가 부르는 노랫소리를 듣기도 하고 이야기를 나누거나 장작불에 비춰 가며 그림책을 볼 수도 있었다. 근사한 부엌이었다. 편안하고 실용적이며 친근하고 튼튼한 게 마치 둘리틀 박사님 같았다.

우리가 음식을 허겁지겁 먹고 있을 때 갑자기 문이 열리더니 오리 대브대브가 개 지프와 함께 깨끗한 타일이 깔린 바닥 위로 침대보와 베갯잇을 끌면서 씩씩하게 걸어왔다. 그 모습에 놀란 나를 본 박사님이 설명을 해 주셨다.

"지프와 대브대브는 침대보와 베갯잇을 불에 말리려는 거야. 대브대브는 완벽한 살림꾼이란다. 보물 같은 존재지. 아무것도 잊는 법이 없다니까. 한때는 내 여동생에게 집을 맡겼었지.(딱한 세라! 그애가 어떻게 지내는지 궁금하구나. 여러 해 동안 만나질 못했거든.) 하지만 세라는 대브대브보다 나을 게 하나도 없었어. 소시지 더 줄까?"

박사님은 몸을 돌려 알 수 없는 단어와 신호를 섞어 개와 오리에게 몇 마디 던졌다. 그 녀석들은 박사님 말을 다 알아듣는 것 같았다.

"박사님은 다람쥐 말도 할 수 있나요?" 내가 물었다.

"할 수 있지. 다람쥐 말은 꽤 쉽거든. 너도 큰 어려움 없이 배울 수 있을 거야. 그런데 그건 왜 묻는데?"

"집에 아픈 다람쥐가 한 마리 있거든요. 매한테 잡아먹힐 뻔했는데 제가 집으로 데려왔어요. 그런데 두 다리를 심하게 다쳤어요. 그래서 박사님이 다람쥐를 봐 주시면 좋겠어요. 내일 제가 이리로 데려올까요?"

"음, 다람쥐 다리가 심하게 부러졌다면 오늘 밤에 보는 게 낫겠다. 너무 늦었을 수도 있지만 일단 너랑 집으로 가서 다람쥐를 한 번 보자꾸나."

불가에 걸어 둔 내 옷을 만져 보았더니 거의 말라 있었다. 나는 옷을 들고 위층에 있는 침실로 가 옷을 갈아입었다. 내가 내려왔을 때 박사님은 약과 붕대가 가득 들어 있는 작은 검정색 가방을 든 채 나를 기다리고 있었다.

"가자. 이제 비가 그쳤어."

밖은 다시 밝아져 있었고 저녁 하늘은 석양으로 온통 붉게 물들어 있었다. 우리가 문을 열고 거리를 향해 내려가는 동안 개똥지빠귀가 지저귀고 있었다.

5장

폴리네시아

"박사님 집은 제가 가 본 집 중에서 가장 재미있는 집이에요." 마을 방향으로 걸음을 옮기면서 내가 말했다. "내일 다시 박사님을 뵈러 가도 될까요?"

"되고말고. 언제든 와도 돼. 내일은 너에게 정원과 내 동물원을 보여 주마."

"박사님 집에 동물원이 있단 말이에요?"

"응, 덩치가 큰 동물들을 집 안에 두기는 어렵지. 그래서 정원에 있는 동물원에서 키운단다. 그리 많은 종류가 있는 건 아니지만 그 나름대로 흥미가 있어."

"여러 동물 말을 할 수 있다는 건 멋진 일이에요. 저도 배울 수 있을까요?" 내가 말했다.

"물론 연습하면 할 수 있지. 이 일은 끈기가 필요해. 처음 시작할 때는 폴리네시아와 함께 해야 할 거야. 내게 동물 말을 처음으로 가르쳐 준 게 폴리네시아거든."

"폴리네시아가 누구죠?" 내가 물었다.

"폴리네시아는 내가 데리고 있던 서아프리카 앵무새란다. 지금은 여기 없지만." 박사님은 슬픈 듯이 말했다.

"왜요? 죽었나요?"

박사님이 말했다. "아니, 폴리네시아는 아직 살아 있어, 분명 그럴 거야. 사실 아프리카에 도착했을 때 폴리네시아는 자기 나라에 돌아오게 된 걸 정말 좋아했어. 기뻐서 눈물을 흘렸다니까. 그리고 다시 이곳으로 돌아올 때가 되었을 때 나는 그 햇볕 좋은 땅에서 폴리네시아를 차마 데려올 수 없었단다. 폴리네시아가 나와 함께 돌아가겠다고 했는데도 내가 폴리네시아를 아프리카에 두고 왔지. 아, 폴리네시아가 못 견디게 보고 싶구나. 폴리네시아는 우리가 헤어질 때 또 눈물을 흘렸어. 하지만 난 내가 잘 했다고 생각해. 폴리네시아는 가장 좋은 친구였지. 내게 동물들 말을 배우고 동물 의사가 되라는 아이디어를 준 게 바로 폴리네시아였단다. 폴리네시아가 아프리카에서 행복할까, 유쾌하면서도 근엄한 폴리네시아의 얼굴을 다시 볼 수 있을까 가끔 궁금해. 내 오랜 친구 폴리네시아! 정말 특별한 새였는데. 아아!"

바로 그때 우리 뒤로 누군가가 달려오는 소리가 들렸다. 뒤를 돌아보니 지프가 전속력으로 우리 뒤를 쫓아오고 있었다. 지프는 무엇 때문인지 굉장히 흥분한 것 같았고 우리 앞에 도착하자 마구 짖기 시작하더니 박사님을 향해 이상한 소리를 내며 낑낑거렸다. 그러자 박사님 역시 흥분해서 지프를 향해 이상한 신호를 섞어 가며 말하기 시작했다. 마침내 박사님이 나를 돌아봤는데 기뻐하는 표정이 역력했다.

둘리틀 박사님이 외쳤다. "폴리네시아가 돌아왔어! 지프가 그러는데 지금 막 폴리네시아가 집에 도착했다는구나. 세상에나! 내가 폴리네시아를 마지막으로 본 게 5년 전인데. 잠깐만 실례해야겠다."

박사님은 다시 집으로 돌아가려는 듯 몸을 돌렸다. 그런데 앵무새 폴리네시아가 이미 우리를 향해 날아오고 있었다. 도로에 있던 참새 떼는 회색과 주홍색이 섞인 앵무새 한 마리가 도로를 스치듯 나는 걸 보고는 아연실색해서 푸드덕거리며 담으로 날아오르더니 짹짹거렸고 박사님은 새 장난감을 얻은 아이처럼 손뼉을 쳤다.

우리 쪽으로 온 폴리네시아는 바로 박사님 어깨에 가서 앉더니 내가 이해할 수 없는 말로 지저귀기 시작했다. 폴리네시아는 쉴 새 없이 이야기보따리를 풀었다. 그러자 박사님은 나랑 다람쥐, 지프를 포함해 모든 걸 까맣게 잊어 버렸다. 마침내 앵무새가 나에 대해 박사님에게 뭔가 물어보자 그제야 내게 말했다.

"아, 미안하구나, 스터빈스! 옛 친구 얘기를 듣느라 내가 너무 흥분했어. 네 다람쥐를 보러 가야겠다. 폴리네시아, 이 아이가 토머스 스터빈스란다."

앵무새는 박사님 어깨에 앉은 채 나를 향해 근엄하게 고개를 끄덕이더니 놀랍게도 꽤나 분명한 영어로 말을 시작했다.

"잘 있었니? 네가 태어난 날을 기억하고 있지. 끔찍하게도 추운 겨울날이었어. 넌 참 못생긴 아이였는데."

박사님이 말했다. "스터빈스는 동물 말을 굉장히 배우고 싶어 해. 지프가 내게 달려와서 네가 돌아왔다고 말할 때 마침 이 아이한테 너에 대해서, 또 네가 나에게 준 교훈에 대해 이야기하고 있었지."

"흐음." 앵무새가 나에게 몸을 돌리며 말했다 "내가 박사한테 동물 말을 배우도록 권한 건 맞아. 하지만 내가 말하는 영어가 도대체 무슨 의미인지 박사가 먼저 나에게 가르쳐 주지 않았다면 나도 박사한테 그렇게 하지 못했을 거야. 사람처럼 말하는 앵무새는 많지만 그 말뜻까지 이해하는 앵무새는 아주 적거든. 대부분은 그냥 멋져 보이기도 하고 과자를 준다는 걸 아니까 영어로 말하는 거야."

그즈음 우리는 다시 방향을 틀어 우리 집으로 향했다. 지프는 앞서서 달려갔고 폴리네시아는 여전히 박사님 어깨에 앉아 있었다. 앵무새는 쉴 틈 없이 재잘댔는데 대부분은 아프리카에 대한 얘기였다. 단, 폴리네시아는 나에 대한 배려 차원에서 영어로 말했다.

"범포 왕자는 잘 지내니?" 박사님이 물었다.

폴리네시아가 대답했다. "아, 마침 잘 물어봤어. 당신한테 말하는 걸 깜박할 뻔했네. 세상에, 범포가 영국에 있어!"

"영국이라고! 설마!" 박사님이 외쳤다. "대체 여기서 뭘 하고 있지?"

"아버지인 왕이 범포를 어… 불퍼드(불퍼드의 불(bull)은 수컷 소를 뜻한다.—옮긴이)라는 곳으로 보냈거든. 공부하라고 보냈겠지."

"불퍼드라! 불퍼드!" 박사님이 중얼거렸다. "그런 지명을 들어본 적이 없는데, 아! 옥스퍼드를 말하는 게로구나."

"맞아, 거기야. 옥스퍼드. 난 거기 어딘가에 소 떼가 있는 줄 알았잖아. 범포가 간 곳이 옥스퍼드야." 폴리네시아가 말했다.

"흐음." 박사님이 중얼거렸다. "옥스퍼드에서 공부하는 멋쟁이 범포라. 흐음!"

"범포가 떠날 때 졸리깅키 전체가 시끌벅적했지. 범포는 그곳을 떠나는 걸 죽을 만큼 무서워했거든. 졸리깅키에서 해외로 나간 건 왕자가 처음이었으니까. 범포는 백인 식인종한테 잡아먹힐 거라고 생각한 거야. 원주민들이 그렇게 뭘 모른다니까. 하지만 범포 아버지는 왕자를 옥스퍼드로 보내 버렸지. 범포가 그러는데 요즘 흑인 왕들이 아들을 옥스퍼드로 보낸대. 그게 유행이라서 걔도 가야만 했던 거야. 범포는 아내 여섯 명을 모두 데려가고 싶어 했어. 하지만 왕이 허락하지 않았어. 불쌍한 범포는 눈물을 흘리면서 떠났지. 왕궁에 있는 사람들도 다 울었고. 그런 야단법석이 없었다니까"

"범포 왕자가 잠자는 숲속의 미녀를 찾으러 떠났는지 혹시 아니?" 박사님이 물었다.

폴리네시아가 대답했다. "응. 당신이 떠난 바로 그날이었어. 범포 왕자가 그날 떠난 건 정말 잘된 일이었지 뭐야. 범포 왕자가 당신의 탈출을 도운 걸 왕이 알게 됐거든. 왕이 그 사실을 알고서는 노발대발했지."

"잠자는 숲속의 미녀는? 범포 왕자는 결국 미녀를 찾아냈니?"

"음, 범포 왕자가 잠자는 숲속의 미녀라면서 누군가를 데려오기는 했어. 내가 보기엔 백색증에 걸린 흑인 여자였지만. 머리카락이 붉은색인 데다 발은 어마어마하게 컸지. 아무튼 범포는 그 여자한테 홀딱 반했고 신이 나서 결혼까지 했어. 일주일 동안 잔치가 열렸지. 지금 그 여자는 범포의 부인 중에 최고가 됐어. 밖에서는 '왕세자비 범파'라고 부르지. 이름의 마지막을 세게 발음해야 해."

"범포 왕자의 피부는 아직 흰색이니?"

"석 달 동안만 그랬지." 앵무새가 대답했다. "그 후로 천천히 원래 색깔이 돌아왔어. 범포 왕자가 수영복을 입으면 정말이지 가관이었다니까. 얼굴은 하얀데 몸만 까맸거든."

"치치는 어떻게 지내고 있니?" 박사님이 내게 설명해 주기 위해 덧붙였다. "아, 치치는 말이지, 내가 여러 해 전에 데리고 있던 애완용 원숭이야. 아프리카를 떠날 때 치치 역시 거기 두고 왔지."

"흐음." 폴리네시아가 얼굴을 찡그리며 말했다. "치치는 별로 행복하지 않아. 내가 아프리카를 떠나기 전 몇 년 동안 치치와 같이 지냈잖아. 치치는 박사랑 박사 집, 정원을 굉장히 그리워했어. 우스운 이야기이긴 하지만 나도 그랬다니까. 박사는 내가 얼마나 고향으로 돌아가고 싶어 했는지 알잖아? 그리고 아프리카가 얼마나 멋진 곳인지도 잘 알고. 다른 사람이 어떻게 말하든 상관없어. 난 내가 거기서 더할 나위 없이 즐거운 시간을 보낼 거라고 생각했지. 그런데 왜 그런지 모르겠지만 몇 주가 지나니까 지루하게 느껴지는 거야. 거기서 계속 살 자신이 없어졌어. 결국 어느 날 밤 난 이곳으로 돌아와서 박사를 찾기로 마음먹었어. 그리고 치치를 찾아가서 내 계획을 다 말했지. 치치는 나를 비난하지 않았어. 왜냐하면 나랑 똑같이 느끼고 있었으니까. 박사가 떠난 다음에 아프리카는 쥐 죽은 듯이 고요해졌어. 치치는 당신이 읽어 주던 동물책 이야기를 그리워했고 겨울밤 부엌 벽난로 옆에 둘러앉아서 나누던 얘기도 그리워했어. 그곳 동물들은 모두 우리를 상냥하게 대해 줬어. 물론 그 상냥한 애들이 좀 모자라 보이긴 했지만. 치치도 그렇게 말하더군. 생각해 보면 바뀐 건 그 동물들이 아니었어. 달라진 건 바로 우리였지. 내가 아프리카를 떠나던 날 불쌍한 치치는 속상해하면서 울음을 터뜨렸어. 하나뿐인 친구가 자기를 떠나는 것 같다나. 근데 당신도 알겠지만 그곳에는 치치 친척들이 엄청나게 많잖아. 치치가 내게는 언제든 이곳으로 날아올 수 있는 날개가 있는데 자기는 나를 따라갈 방법이 없다면서 공평하지 않다고 말했어. 하지만 난 언젠가 치치가 이곳으로 올 수 있는 방법을 찾아낸다 해도 조금도 놀라지 않을걸. 치치는 똘똘한 친구니까."

그때쯤 우리는 집에 도착했다. 아버지 가게는 문을 닫았고 셔터가 잠겨 있었다. 하지만 어머니는 문 앞에 서서 거리를 바라보고 있었다.

박사님이 말했다. "안녕하세요, 스터빈스 부인. 부인 아들이 늦은 건 제 잘못입니다. 옷을 말리는 동안 제가 우리 집에서 저녁을 먹자고 했거든요. 부인 아들은 홀딱 젖었었지요. 저도 마찬가지였구요. 우리는 폭풍우 속에서 서로 부딪혔는데 제가 이 아이에게 우리 집에 가서 비를 피하자고 고집을 부렸답니다."

"안 그래도 걱정하고 있던 참이었어요. 아들을 돌봐 주시고 집까지 데려다주셔서 감사합니다." 어머니가 말했다.

"아닙니다, 천만의 말씀이에요." 박사님이 말했다. "우리는 아주 흥미로운 얘기를 나눴지요."

"성함이 어떻게 되시나요?" 어머니는 박사님 어깨에 앉아 있는 회색 앵무새를 빤히 쳐다보며 물었다.

"아, 저는 존 둘리틀이라고 합니다. 감히 말하건대 부인 남편은 저를 기억할 거예요. 4년 전 저에게 정말 훌륭한 장화를 만들어 줬거든요. 아주 멋진 장화지요." 박사님은 대단히 만족스럽게 자신의 발을 내려다보며 덧붙였다.

"박사님은 내 다람쥐를 치료하러 오신 거예요, 어머니. 박사님은 동물에 대해 뭐든지 다 아세요." 내가 말했다.

"아니, 다는 아니야. 스터빈스. 결코 다 알지는 못해."

"아들이 돌보는 동물을 치료해 주러 이렇게 멀리 오시다니 정말 친절하시군요. 톰은 숲이나 들판에 갈 때마다 낯선 동물을 집으로 데리고 와요." 어머니가 말했다.

"그래요? 톰은 크면 자연학자가 되겠는걸요. 누가 알겠어요?"

"들어오세요. 집안이 조금 어수선해요. 봄맞이 청소를 다 끝내지 못했거든요. 그렇지만 거실에 따뜻한 장작불을 피워 놨어요." 어머니가 말했다.

"고맙습니다! 아주 근사한 집이군요!"

박사님은 거대한 장화를 깔개에 아주 조심스럽게 문질러 닦은 후 집 안으로 들어갔다.

→ 6장 ←

다친 다람쥐

집에 들어가 보니 아버지는 벽난로 옆에서 플루트를 연습하느라 바빴다. 아버지는 일을 마친 후 저녁때가 되면 항상 플루트를 연습했다.

박사님은 이내 아버지에게 플루트와 피콜로, 바순에 대해 이야기하기 시작했다. 그러자 아버지가 말했다.

"플루트를 연주하시나 보군요, 선생님. 우리에게 한 곡 연주해 주지 않겠습니까?"

"글쎄요. 플루트를 만져 본 지 꽤 오래되었답니다. 하지만 한번 해 보지요. 플루트를 좀 빌릴까요?"

박사님이 아버지로부터 플루트를 받아 들더니 오랜 시간 동안 연주를 했다. 연주는 아름다웠다. 어머니와 아버지는 마치 교회에 온 것처럼 천장을 응시한 채 동상처럼 미동도 하지 않고 앉아 있었다. 하모니카로 부는 음악 외에는 관심도 없던 나조차도 연주를 듣고 있자니 슬프기도 하고, 서늘하기도 하고, 으스스한 느낌이 들면서 내가 더 착한 아들이었으면 하고 바라게 되었을 정도였다.

"아, 정말 아름다워요!" 마침내 박사님이 연주를 멈췄을 때 어머니가 탄성을 질렀다.

"선생님은 훌륭한 음악가시로군요." 아버지가 말했다. "정말 대단했습니다. 또 다른 곡을 연주해 주시겠습니까?"

박사님이 말했다. "물론이죠. 아, 그런데 이런, 내가 다람쥐에 대해 까맣게 잊고 있었군요."

"박사님께 다람쥐를 보여 드릴게요. 다람쥐는 위층 제 방에 있어요."

나는 박사님을 집 꼭대기에 있는 내 침실로 안내하고는 마른 짚으로 채운 나무 상자 안에 눕혀 놓은 다람쥐를 보여 주었다.

집에 데려온 후 다람쥐가 편하게 지내도록 그렇게 노력했는데도 나를 무서워하는 것 같던 다람쥐가 박사님이 방에 들어가자 벌떡 일어나 앉더니 재잘거리기 시작했다. 박사님도 다람쥐처럼 재잘거렸고 박사님이 다람쥐의 다리를 살펴보기 위해 들어 올렸을 때 다람쥐는 겁을 먹기보다는 오히려 기뻐하는 것 같았다.

박사님이 주머니칼을 이용해서 성냥개비로 만든 '부목'을 다람쥐 다리에 묶는 동안 나는 촛불을 들고 있었다.

"다람쥐 다리는 이제 곧 나을 거야." 박사님이 가방을 닫으면서 말했다. "2주 동안은 다람쥐가 달리지 못하게 하렴. 다람쥐한테 바깥 공기를 쐬어 주고 밤공기가 차가우면 마른 나뭇잎으로 다람쥐를 덮어 주려무나. 다람쥐가 나한테 그러더구나. 여기서 혼자 있으니 너무 외롭기도 하고 아내와 아이들 소식이 궁금하다고. 내가 다람쥐한테 네가 믿을 만한 사람이라고 얘기해 뒀어. 그리고 내 정원에 살고 있는 다람쥐 한 마리를 보내서 이 다람쥐의 가족이 어떻게 지내고 있는지 알아보고 소식을 전하도록 해야겠다. 어떻게 해서든 이 다람쥐는 힘을 내야만 해. 원래 다람쥐는 천성이 명랑하고 활동적이란다. 꼼짝하지 않고 누워 있는 건 다람쥐가 못할 짓이지. 이제 다람쥐는 걱정할 필요 없어. 곧 좋아질 테니까."

우리는 거실로 돌아왔고 박사님은 어머니와 아버지의 청에 못 이겨 열 시가 넘도록 플루트를 연주했다.

부모님은 처음 만난 그 순간부터 박사님을 굉장히 좋아했고 박사님이 우리 집에 와서 플루트를 연주하는 걸 굉장히 뿌듯해하셨지만(그때 우리는 끔찍하게 가난했다.) 박사님이 나중에 이렇게 위대한 사람이 될 거라곤 생각하지 못했다. 세상 사람들 누구나 둘리틀 박사님 이름과 박사님이 쓴 책을 알고 있는 지금, 아버지 구둣방이 있는 퍼들비의 작은 집에 가 보면 옛날식 문 안쪽 벽에 이런 글귀가 적힌 돌이 박혀 있는 걸 볼 수 있다.

"저명한 자연학자 둘리틀 박사가 1839년 이 집에서 플루트를 연주하다."

나는 가끔씩 오래전 그날 밤을 떠올려 보곤 한다. 눈을 감고 생각하면 그때 그 거실 풍경이 내 눈앞에 펼쳐진다. 둥글고 상냥한 얼굴에 긴 외투를 입은 작은 남자가 난롯불 앞에서 플루트를 연주하던 모습이. 박사님 이쪽에는 어머니, 저쪽에는 아버지가 눈을 감고 숨을 죽인 채 음악에 귀를 기울이던 모습이. 지프와 나는 카펫 위에 쪼그려 앉아 석탄을 들여다보고 있었고 폴리네시아는 박사님의 낡은 모자를 얹어 둔 벽난로 선반에 앉아 음악에 맞춰 진지하게 머리를 흔들고 있었다. 그 오래전 일이 지금 내 앞에서 일어나는 일처럼 생생하게 그려진다.

그러고 대문에서 박사님을 배웅한 다음 거실로 돌아와 한참 동안 박사님에 대해 이야기했던 것도 기억난다.(난 그렇게 늦게까지 깨어 있었던 적이 없었다.) 그날 밤 잠이 든 나는 밤새도록 박사님과 플루트와 바이올린, 드럼을 연주하는 이상하면서도 재주 많은 동물악단에 대한 꿈을 꾸었다.

7장

조개류의 말

전날 밤 나는 아주 늦게서야 잠자리에 들었는데도 다음 날 무척 일찍 잠에서 깼다. 내가 침대를 박차고 나와 서둘러 옷을 갈아입을 때에야 첫 참새들이 다락방 창문 밖 지붕에 앉아 졸린 듯 지저귀기 시작했다.

나는 박사님과 동물원을 빨리 보고 싶은 마음에 일어나자마자 큰 정원이 딸린 작은 집으로 향했다. 난생처음으로 아침을 먹는 것도 잊고 부모님이 깨지 않도록 까치발로 살금살금 계단을 내려와서 대문을 열고 텅 빈 고요한 거리로 달려 나갔다.

박사님 집 대문에 도착했을 때 문득 누군가를 방문하기에는 너무 이른 시간이라는 생각이 들었다. 그리고 박사님이 벌써 일어났을까 궁금하기도 했다. 나는 정원을 살펴봤다. 아무도 없는 것 같았다. 그래서 슬쩍 문을 열고 안으로 들어갔다.

울타리 사이 오솔길로 내려가려고 왼쪽으로 방향을 틀었을 때 가까이에서 나에게 말을 거는 목소리가 들렸다.

"안녕. 참 일찍 왔네!"

돌아보자 회색 앵무새 폴리네시아가 쥐똥나무 울타리 꼭대기에 앉아 있었다.

내가 말했다. "안녕. 좀 일찍 온 거 같네. 박사님은 아직 주무시니?"

"아니, 박사는 한 시간 반 전에 이미 일어났는걸. 집 어디엔가 있을 거야. 현관문이 열려 있어. 그냥 밀고 들어가면 돼. 박사는 분명히 부엌에서 아침 식사를 준비하고 있을 거야. 아니면 연구 중일지도 모르지. 안에 들어가 봐. 나는 해가 뜨기를 기다리고 있어. 그런데 해가 뜨는 걸 잊어버렸나 봐. 아프리카에서는 이 시간만 되면 햇볕으로 세상이 온통 지글지글 타오르는데. 양배추 위로 피어오르는 안개 좀 보렴. 보는 것만으로도 류머티즘에 걸리겠다. 지겨운 날씨 같으니라고. 지긋지긋하다니까! 영국에 개구리 말고 뭐가 살 수 있는지 도무지 모르겠어. 음, 너를 너무 오래 붙잡고 있었구나. 얼른 박사한테 가 봐."

"고마워. 가서 박사님을 찾아볼게." 내가 말했다.

현관문을 열고 들어가니 베이컨 익는 냄새가 나길래 나는 곧장 부엌으로 갔다. 가 보니 불 위에서 커다란 주전자가 끓고 있었고 난로 위에 놓인 그릇에는 베이컨과 달걀이 담겨 있었다. 베이컨은 불 위에 너무 오래 있었는지 다 말라비틀어질 것 같았다. 나는 베이컨이 담긴 그릇을 불에서 멀찌감치 옮겨 놓고는 박사님을 찾아 집 안 여기저기를 돌아다녔다.

마침내 나는 연구실에서 박사님을 찾아냈다. 그때는 그런 방을 연구실이라고 부르는지도 몰랐다. 그곳은 망원경과 현미경 등 뭔지 모르지만 알고 싶은 온갖 것들이 가득한 흥미로운 방이었다. 벽에는 동물과 물고기, 낯선 식물들의 그림과 채집한 새알, 조개가 들어 있는 유리 상자들이 걸려 있었다.

박사님은 실내복을 입은 채 큰 탁자 앞에 서 있었다. 처음에 나는 박사님이 세수를 하고 있는 줄 알았다. 박사님 앞에는 물이 가득 든 네모난 유리 상자가 있었다. 박사님은 한쪽 귀는 물속에 넣고 다른 쪽 귀는 왼손으로 가리고 있었다. 내가 방 안에 들어서자 박사님이 몸을 일으켰다.

박사님이 말했다. "안녕, 스터빈스. 날씨가 참 좋네, 그렇지? 나는 위프와프가 하는 말을 듣고 있었단다. 그런데 아주 실망스럽구나. 아주."

"왜요? 위프와프가 전혀 말을 안 해요?" 내가 물었다.

박사님이 말했다. "물론 말을 하긴 해. 위프와프에게도 말이 있단다. 하지만 아주 단순한 말이야. '그래', '아니야', '뜨겁다', '차갑다' 이 몇 마디가 전부란다. 정말 실망했어. 위프와프는 물고기이면서 조개이기도 하니까 정말 많은 도움이 될 거라 생각했는데.

이런!"

"할 줄 아는 말이 겨우 두세 마디라면 별로 영리하진 않은가 봐요?" 내가 말했다.

"그래, 그런 것 같구나. 아마 그렇게 살아 왔겠지. 위프와프는 정말 드물어. 수가 굉장히 적어서 아주 외로울 거야. 바다 저 깊은 곳에서 혼자 헤엄친단다. 언제나 혼자 지내지. 그러니까 말을 많이 할 필요가 없겠지."

"더 큰 조개류는 말을 많이 하지 않을까요? 위프와프는 정말 작잖아요. 그렇죠?" 내가 말했다.

"그래, 사실이야. 말을 잘하는 조개가 분명히 있을 거야. 의심할 여지가 없지. 하지만 큰 조개류, 특히 제일 큰 조개류는 잡기가 정말 힘들단다. 깊은 바다에서만 보이거든. 그 녀석은 헤엄을 치는 대신 바다 밑바닥을 기어 다니니까 그물에 거의 걸리질 않아. 깊은 바다 밑바닥까지 내려갈 방법을 찾으면 정말 좋을 텐데. 그럴 수만 있다면 많은 걸 배울 수 있을 거야. 그러고 보니 아침 식사를 까맣게 잊고 있었구나. 아침 먹었니, 스터빈스?"

내가 여기 오느라 아침 먹는 걸 잊었다고 말하자 박사님은 곧 나를 부엌으로 데려갔다.

박사님은 주전자에 든 뜨거운 차를 찻주전자에 옮겨 부으면서 말했다. "만약 사람이 바다 밑바닥에 내려가 오랫동안 머무를 수 있다면 대단한 걸 발견하게 될 거야. 다른 사람들이 꿈꿀 수 없었던 것들 말이지."

"하지만 사람들이 바다에 들어가긴 하잖아요, 안 그래요? 잠수부 같은 사람들이요." 내가 물었다.

박사님이 말했다. "오, 그래. 물론 그렇지. 잠수부들도 바다에 들어가지. 나도 잠수복을 입고 바다에 들어가 봤단다. 하지만 얘야, 잠수부들은 얕은 바닷속에 들어갈 뿐이야. 깊은 바다에는 못 들어가지. 내가 하고 싶은 건 진짜 깊은 바다에 들어가는 거야. 몇 킬로미터 아래 저 깊은 곳. 흐음, 언젠가는 할 수 있겠지. 차를 조금 더 따라 주마."

→ 8장 ←

넌 눈썰미가 좋니?

바로 그때 폴리네시아가 부엌으로 들어오더니 새의 말로 박사님에게 무언가 말했다. 물론 나는 무슨 말을 하는지 이해하지 못했다. 박사님은 바로 나이프와 포크를 내려놓고는 부엌에서 나갔다.

“정말 남부끄럽기 짝이 없다니까.” 박사님이 문을 닫자마자 앵무새가 말했다. “박사가 집에 돌아오자마자 그 소식이 온 동네 동물들한테 퍼졌어. 아픈 고양이랑 피부병에 걸린 토끼들이 박사를 만나서 얘기를 듣겠다고 몇 킬로미터나 걸어 여기까지 왔다니까. 지금 뒷문 밖에 뚱뚱한 토끼가 낑낑대는 새끼를 데리고 와 있어. ‘제발 박사님을 만나게 해 주세요, 얘가 몸을 부들부들 떨어요. 바보같이 또 독풀을 먹었나 봐요.’ 이러고 있다고. 동물들은 정말 생각이 없어. 특히 엄마들 말이야. 박사를 식사 중에 부르질 않나, 한밤중에 자는데 깨우질 않나. 박사는 어떻게 그런 무례함을 참는지 모르겠어. 정말 모르겠다니까. 이 가엾은 남자는 한시도 편한 날이 없어. 내가 몇 번이고 진료 시간을 정해 놔야 한다고 말했는데 너무 친절한 데다가 동정심까지 많아. 아픈 동물들이 찾아오면 도무지 거절할 줄 모르지. 위급한 환자는 바로 봐야 한다나."

"동물들은 왜 다른 의사한테 찾아가지 않는 거지?" 내가 물었다.

"맙소사!" 앵무새가 경멸하듯이 고개를 확 쳐들며 소리쳤다.

"수의사가 하나도 없으니까 그렇지. 진짜 의사들이 없다니까. 물론 동물을 돌보는 사람들이 있기는 해. 하지만 실력이 없어. 동물이 하는 말을 알아듣지 못하거든. 그러니 무슨 쓸모가 있겠니? 너나 네 아버지가 의사를 만났는데 그 의사가 네 말을 한마디도 이해하지 못한다고 상상해 봐. 네가 건강해지려면 어떻게 해야 하는지 네가 알아듣도록 말해 주지도 못하고! 세상에! 그런 의사들이라니! 수의사란 사람들이 그렇게 멍청하다니까. 너는 몰라! 참, 박사가 먹을 베이컨을 불에 올려 놓을래? 박사가 돌아올 때까지 따뜻하게 데워 놔야겠어."

"내가 동물 말을 배울 수 있을 것 같니?" 나는 난로에 접시를 얹으면서 물었다.

"음, 네가 하기 나름이지. 너는 똑똑한 학생이니?" 폴리네시아가 말했다.

"글쎄." 나는 조금 부끄러워하며 대답했다. "사실 난 학교에 다

"눈썰미가 좋은 사람이 되는 게 아주 중요해."

닌 적이 없어. 아버지가 너무 가난해서."

"흐음, 지금까지 본 학생들을 떠올려 보면 네가 많이 못 배우지는 않았을 것 같아. 그런데, 눈썰미는 좋니? 뭔가 보면 잘 구별해낼 수 있어? 무슨 말이냐 하면, 예를 들어, 네가 사과나무에 앉아 있는 찌르레기 수컷 두 마리를 봤다고 해 봐. 한 번 자세히 보는 거지. 그리고 다음 날 그 찌르레기들을 다시 봤을 때 두 찌르레기를 구별할 수 있겠어?"

"모르겠는걸. 한 번도 해 본 적이 없으니." 내가 말했다.

"흐음." 폴리네시아는 왼발로 식탁 모서리에 떨어진 부스러기를 치우며 말했다. "그걸 사람들은 관찰력이라고 하지. 새와 동물의 사소한 부분까지 주의 깊게 보는 거 말이야. 동물이 어떻게 걷는지, 머리를 어떻게 움직이는지, 날개를 어떻게 퍼덕이는지. 어떻게 숨을 들이마시고 어떻게 수염을 씰룩거리고 어떻게 꼬리를 흔드는지. 네가 동물 말을 배우고 싶다면 이런 사소한 움직임까지 알아챌 수 있어야 해. 왜냐하면 동물들은 대부분 혀를 써서 말을 하지 않거든. 대신 숨소리나 꼬리, 발을 사용해. 그건 사자와 호랑이가 더 많았던 오랜 옛날, 소리를 내면 포악한 동물들이 그 소리를 들을까 봐 겁을 냈기 때문이야. 물론 새들은 개의치 않았지만. 날개로 언제든 날아갈 수 있으니까. 아무튼 첫 번째로 명심해야 할 사실은 눈썰미가 좋은 사람이 되는 게 동물 말을 배우는데 아주 중요하다는 거야."

"굉장히 어려울 것 같아." 내가 말했다.

폴리네시아가 말했다. “참을성이 정말 많아야 해. 고작 몇 마디를 정확히 말하는 데도 오래 걸리거든. 하지만 네가 여기에 자주 온다면 내가 몇 가지 방법을 알려 줄게. 일단 시작하면 얼마나 빨리 배우는지 놀라게 될걸. 네가 동물 말을 배울 수 있다면 참 좋겠다. 박사를 대신해서 네가 일을 좀 할 수 있을 테니까. 내 말은, 붕대를 감아 주거나 약을 주는 일같이 쉬운 일은 네가 할 수 있다는 거지. 응, 그래, 그것 참 좋은 생각인데. 그 불쌍한 양반이 도움을 받고 좀 쉴 수 있으면 좋겠어. 박사가 일하는 거 보면 정말 너무하다 싶어. 네가 박사를 돕지 못할 이유가 하나도 없어. 동물들을 좋아하기만 하면.”

“아, 난 정말 좋을 거 같은데! 박사님이 허락하실 것 같니?” 내가 물었다.

폴리네시아가 말했다. “물론이지. 네가 환자를 돌보는 법을 배우면 내가 박사한테 바로 얘기할게. 쉿! 박사가 온다. 빨리 베이컨을 식탁에 다시 가져다 놔.”

9장

꿈의 정원

아침 식사가 끝나자 박사님이 내게 정원을 구경시켜 주었다. 집이 흥미로운 곳이었다면 정원은 백배는 더 흥미로운 곳이었다. 그렇게 맘에 쏙 들고 매력적인 곳을 나는 본 적이 없었다. 일단 그곳이 얼마나 큰지 가늠하기가 어려웠다. 가도 가도 끝이 없는 것 같았다. 이제 '정원을 다 봤구나' 하고 생각했는데 울타리 너머를 보게 되고, 모퉁이를 돌거나 계단을 걸어 올라가면 또 기대하지 않았던 새로운 세계가 펼쳐졌다.

그곳은 정원에 있을 만한 모든 것을 갖추고 있었다. 넓디 넓은 잔디밭에는 이끼로 덮인 석조 의자가 놓여 있었다. 잔디에는 수양버들이 늘어져 있었는데 바람이 불 때마다 솜털처럼 보송보송

한 가지 끝자락이 흔들리면서 벨벳같이 보드라운 잔디밭을 쓰다듬었다. 잘 손질된 키 큰 주목나무로 이루어진 울타리 사이에 난 정원 통로에는 오래된 판석이 깔려 있었는데 마치 오래된 마을에 있는 좁은 길 같았다. 울타리를 지나면 출입구가 있었다. 출입구를 지나면 꽃병과 공작, 반달 모양으로 손질된 나무가 서 있었고, 대리석으로 만들어진 아름다운 연못에는 금빛 잉어와 파란 수련, 커다란 초록 개구리가 있었다. 채마밭을 따라 서 있는 높은 벽돌담은 햇볕 속에서 익어 가는 분홍과 노란빛 복숭아로 뒤덮여 있었다. 커다랗고 멋진 떡갈나무 한 그루도 서 있었다. 둥치가 비었는데 어찌나 큰지 장정 네 명이 거뜬히 숨을 수 있을 것 같았다. 정자도 여러 채 있었는데 나무로 지은 것도 있고 돌로 지은 것도 있었다. 그중 한 채는 책들로 꽉 차 있었다. 바위와 고사리 사이 모퉁이에는 야외 벽난로가 있었는데 박사님은 바깥 공기를 쐬면서 식사를 하고 싶을 때면 여기서 간과 베이컨을 굽곤 했다. 따스한 여름밤, 나이팅게일의 노랫소리를 들으며 박사님이 누워서 잠을 청했을 법한 소파도 있었다. 소파에는 바퀴가 달려 있어서 새들의 노래가 들리는 나무 아래 어디든 옮겨 다닐 수 있었다. 하지만 무엇보다도 내 맘을 사로잡은 건 커다란 느릅나무 꼭대기 가지 위에 있는 작은 오두막집과 거기에 달려 있는 줄사다리였다. 박사님은 그곳에서 망원경으로 달과 별을 보곤 했다.

며칠이고 돌아다니면서 탐험할 수 있는 그런 정원이었다. 언제나 새로운 것과 마주쳤고 본 곳을 다시 가 봐도 즐거웠다. 처음 박사님 정원을 본 날, 나는 푹 빠져서 언제까지라도 그곳에서 살고 싶었다. 다시는 정원 밖으로 나가고 싶지 않았다. 행복과 기쁨을 주며 마음을 평화롭게 해 주는 모든 게 그 담장 안에 있었다. 그곳은 꿈의 정원이었다.

정원에 들어가자마자 알아챈 한 가지 특징은 그곳에 새가 아주 많다는 사실이었다. 나무마다 새 둥지가 두세 개는 있는 것 같았다. 다른 많은 야생동물들도 그곳을 자기 집 삼아 지냈다. 족제비, 거북, 겨울잠쥐는 아주 흔했는데 이 녀석들은 전혀 겁을 내지 않았다. 각양각색의 두꺼비들이 자기들 집인 양 잔디밭을 활보했다. 초록도마뱀(퍼들비에서는 좀처럼 보기 힘들다.)은 햇빛을 받으며 돌 위에 앉아 우리를 보고 눈을 끔벅거렸다. 심지어는 뱀도 보였다.

"무서워할 필요 없다." 커다란 검은 뱀이 우리 앞에서 꿈틀거리며 정원 통로를 가로질러 갈 때 내가 놀라는 것을 본 박사님이 말했다. "저 녀석들은 독성이 없어. 정원에 사는 여러 해충들이 줄어드는 데 큰 역할을 하고 있지. 나는 저녁이면 가끔 저 녀석들한테 플루트를 불어 준단다. 그럼 좋아해. 꼬리를 곧추세운 채 한없이 움직인다니까. 재밌지 않니? 뱀이 음악을 좋아하는 게."

"이 동물들은 왜 다 여기 와서 사는 걸까요? 이렇게 많은 동물들이 사는 정원을 본 적이 없어요." 내가 물었다.

"아마 이곳에서 좋아하는 먹이를 구할 수 있기 때문이겠지. 그리고 여기에는 신경 쓸 것도, 귀찮게 하는 것도 없으니까. 물론 이 동물들은 나를 알아. 자신이나 새끼들이 아플 수도 있으니 의사네 정원에서 사는 게 편하다는 걸 아는 거겠지. 보렴. 해시계에 앉아서 밑에 있는 지빠귀에게 욕을 하고 있는 참새 보이지? 몇 년째 여기서 여름을 나고 있단다. 런던에서 오지. 여기 있는 시골 참새들은 맨날 이 참새를 놀려 대곤 해. 런던 사투리로 말한다고 말이야. 이 참새는 참 재밌어. 굉장히 용감한데 아주 되바라지기도 했거든. 토론하는 걸 좋아해. 그런데 토론을 하다가 끝내는 건방을 떨고 말지. 진짜 도시 새란다. 런던에 머무를 때는 세인트 폴 대성당 근처에서 살아. 우리는 이 참새를 '치프사이드(중세 시대 런던의 유명한 시장—옮긴이)'라고 부른단다."

"여기 이 새들은 모두 이 근처 시골에서 온 건가요?" 내가 물었다.

"대부분은. 하지만 보통은 영국 근처에 얼씬도 하지 않는 몇몇 회귀한 새들이 매년 우리 집을 찾아오기도 해. 예를 들어 금어초 주변을 빙빙 돌고 있는 멋지게 생긴 저 작은 녀석은 붉은목벌새란다. 미국에서 왔지. 정확히 말하면, 붉은목벌새는 여기 기후와 전혀 맞질 않아. 이곳은 너무 서늘하거든. 그래서 밤에는 부엌에서 재우지. 그리고 매년 8월 마지막 주가 되면 보라색 극락조가 브라질에서 나를 찾아와. 정말 멋쟁이야. 물론 아직 안 왔지만. 여름이 되면 나를 찾아오는 철새가 몇 마리 더 있어. 대부분은 열대지방에서 날아오지. 자, 이리 오렴. 네게 동물원을 보여 줘야겠다."

10장

둘리틀 박사님 집 동물원

나는 정원에서 더 볼 게 있을 거라고 생각하지 않았다. 하지만 박사님은 내 팔을 잡고 좁은 정원로를 따라 걷기 시작하더니 굽은 길을 돌고 돌아 높은 돌담 속 작은 문 앞에 섰다. 박사님이 문을 밀어서 열어젖혔다.

안은 또 다른 정원이었다. 나는 동물들이 우리 안에 갇혀 있을 거라고 생각했다. 하지만 우리는 없고 대신 정원 여기저기에 돌로 만든 작은 집이 있었다. 그리고 각 집에는 창과 문이 달려 있었다. 우리가 들어가자 문이 열리더니 먹이를 주는 줄 알았는지 동물들이 우리를 향해 달려 나왔다.

"문에 자물쇠가 없나요?" 내가 박사님한테 물었다.

"있지. 문에는 다 자물쇠가 달려 있어. 하지만 이 동물원 문들은 바깥쪽이 아니라 안쪽에서 열린단다. 안에만 자물쇠가 있거든. 그래서 여기 오는 다른 동물이나 사람들이 귀찮다 싶으면 언제든지 안에서 문을 닫아 버리지. 이 동물원에 있는 동물들은 누가 시켜서 여기 있는 게 아니고 자기가 좋아서 있는 거란다."

"동물들이 다 행복해 보여요. 깨끗해 보이기도 하구요. 동물들 이름을 알려 주실 수 있나요?" 내가 물었다.

"물론이지. 자, 보자. 저쪽 벽돌 아래에 코를 박고 있는 녀석 말이다. 등에 딱지가 가득하고 재밌게 생긴 저 동물이 남아메리카 아르마딜로란다. 아르마딜로에게 말을 걸고 있는 작은 녀석은 캐나다 우드척이고. 얘들은 담 밑에 보이는 구멍 속 굴에 살고 있지. 연못에서 우스꽝스러운 짓을 하고 있는 작은 동물 둘은 러시아 밍크란다. 저 녀석들을 보니 생각나는 게 있구나. 오전에 마을에 가서 얘들에게 줄 청어를 좀 가지고 와야겠다. 오늘은 일찍 문을 닫으니까. 집에서 걸어 나오고 있는 저 동물은 영양이란다. 좀 더 작은 남아프리카 종이지. 이제 덤불 맞은편으로 가 보자꾸나. 좀 더 보여 주마."

"저기 저 녀석들은 사슴인가요?" 내가 물었다.

"사슴이라! 어디 말이니?"

내가 가리키며 말했다. "저기요. 화단 끝에서 풀을 씹어 먹고 있잖아요. 두 마리인데요."

"아, 저놈 말이냐." 박사님이 웃으며 말했다. "저건 두 마리가 아니야. 머리가 둘 달린 동물이지. 이 세상에 단 하나뿐인 동물이란다. '푸시미풀류'라고 부르지. 아프리카에서 데리고 왔어. 푸시미풀류는 아주 말을 잘 들어. 동물원에서 밤을 지키는 파수꾼 역할을 한단다. 잘 때 한 쪽 머리만 잠이 들거든. 아주 유용하지. 다른 쪽은 밤새 깨어 있단다."

"사자나 호랑이도 있나요?" 함께 걸으면서 내가 물었다.

"아니. 사자와 호랑이를 이곳에 데리고 있을 수는 없어. 그리고 그럴 수 있다 하더라도 난 그렇게 하지 않을 거야. 내 마음대로 할 수만 있다면, 스터빈스, 이 세상에 갇혀 있는 사자나 호랑이는 단 한 마리도 없을 거야. 녀석들은 갇혀 있는 걸 좋아하지 않거든. 절대 행복할 수 없지. 녀석들은 한곳에 머무르지 않아. 언제나 자기들이 떠나온 큰 땅을 생각하지. 호랑이와 사자의 눈을 보면 항상 자기들이 태어난 탁 트인 공간을 꿈꾸고 있다는 걸 알 수 있어. 엄마에게 사슴 냄새를 쫓는 법을 배웠던 깊고 어두운 정글을 꿈꾸지. 그런데 이 모든 걸 내준 대신 이 동물들이 얻은 게 뭔지 아니?" 걸음을 멈추고 내게 이렇게 묻던 박사님 얼굴은 화가 나서 점점 붉어졌다. "아프리카에서 떠오르는 찬란한 태양, 황혼녘 야자수를 간질이는 부드러운 바람, 얽히고설킨 덩굴의 초록빛 그림자, 커다란 별이 반짝이는 사막의 서늘한 밤, 힘든 사냥을 마친 후 듣는 장엄한 폭포 소리를 그 무엇과 맞바꿀 수 있겠니? 이것들 대신 얻은 게 도대체 뭐냔 말이야. 철창이 달린 빈 우리, 하루에 한 번 던져 주는 고깃덩어리, 입을 벌린 채 이 녀석들을 바라보는 바보 같은 사람들! 안 돼, 스터빈스. 사자와 호랑이 같은 위대한 사냥꾼들은 동물원에 있으면 절대로, 절대로 안 된단다."

박사님은 매우 심각해지더니 거의 슬픔에 빠진 것 같았다. 하지만 갑자기 태도를 바꾸더니 예의 명랑한 미소를 되찾고는 내 팔을 잡고 이끌었다.

"아직 나비 집을 못 봤구나. 수족관도 못 봤고. 가자. 난 나비 집이 참 뿌듯하단다."

우리는 다시 걸었고 이내 울타리로 둘러싸인 곳으로 들어갔다. 그곳에는 가는 철사로 촘촘히 짜 만든 새장같이 생긴 커다란 오두막 몇 채가 있었다. 그물망 안쪽엔 햇볕을 받으며 온갖 아름다운 꽃들이 피어 있었고 나비들이 꽃을 스치며 날고 있었다. 박사님이 맨 끝에 있는 오두막을 가리켰는데 거기에는 구멍이 뚫린 작은 상자들이 한 줄로 놓여 있었다.

박사님이 말했다. "저것들은 부화 상자란다. 저 안에 애벌레 여러 종류를 넣어 뒀지. 애벌레가 나비나 나방이 되면 곧 이 화원으로 와서 꿀을 먹지."

"나비도 말을 할까요?" 내가 물었다.

"그럴 거야. 딱정벌레도 마찬가지고. 하지만 아직까지 곤충 말을 많이 배우지는 못했단다. 요즘 조개 말을 익히느라 너무 바빴거든. 이제 해 봐야지."

그때 폴리네시아가 우리에게 와서 말했다. "박사, 뒷문에 기니피그가 두 마리 와 있어. 자기들을 붙잡아 둔 남자아이한테서 도망쳐 왔대. 아이가 먹을 걸 제대로 안 줬다는군. 안으로 들여보내 줄 건지 알고 싶어 해."

박사님이 말했다. "그래. 동물원으로 오는 길을 안내해 줘. 기니피그에게 문 근처에 있는 왼쪽 집을 내주고. 검은 여우가 살던 집 말이야. 이곳 규칙을 알려 주고 먹을 걸 푸짐하게 줘. 자, 스터빈스, 우리는 수족관으로 가자. 먼저 내가 키우는 조개가 들어 있는 큰 바닷물 수조를 보여 주마."

→ 11장 ←

폴리네시아는 나의 선생님

내가 새로운 친구 집에 가지 않은 날은, 짐작하겠지만, 거의 없었다. 매일 박사님 집에서 살다시피 했다. 어느 날 저녁 어머니가 침대를 박사님 집에 갖다 놓고 함께 살면 어떻겠냐며 농담을 하실 정도였다.

어느 정도 시간이 흐르자 나는 박사님에게 꽤 도움이 되었다. 박사님을 대신해서 애완동물에게 먹이를 주었고, 동물원으로 사용될 새 집을 짓고, 울타리 세우는 걸 거들었으며, 박사님을 찾아오는 병든 동물을 치료하는 일도 도우면서 그곳에 필요한 온갖 자질구레한 일을 했다. 나는 정말 즐겁게 그 일들을 하면서(정말이지 신세계에서 사는 것 같았다.), 내가 이렇게 자주 가지 않으면 박사님이 나를 보고 싶어 할 거라고 생각했다.

그리고 내가 갈 때마다 폴리네시아는 내게 새의 말을 가르쳐 주었고 동물들이 말할 때 쓰는 신호를 이해할 수 있도록 알려 주었다. 처음에 난 동물 말을 결코 배울 수 없을 거라고 생각했다. 굉장히 어려워 보였다. 하지만 폴리네시아는 놀랄 만한 인내심을 가지고 나를 대했다. 가끔은 화를 참느라 애를 쓰기도 했지만.

곧 나는 새들의 낯선 지저귐을 알아듣기 시작했고 개들이 대화할 때 하는 익살스러운 행동을 이해하기 시작했다. 침대에 누우면 징두리 벽 뒤에서 나는 쥐 소리에 귀를 기울였고 지붕 위 고양이와 퍼들비 시장 광장에 있는 비둘기들을 주의 깊게 바라보았다.

삶이 즐거울 때 항상 그렇듯 하루하루가 매우 빠르게 지나갔다. 하루하루가 모여서 한 주가 지나갔고, 또 한 달이 지났다. 곧 박사님 정원에 핀 장미꽃이 꽃잎을 떨궜고 널따란 초록 잔디에 노란 잎이 쌓였다. 그렇게 여름이 거의 저물어 갔다.

어느 날 폴리네시아와 나는 서재에서 이야기를 하고 있었다. 서재는 멋지고 기다란 방이었는데 웅장한 벽난로 선반이 있었고 벽면에는 천장부터 바닥까지 이야기책, 정원 손질에 관한 책, 의술에 관한 책, 여행에 관한 책 등 온갖 책으로 꽉 찬 책꽂이가 있었다. 나는 이 책들을 사랑했는데 특히 온갖 나라의 지도가 수록된 지도책을 좋아했다.

이날 오후 폴리네시아는 내게 박사님이 쓴 동물에 관한 책을 보여 주었다.

"우와! 박사님은 정말 책이 많구나. 사방이 책이야! 맙소사! 읽을 수 있으면 좋겠다. 엄청나게 재미있을 거야. 넌 읽을 수 있니, 폴리네시아?"

폴리네시아가 말했다. "아주 조금. 책장 넘길 때 조심하렴. 종이를 찢으면 안 되거든. 난 책 읽을 시간이 별로 없어. 거기 있는 글자는 K이고 이건 B야."

"그림 밑에 있는 이 단어는 무슨 뜻이야?" 내가 물었다.

"어디 보자." 폴리네시아는 철자를 읽기 시작했다. "B, A, B, O, O, N. 개코원숭이라고 쓰여 있네. 읽는 건 보기보다 어렵지 않아. 글자만 알면 돼."

"폴리네시아, 너한테 정말 중요한 걸 묻고 싶어." 내가 말했다.

"꼬마야, 뭔데?" 폴리네시아가 오른쪽 날개 깃털을 쓰다듬으며 말했다. 폴리네시아는 종종 나에게 윗사람인 것처럼 말을 하곤 했다. 하지만 나는 폴리네시아의 그런 태도에 전혀 신경 쓰지 않았다. 어쨌든 폴리네시아는 거의 200살인데 나는 겨우 열 살이었으니까.

"있잖아, 어머니는 내가 여기서 이렇게 자주 밥을 먹는 건 옳지 않다고 생각하셔. 그래서 너한테 물어보는 건데, 내가 박사님을 위해 더 많은 일을 하고 대신 여기 와서 함께 살면 어떨까? 정원사나 일꾼들처럼 월급을 받는 대신, 일을 하는 대가로 여기서 잠을 자고 밥을 먹는 거지. 어떻게 생각해?"

"네 말은 진짜 박사 조수가 되고 싶다는 거구나. 맞지?"

"응. 바로 그거야." 내가 대답했다. "넌 내가 박사님한테 큰 도움이 된다고 말했잖아."

"흐음." 폴리네시아는 잠시 생각했다. "안 될 이유는 없지. 그럼 너는 커서 자연학자가 되고 싶다는 거니?"

"응. 난 결심했어. 이 세상 무엇보다도 자연학자가 되고 싶어."

폴리네시아가 말했다. "호오! 박사한테 가서 네 결심에 대해 얘기해 보자. 박사는 바로 옆방 연구실에 있어. 문을 아주 살살 열어야 해. 아마 일을 하고 있을걸. 방해받는 걸 싫어할지도 몰라."

나는 조용히 문을 열고 안을 들여다봤다. 처음 내 눈에 띈 건 난로 앞 깔개 가운데에 귀를 쫑긋 세운 채 앉아서 박사님이 읽어 주는 편지에 귀를 기울이고 있는 커다란 검정색 레트리버였다.

"박사님이 뭘 하고 있는 거지?" 내가 폴리네시아에게 속삭이며 물었다.

"아, 레트리버가 여주인에게 받은 편지를 읽어 달라고 가져왔어. 레트리버는 마을 반대편에서 미니 둘리라는 우스꽝스러운 여자애랑 같이 살거든. 미니는 머리를 땋고 다니는데 땋은 머리가 허리까지 내려오지. 여름이라 남동생과 함께 바닷가로 놀러 가 있어. 그런데 이 늙은 레트리버가 아이들이 집을 비워서 너무 상심한 거야. 그래서 아이들이 레트리버에게 편지를 보낸 거지. 물론 영어로. 이 나이 든 개는 편지를 읽을 수 없어서 이리로 가져왔고 박사가 그 편지를 개가 이해할 수 있는 말로 바꿔서 읽어 주는 거란다. 레트리버가 흥분한 걸 보니 미니가 곧 돌아올 거라고 쓴 게 틀림없어."

정말 레트리버는 갑자기 기뻐서 어쩔 줄 몰라 했다. 박사님이 편지를 다 읽자 그 나이 든 개는 목청 높여 짖기 시작했고 세차게 꼬리를 흔들면서 연구실 안을 뛰어다니기 시작했다. 그러더니 입에 편지를 물고는 코를 킁킁거리고 웅얼거리면서 연구실 밖으로 뛰어나갔다.

"마차 마중을 가나 보네. 저 개가 애들을 왜 그렇게 따르는지 도무지 이해할 수 없다니까. 너도 미니를 한번 봐야 해. 그렇게 잘난 척하는 애도 없을걸. 게다가 사팔뜨기란다."

→ 12장 ←

멋진 생각

곧 박사님이 고개를 들고 문 앞에 있는 우리를 보았다.

"어, 들어오거라, 스터빈스. 무슨 할 말이 있니? 들어와 의자에 앉거라."

"박사님, 저는 커서 박사님 같은 자연학자가 되고 싶어요."

"오, 자연학자가 되고 싶다고. 그래? 오! 저런! 너, 흐음, 네 뜻을 부모님께 말씀 드렸니?"

내가 말했다. "아니요, 아직이요. 박사님이 저 대신 부모님께 얘기해 주시면 좋겠어요. 박사님이 더 잘하실 테니까요. 저는 박사님 도우미, 그러니까 조수가 되고 싶어요. 박사님이 필요하시다면요. 지난 밤에 어머니는 제가 여기서 이렇게 자주 식사를 하는 건 옳지 않은 것 같다고 하셨어요. 그래서 제가 많이 생각해 봤거든요. 이렇게 하면 어떨까요? 그러니까 제가 여기서 식사를 하고 잠을 자는 대가로 일을 하면 안 될까요?"

"얘야, 스터빈스." 박사님이 웃으며 말했다. "네가 일 년 내내 여기 와서 밥 세 끼를 다 먹더라도 나는 환영이란다. 네가 있어서 기쁘기만 한걸. 게다가 너는 정말 많은 일을 하고 있잖니. 나는 종종 너한테 돈을 줘야 하는 게 아닐까 생각해. 그나저나 네가 원하는 게 뭐니?"

"생각해 봤는데요. 박사님이 어머니와 아버지를 만나서 이렇게 얘기해 주시면 좋겠어요. 제가 박사님과 함께 살도록 해 주면 박사님이 저한테 읽고 쓰는 법을 가르치겠다고 말이에요. 어머니는 정말로 제가 글을 배우길 원하세요. 게다가 글을 모른다면 제대로 된 자연학자가 될 수 없을 거예요. 그렇겠죠?"

"글쎄다. 글을 아는 게 좋기야 하겠지. 하지만 자연학자라고 모두 다 똑같은 건 아니야. 예를 들면, 요즘 사람들 입에 많이 오르내리는 찰스 다윈이라는 젊은 친구는 케임브리지 졸업생이야. 글을 읽고 쓰는 능력이 정말 탁월해. 그리고 퀴비에는 교수였지. 하지만 들어 보렴. 이들 중 가장 위대한 자연학자는 자신의 이름도 쓸 줄 몰랐을뿐더러 A, B, C도 읽을 줄 몰랐단다."

"그 사람이 누군데요?" 내가 물었다.

"수수께끼 같은 인물이지. 정말 수수께끼 같은 사람이야. 긴 화살이라고 한단다. 황금 화살의 아들이지. 그 사람은 아메리카 원주민이야."

"그 사람을 만나 본 적이 있으세요?" 내가 물었다.

박사님이 말했다. "아니. 한 번도 만나지 못했어. 그 누구도 긴 화살을 만나지 못했지. 다윈은 그런 사람이 있는지도 모를걸. 긴 화살은 페루 산악 지대 어디쯤 사는데 주로 동물들과 원주민들하고만 생활하거든. 그는 한곳에 오래 머무는 법이 없어. 떠돌이 원주민마냥 이 부족에서 저 부족으로 옮겨 다닌단다."

"박사님은 어떻게 그 사람에 대해 그렇게 많이 아세요? 한 번도 만난 적이 없으시다면서요?" 내가 물었다.

박사님이 말했다. "보라색 극락조가 있잖니. 보라색 극락조가 내게 얘기해 줬지. 극락조는 긴 화살이 정말 놀라운 자연학자라고 말하더구나. 지난번에 극락조가 나를 찾아왔을 때 긴 화살에게 내 말을 전해 달라고 부탁했지. 돌아올 때가 다 됐는데. 어떤 답을 받아올지 정말 궁금해. 여기 오는 길에 아무 일도 없어야 할 텐데."

"그러면 동물들이나 새들은 아플 때 왜 박사님을 찾아오죠? 긴 화살이 그렇게 훌륭한데 왜 그 사람한테 가지 않는 걸까요?"

박사님이 말했다. "내 치료 방법이 좀 더 현대적이라서 그런 것 같아. 하지만 극락조가 말하는 걸 들어 보면 긴 화살이 가진 자연사 지식은 정말 대단해. 특히 식물학, 그러니까 온갖 종류의 풀과 나무 전문가란다. 하지만 새와 짐승에 대해서도 많이 알지. 벌과 딱정벌레도 잘 알아. 그건 그렇고 스터빈스, 정말 자연학자가 되고 싶니?"

"네, 이미 마음을 정했는걸요." 내가 말했다.

"흐음, 자연학자는 결코 돈을 많이 벌 수 있는 직업이 아니야. 전혀 아니지. 훌륭한 자연학자 대부분이 전혀 벌이가 없어. 오히려 돈을 많이 쓰지. 나비채와 새알 보관용 통 같은 걸 사야 하거든. 나는 꽤 오래전에 자연학자가 됐지만 내가 쓴 책으로 적은 돈이라도 벌기 시작한 건 아주 최근이란다."

"돈벌이는 상관없어요. 저는 자연학자가 되고 싶어요. 다음 주 목요일에 우리 집에 오셔서 어머니 아버지와 함께 저녁 식사를 하지 않으시겠어요? 제가 부모님께 박사님한테 부탁할 거라고 얘기했거든요. 그때 박사님이 부모님께 제 희망을 얘기하시면 돼요. 한 가지 더 있어요. 제가 박사님과 살면서 여기 집안일이랑 박사님 일에 익숙해지면 박사님이 항해를 떠나실 때 저도 같이 갈 수 있겠죠?"

"아, 알겠다." 박사님이 미소를 지으며 말했다. "그러니까 너는 나와 함께 항해를 떠나고 싶다는 거지? 아하, 그래!"

"박사님이 가시는 여행이라면 어디든 함께 가고 싶어요. 만약 누군가가 박사님을 대신해서 나비채와 공책을 들어 준다면 박사님은 훨씬 편하실 거예요. 그렇죠?"

박사님은 오랫동안 생각에 잠긴 채 손가락으로 책상을 두드리며 앉아 있었고, 나는 박사님이 뭐라고 말할지 기다리는 동안 초조해서 조바심이 났다.

드디어 박사님이 어깨를 으쓱하며 일어섰다.

"스터빈스, 내가 다음 주 목요일에 네 부모님을 만나서 네 생각을 얘기해 보마. 그렇게 해 보자. 어머니 아버지께 초대해 주셔서 감사하다고 전해 주렴. 알겠지?"

나는 신이 나서 어머니에게 박사님 말을 전하기 위해 바람처럼 집으로 향했다.

13장

돌아온 치치

다음 날, 나는 차를 마신 후 박사님 정원 담장에 앉아서 대브대브에게 말을 걸었다. 나는 폴리네시아에게 많은 것을 배워서 대부분의 새와 몇몇 동물들과는 큰 어려움 없이 이야기를 나눌 수 있었다. 대브대브는 나이가 많은데 아주 상냥하고 어머니처럼 사랑이 넘치는 새였다. 폴리네시아만큼 똑똑하거나 재미있지는 않지만, 몇 년째 박사님 살림꾼 노릇을 하고 있었다.

말했듯이 그날 저녁 무렵 대브대브와 나는 평평한 정원 담벼락 꼭대기에 걸터앉아 옥슨스롭 길을 내려다보고 있었다. 양 떼가 퍼들비 시장으로 쫓겨 들어가는 모습이 보였다. 대브대브는 내게 박사님이 아프리카에서 겪은 모험담을 들려줬다. 대브대브는 예

돌아온 치치

전에 박사님과 함께 아프리카로 여행을 떠난 적이 있었다.

문득 옥슨스롭 길에서 마을 쪽으로 이상한 소리가 들려왔다. 많은 사람들이 환호하는 소리 같았다. 나는 누가 오는지 보려고 담 위에 올라섰다. 그러자 누더기를 걸친 신기하게 생긴 여자를 따라 아이들이 무리를 지어 굽은 길을 돌고 있는 게 보였다.

"도대체 무슨 일이지?" 대브대브가 외쳤다.

아이들이 깔깔거리며 소리를 지르고 있었다. 그러고 보니 아이들이 졸졸 따라가고 있는 그 여자는 확실히 특이했다. 팔이 정말 길었고 그렇게 어깨가 굽은 사람은 처음이었다. 머리에는 양귀비꽃을 얹은 밀짚모자를 쓰고 있었고 치마가 너무 길어서 옷자락이 땅바닥에 끌렸다. 머리에 쓴 챙이 넓은 모자는 눈까지 내려와 있어서 얼굴을 좀처럼 볼 수 없었다. 그 여자가 우리 쪽으로 다가올수록 아이들의 웃음소리가 커졌는데 여자의 손은 굉장히 검을뿐더러 마녀처럼 털이 많았다.

그때 옆에 있던 대브대브가 별안간 큰 소리로 이렇게 외쳐서 나를 놀래켰다.

"맙소사, 치치네! 드디어 치치가 돌아왔어! 녀석들이 감히 치치를 놀리다니! 저 악동들 손 좀 봐 줘야겠어!"

그러고는 담에서 옥슨스롭 길로 내려가 곧장 아이들에게 향하더니 무섭게 꽥꽥거리면서 아이들의 발과 다리를 쪼아 댔다. 아이들은 마을로 줄행랑을 쳤다.

밀짚모자를 눌러쓴 이상한 생김새의 그 사람은 잠시 서서 도망가는 아이들을 응시하더니 기진맥진해서 대문을 향해 걸어 올라왔다. 그리고 굳이 대문 걸쇠를 푸는 대신 대문이 방해라도 되는 것처럼 바로 문 위로 기어 올라갔다. 그때 그 사람이 발로 문살을 잡고 있는 게 보였다. 실은 네 발로 기어오르고 있는 거였다. 나는 모자 아래로 드러난 얼굴을 흘낏 보고 나서야 비로소 그가 원숭이라는 걸 알았다.

치치는 대문 위에서 미심쩍은 표정으로 나를 보더니 얼굴을 찡그렸는데 아마 다른 아이들처럼 내가 자기를 놀려 댄다고 생각한 모양이었다. 잠시 후 치치는 안쪽 정원으로 뛰어내리자마자 옷을 벗기 시작했다. 밀짚모자를 반으로 찢어 길에 던졌고 윗옷과 치마를 벗어서 사납게 밟은 다음 앞쪽 정원으로 뻥 차 버렸다.

얼마 지나지 않아 집에서 끼익 하는 소리가 들리더니 폴리네시아가 날아왔고 그 뒤로 박사님과 지프가 달려 나왔다.

"치치! 치치! 드디어 돌아왔구나! 내가 맨날 박사한테 너는 여기로 돌아올 방법을 찾아낼 거라고 말했지. 어떻게 온 거야?"

이들은 치치를 둘러싼 채 손을 잡고 흔들면서 웃었고 치치에게 수만 가지 질문을 한꺼번에 퍼부었다. 그리고 모두 집으로 향했다.

박사님이 나를 보며 말했다. "얼른 내 침실로 올라가 봐라, 스터빈스. 책상 왼쪽 서랍에 땅콩 봉지가 있을 거야. 치치가 언제 돌아올지 몰라 항상 땅콩을 거기에 넣어 두었거든. 그리고 잠깐만, 음, 주방 창고에 바나나가 있는지 대브대브한테 물어봐라. 치치가 두 달 동안 바나나를 한 개도 못 먹었다는구나."

내가 다시 부엌으로 내려왔을 땐 모두들 아프리카에서 시작된 치치의 여행담에 귀를 기울이고 있었다.

→ 14장 ←

치치의 바다 여행 이야기

폴리네시아가 떠난 후 박사님과 퍼들비의 작은 집에 대한 치치의 향수병은 그 어느 때보다 더 깊어졌다. 결국 치치는 무슨 수를 써서라도 폴리네시아를 따라가겠다고 마음을 먹었다. 그리고 바닷가에 간 어느 날, 치치는 흑인과 백인 등 수많은 사람들이 영국으로 향하는 배에 오르는 모습을 보았다. 치치도 배에 타려고 애를 썼다. 하지만 사람들은 치치를 막아서더니 쫓아내 버렸다. 그때 치치는 배에 올라타는 이상한 대가족 일행을 봤는데 그 일행 중 한 아이는 치치가 한때 사랑했던 사촌을 떠올리게 했다. 치치는 혼잣말을 했다. "내가 여자아이를 닮은 것만큼이나 저 여자애는 원숭이를 닮았네. 내게 입을 옷만 있다면 저 가족들 사이에 껴서 쉽게 배에 오를 수 있을 텐데. 사람들이 나를 여자애로 착각할 거야. 멋진 생각인데!"

그리하여 치치는 아주 가까운 마을로 갔고, 열려 있는 창문 안으로 겅중겅중 뛰어 들어갔는데 거기서 의자에 놓여 있는 치마와 윗옷을 발견했다. 그 옷들은 목욕을 하고 있던 흑인 숙녀의 것이었다. 치치는 그 옷들을 입었다. 그리고 해변으로 돌아가서는 사람들과 뒤섞여 마침내 큰 배에 안전하게 슬쩍 끼어 들어갔다. 치치는 사람들이 자신을 너무 가까이에서 보지 못하도록 숨어 있는 게 좋겠다고 생각했다. 치치는 배가 영국까지 항해하는 내내 숨어 있었고 모두가 잠이 든 밤에만 음식을 찾으러 밖에 나왔다.

배가 영국에 도착한 후 배에서 내리려고 했을 때 결국 뱃사람들이 치치가 여자아이 차림을 한 원숭이라는 사실을 알아차리고는 치치를 붙잡아서 애완동물로 삼으려고 했다. 그러나 치치는 무사히 선원들 손아귀에서 빠져나왔고 해변에 내리자마자 군중 속으로 몸을 숨긴 채 유유히 도망쳤다. 하지만 퍼들비까지는 갈 길이 멀었다. 영국을 가로질러야 했다.

치치는 고된 나날을 보냈다. 마을을 지나갈 때마다 아이들이 잔뜩 몰려와서는 치치를 놀려 대며 뒤를 졸졸 따라다녔다. 때때로 철없는 사람들이 치치를 붙잡고 막아서는 바람에 가로등 기둥에 기어 올라가거나 굴뚝에 기어 들어가 몸을 피해야 할 때도 있었다. 밤에는 도랑이나 헛간같이 몸을 숨길 수 있는 곳이면 어디든 들어가 잠을 잤다. 울타리에서 딴 산딸기와 개암 열매로 근근이끼니를 때웠다. 수많은 모험과 아슬아슬한 고비를 넘긴 끝에 퍼들비 교회탑이 보이자 치치는 그제야 옛집에 거의 다 왔다는 걸 알았다. 이야기를 끝낸 치치는 쉬지도 않고 바나나 여섯 개를 먹어 치웠고 우유 한 사발을 들이켰다.

치치가 말했다. "아! 왜 난 폴리네시아 같은 날개를 갖고 태어나지 않았을까? 그럼 여기까지 날아올 수 있었을 텐데. 내가 저 모자와 치마를 얼마나 싫어하게 됐는지 너희들은 모를걸. 살면서 이렇게 불편한 적이 없었다니까. 브리스톨에서 여기까지 오는 내내 그 망할 모자가 벗겨지거나 나무에 걸리질 않으면 저 짜증 나는 치마에 걸려 넘어져 여기저기 다쳤다니까. 도대체 여자들은 왜 저런 걸 입는 거지? 아! 오늘 아침 내가 벨러비 농장 옆 언덕에 올라가서 퍼들비 마을을 봤을 때 얼마나 기쁘던지!"

박사님이 말했다. "주방 창고 접시걸이 위에 네 침대를 준비해 놨단다. 언제 돌아올지 몰라서 항상 깨끗이 치워 두었어."

대브대브가 말했다. "그래. 밤에 추울지 모르니까 예전에 네가 담요로 사용하던 박사님의 그 낡은 겉옷을 덮어."

치치가 말했다. "고마워. 옛집에 다시 돌아오니까 좋다. 내가 떠났을 때랑 모든 게 똑같네. 저기 문 뒤에 있는 깨끗한 수건만 빼고. 저건 새것인가 보군. 이만 잠자리에 들게. 난 자야겠어."

우리는 모두 부엌에서 나와 주방 창고로 가서 치치가 돛대에 기어오르는 선원처럼 접시걸이에 올라가는 모습을 지켜봤다. 꼭대기에 올라간 치치는 몸을 둥글게 말고 낡은 겉옷을 덮은 다음 1분이 채 지나기도 전에 평화롭게 코를 골았다.

"착한 치치! 돌아와서 기쁘구나." 박사님이 말했다.

"그래, 착한 치치!" 대브대브와 폴리네시아가 따라서 말했다.

그러고는 우리 모두 발뒤꿈치를 든 채 주방 창고를 나온 후 문을 아주 살살 닫았다.

15장

박사님 조수가 됐어요!

목요일 저녁 우리 집은 흥분에 휩싸였다. 어머니는 나에게 박사님이 좋아하는 음식이 무엇인지 물었고 나는 돼지갈비와 얇게 자른 근대 뿌리, 구운 빵, 새우, 달달한 파이라고 대답했다. 밤이 되자 어머니는 음식을 모두 준비하고 박사님을 기다리면서 모든 게 잘 정돈되어 있는지, 박사님을 맞을 준비가 다 되었는지 확인하기 위해 끊임없이 집 여기저기를 돌아다녔다.

마침내 문을 두드리는 소리가 들렸고 물론 내가 제일 먼저 나가서 박사님을 맞았다.

박사님은 이번에는 자신의 플루트를 가지고 왔다. 저녁 식사가 끝나자(박사님은 음식을 대단히 맛있게 드셨다.) 식탁을 치웠고 그

릇들은 개수대에 담가 둔 채 다음 날로 설거지를 미루기로 했다. 그리고 박사님과 아버지는 듀엣으로 플루트를 연주하기 시작했다. 박사님과 아버지가 함께 연주하는 데 푹 빠진 나머지 내 얘기를 꺼내지 않을까 봐 슬슬 걱정이 되기 시작했다. 하지만 마침내 박사님이 말을 꺼냈다.

"아드님이 자연학자가 되고 싶다고 하더군요."

그리고 긴 대화가 시작되더니 밤이 훌쩍 지나서도 계속되었다. 어머니와 아버지는 처음부터 그랬던 것처럼 그 생각에 얼마간 반대했다. 부모님은 내 희망이 남자아이들의 변덕일 뿐이라며 곧 싫증을 낼 거라고 말했다. 하지만 박사님은 여러 면에서 하나하나 이야기를 하고는 아버지를 향해 말했다.

"자, 스터빈스 씨, 아드님이 2년 동안, 그러니까 열두 살이 될 때까지 우리 집에 머무르면 어떻겠습니까? 그 2년 동안 이 일에 싫증을 낼지, 그렇지 않을지 알아보는 겁니다. 그동안 제가 이 아이에게 읽기와 쓰기, 연산을 조금 가르치겠다고 약속하지요. 어떻습니까?"

"잘 모르겠군요." 아버지가 고개를 저으며 말했다. "박사님은 정말 친절하시군요. 고마운 제안이에요. 하지만 토미는 나중에 먹고 살려면 돈을 벌 수 있는 장사를 배워야 해요."

그러자 어머니가 나섰다. 어머니는 내가 어린 나이에 집을 떠날지도 모른다는 생각에 눈물을 글썽거리면서도 아버지에게 이번 이야말로 내가 공부를 할 수 있는 좋은 기회라는 점을 강조했다.

어머니가 말했다. "여보, 마을에 사는 많은 아이들이 열네 살이나 열다섯 살까지 중학교에 다니잖아요. 2년 동안 공부하는 거면 괜찮아요. 읽기와 쓰기만 배워도 시간을 허투루 쓰는 게 아닐 거예요." 어머니는 눈물을 닦으려고 손수건을 꺼내면서 덧붙였다. "토미가 떠나면 이 집은 텅 빈 것 같겠지만요."

"토미가 시간을 내서 어머니를 보러 오도록 제가 신경 쓸게요, 스터빈스 부인. 원하신다면 매일이라도요. 사실 토미가 그렇게 멀리 가는 것도 아니에요." 박사님이 말했다.

마침내 아버지는 두 손을 들었고 나는 2년 동안 박사님을 위해 일하는 대신 잠자리와 식사를 제공받고 글을 배우기로 했다.

박사님이 덧붙였다. "물론 돈이 생기면 토미에게 옷도 마련해 주겠습니다. 하지만 제 수입이 일정하지 않답니다. 돈이 있을 때도 있지만 없을 때도 있죠."

"정말 친절하시군요, 박사님." 어머니가 눈물을 닦으면서 말했다. "토미가 정말 운이 좋은 아이인 것 같아요."

그리고 그때 생각 없고 이기적인 어린애였던 나는 박사님 귀에 대고 이렇게 속삭였다.

"항해에 대해서 얘기하는 거 잊지 마세요."

"아, 그건 그렇고." 박사님이 말했다. "물론 가끔이긴 한데 저는 일 때문에 여행을 떠나야 할 때가 있습니다. 토미가 여행에 동행하는 걸 반대하지 않으시겠지요?"

불쌍한 어머니는 이 예기치 못한 새로운 말에 깜짝 놀라 고개를 들었는데 그 어느 때보다도 못마땅한 듯 걱정스러운 표정을 짓고 있었다. 나는 박사님이 앉아 있는 의자 뒤에 서서 두근거리는 마음으로 아버지의 대답을 기다렸다.

"아니요." 한참 후에 아버지가 느릿느릿 대답했다. "우리가 일단 박사님 계획을 받아들이기로 했으니 거기에 반대할 명분이 없겠지요."

말할 것도 없이 그 순간 나는 이 세상에서 가장 행복한 아이였다. 구름 위에 떠 있는 것 같았고 하늘을 걷는 것 같았다. 거실을 돌면서 춤을 출 뻔했다. 드디어 내 꿈이 이루어지는 순간이었다. 마침내 부자가 되고 모험을 할 기회가 온 것이다! 나는 박사님이 오래지 않아 항해에 나설 거라는 걸 잘 알고 있었다. 폴리네시아는 박사님이 항해에서 돌아오면 여섯 달 이상 집에 머무르지 않는다고 내게 말해 준 적이 있었다. 그러니 박사님이 2주일 내에 다시 여행을 떠날 게 분명했다. 그리고 나, 토미 스터빈스가 박사님과 여행을 떠나는 것이다! 생각해 보라! 바다를 건너 낯선 나라의 해변을 걷고 온 세상을 돌아다니는 모습을!

2부

→ 1장 ←

'마도요'호 선원

그때부터 당연히 마을에서 내 위치가 매우 달라졌다. 나는 더 이상 가난한 구둣방 집 아들이 아니었다. 황금 목걸이를 찬 지프와 함께 번화가를 걸을 때면 항상 목에 힘이 들어갔고, 전에 학교도 못 갈 정도로 가난하다며 나를 얕잡아 보고 잘난 척하던 남자 아이들이 이제는 나를 가리키며 친구들에게 이렇게 소곤거렸다.

"재 알아? 재가 박사님 조수래. 이제 열 살밖에 안 됐는데!"

그런데 내가 옆에 있는 개와 얘기를 주고받을 수 있다는 걸 알았더라면 그 아이들 눈은 놀라움으로 훨씬 더 커졌을 것이다.

저녁 식사를 하러 우리 집을 방문한 지 이틀 뒤에 박사님은 매우 풀이 죽은 표정으로 현재로서는 조개류와 갑각류의 말을 배우는 걸 포기해야 할지 모르겠다고 말했다.

"정말 실망스럽구나. 스터빈스, 정말. 홍합과 조개, 굴, 쇠고둥, 새조개, 가리비하고 얘기를 해 봤거든. 일곱 종류의 게, 온갖 바닷가재하고도 해 봤고. 아무래도 당분간 그만뒀다가 나중에 다시 해 봐야겠어."

"그럼 이제 무슨 일을 하실 건가요?" 내가 물었다.

"음, 항해를 떠날까 해. 스터빈스. 여행에서 돌아온 지 꽤 됐거든. 그리고 해외에서 많은 일들이 나를 기다리고 있단다."

"언제 출발하죠?" 내가 물었다.

"음, 일단 보라색 극락조가 여기 올 때까지 기다려야 해. 극락조가 긴 화살로부터 어떤 전갈을 가져올지 알아야 하거든. 극락조가 늦는구나. 열흘 전에는 도착했어야 하는데. 극락조에게 아무 일도 없어야 할 텐데."

"타고 갈 배를 알아보는 게 좋지 않을까요? 극락조는 하루 이틀이면 분명히 도착할 테니까 그동안 준비할 게 많을 거예요." 내가 말했다.

"그래, 사실 그렇지. 강가에 가서 네 친구 조개잡이 할아버지, 조를 만나 보자꾸나. 배에 대해 잘 알 테니." 박사님이 말했다.

"나도 갈래요." 지프가 말했다.

"그래, 같이 가자." 박사님이 말했고 곧 우리 모두 출발했다.

조 할아버지는 얼마 전에 배를 샀는데 그 배를 타고 여행을 하려면 세 사람이 필요하다고 했다. 우리는 어쨌든 그 배를 보겠다고 했다.

조 할아버지는 우리를 데리고 강가로 내려가서 한 번도 본 적이 없는 미끈하고 근사한 배를 보여 주셨다. 배 이름은 마도요호였다. 조 할아버지는 그 배를 우리에게 싼값에 팔겠다고 했다. 그런데 문제는 우리는 두 명뿐인데 마도요호를 몰려면 세 명이 필요하다는 거였다.

"물론 나는 치치를 데려갈 거란다. 그런데 치치는 날래고 똑똑하긴 하지만 사람처럼 힘이 세지는 않아. 항해를 하려면 배가 큰 만큼 한 명이 더 필요한데." 박사님이 말했다.

"좋은 선원을 한 명 알고 있소만." 조 할아버지가 말했다. "일등 선원이고 이 일을 아주 좋아할 거요."

"아니, 고맙지만 사양하겠어요." 둘리틀 박사님이 말했다. "선원은 필요 없어요. 고용할 여력이 없거든요. 게다가 선원들은 제게 방해가 된답니다. 바다에서 선원들은 항상 규정대로 일을 하고 싶어 하는데 나는 내 식대로 하는 걸 좋아하지요. 자, 어디 보자, 누구랑 같이 갈 수 있을까?"

"동물 먹이 장수 매슈 머그 아저씨는 어때요?" 내가 말했다.

"아니, 매슈는 안 될 것 같아. 매슈는 좋은 친구지만 너무 말이 많아. 특히 류머티즘에 대해서. 긴 항해 동안 함께 지낼 사람을 고를 때는 아주 신중해야 한단다."

"은둔자 루크 아저씨는 어떨까요?" 내가 물었다.

"좋은 생각이구나. 루크가 갈 수 있다면 좋겠는데. 지금 바로 가서 물어보자꾸나."

2장

은둔자 루크

은둔자 루크 아저씨는 전에 말한 대로 우리의 오랜 친구였다. 루크 아저씨는 정말 독특한 사람이었다. 아저씨는 멀리 떨어진 습지에 있는 오두막에서 얼룩무늬 불도그만 곁에 둔 채 혼자 살았다. 아저씨가 어디서 왔는지 누구도 몰랐다. 은둔자 루크라고 부를 뿐 이름도 몰랐다. 마을로 내려오는 법도 없었다. 사람들을 만나려 하지 않았고 말도 붙이지 않았다. 루크 아저씨와 함께 지내는 불도그 밥은 오두막으로 찾아오는 사람들을 다 쫓아 버리곤 했다. 퍼들비에 사는 사람에게 아저씨가 누구인지, 왜 그렇게 외로운 곳에서 혼자 사는지 물으면 돌아오는 대답은 "은둔자 루크요? 글쎄요. 그 사람에겐 뭔가 비밀이 있어요. 그 비밀이 뭔지는 아무도 모르죠. 근처에 가지 마세요. 개한테 물릴걸요."라는 말뿐이었다.

그래도 종종 습지에 있는 작은 오두막을 찾는 두 사람이 있었는데 바로 박사님과 나였다. 그리고 밥은 우리가 오는 소리가 들려도 절대 짖지 않았다. 우리는 루크 아저씨를 좋아했고 아저씨 역시 우리를 좋아했다.

그날 오후 우리는 동쪽에서 불어오는 찬바람을 맞으며 습지를 가로질러 갔다. 오두막에 가까워졌을 때쯤 지프가 귀를 쫑긋 세우며 말했다.

"좀 이상한데요!"

"뭐가 이상하다는 거지?" 박사님이 물었다.

"밥이 우리를 마중 나오지 않잖아요. 한참 전에 우리가 오는 소리를 들었을 텐데 말이죠. 아니면 냄새를 맡았거나. 저 이상한 소리는 뭐죠?"

"문이 삐걱대는 소리 같은데. 루크 집 문에서 나는 소리겠지. 여기서는 문이 보이지 않지만. 문은 오두막 반대쪽에 있잖니."

"밥이 아픈 게 아니어야 할 텐데." 지프는 밥이 대답하는지 보려고 한번 짖어 보았다. 하지만 들리는 건 광활한 습지를 가로질러 불어오는 소금기 밴 바람 소리뿐이었다.

우리 셋은 깊이 생각에 잠긴 채 서둘러 발걸음을 옮겼다.

오두막 앞에 도착해 보니 문이 열린 채 바람에 앞뒤로 흔들리면서 음침하게 삐걱대고 있었다. 집 안을 들여다봤다. 안에는 아무도 없었다.

"루크 아저씨가 집에 없나 봐요. 아마 산책을 나갔나 보죠." 내가 말했다.

"루크는 항상 집에 있는데." 박사님이 이상하다는 듯 얼굴을 찡그리며 말했다. "게다가 바람에 문이 쾅 닫히도록 놔 둔 채 산책을 나가지는 않아. 뭔가 이상해. 지프, 거기서 뭘 하고 있니?"

"아무것도 아니에요. 특별히 얘기할 만한 건 없어요." 지프가 유난히 세심하게 오두막 바닥을 관찰하며 말했다.

"이리 와 봐라, 지프." 박사가 굳은 목소리로 말했다. "뭔가 나에게 숨기는 게 있구나. 넌 흔적을 찾아냈고 뭔가 알고 있어. 아니면 적어도 짐작은 하고 있지. 무슨 일이지? 나한테 말해 봐. 루크는 어디 있는 거지?"

"몰라요." 지프가 죄라도 지은 듯 불안하게 말했다. "루크가 어디 있는지 모른다구요."

"넌 뭔가 알고 있어. 네 눈에 그렇게 쓰여 있거든. 무슨 일이니?"

그러나 지프는 대답하지 않았다.

10여 분 동안 박사님은 지프에게 캐물었다. 하지만 지프는 한마디도 하지 않았다.

결국 박사님이 말했다. "흐음, 추위 속에서 여기 서 있어 봐야 아무 소용 없겠어. 은둔자는 사라져 버렸어. 집으로 돌아가서 점심이나 먹자."

우리는 외투 단추를 채운 후 다시 습지를 가로질러 갔고 지프는 물쥐를 찾는지 앞서서 달려갔다.

"지프는 틀림없이 뭔가를 알고 있어." 박사님이 귓속말을 했다. "무슨 일이 일어났는지도 알고 있을 거야. 지프가 나한테 말을 하지 않는 게 좀 이상해. 전에는 이런 적이 한 번도 없었는데. 11년 동안 한 번도. 언제나 나한테 모든 걸 얘기했거든. 아주 이상해!"

"지프가 루크 아저씨에 대한 걸 다, 그러니까 사람들이 말하는 커다란 비밀 같은 걸 다 알고 있다는 건가요?"

"지프가 다 알고 있다 해도 놀랄 게 없지." 박사님이 느릿느릿 대답했다. "문이 열려 있고 그 오두막이 텅 빈 걸 발견한 순간 난 지프 표정에서 뭔가를 눈치챘단다. 그리고 지프가 바닥에서 냄새를 맡을 때도. 바닥 냄새에서 뭔가를 발견한 거야. 지프가 우리는 볼 수 없는 흔적들을 찾아낸 거지. 왜 나한테 얘기하지 않는지 궁금할 뿐이야. 다시 지프에게 물어봐야겠어. 지프! 지프! 지프가 어디로 간 거지? 우리 앞에서 가고 있는 것 같았는데."

"저도 그런 줄 알았는데요. 조금 전까지만 해도 저기 있었거든요. 틀림없이 봤는데. 지프! 지프! 지프!"

하지만 지프는 사라져 버렸다. 우리는 계속해서 지프를 불렀다. 오두막에 되돌아가 보기도 했지만 지프는 사라지고 없었다.

"아, 어쩌면 우리보다 앞서서 집에 갔을지도 몰라요. 종종 그렇게 하잖아요. 집에 돌아가면 찾을 수 있을 거예요."

하지만 박사님은 바람을 막기 위해 외투 깃을 바짝 여미면서 이렇게 중얼거리며 걸어갈 뿐이었다. "이상해. 정말 이상한 노릇이야!"

3장

지프와 비밀

집에 도착하자마자 박사님은 복도에 있는 대브대브를 보고 물었다.

"지프 아직 집에 안 왔니?"

"네. 지프는 못 봤어요." 대브대브가 말했다.

"지프가 오면 바로 알려 줘. 알겠지?" 박사님이 모자를 걸면서 말했다.

"물론이죠. 얼른 손 씻고 오세요. 식탁에 점심을 준비해 놨으니까." 대브대브가 말했다.

우리가 부엌에서 점심을 먹기 위해 막 앉으려고 할 때 현관에서 시끌벅적한 소리가 들려왔다. 내가 달려가서 현관문을 열었다.

그러자 지프가 들어왔다.

"박사님!" 지프가 외쳤다. "빨리 서재로 와 보세요. 박사님한테 얘기할 게 있어요. 안 돼, 대브대브, 지금 밥 먹을 시간 없어. 제발요, 박사님. 지체할 시간이 없다니까요. 박사님하고 토미 말고 다른 동물들은 들어오지 말라고 하세요."

우리가 서재에 들어가서 문을 닫자 지프가 말했다. "자, 문을 잠그고 창문에서 누가 엿듣지 않는지 확인해 봐요."

"자, 이제 됐다. 여기 있으면 아무도 네 말을 엿들을 수 없어. 무슨 일이니?" 박사님이 말했다.

"박사님." 지프가 말했다. (지프는 달려온 탓에 가쁘게 숨을 몰아쉬었다.) "사실 은둔자 루크에 대해 다 알고 있어요. 몇 년 전부터 알고 있었죠. 하지만 박사님한테 얘기할 수 없었어요."

"왜?" 박사님이 물었다.

"왜냐하면 아무에게도 얘기하지 않기로 약속했거든요. 루크가 데리고 있는 개 밥이 내게 얘기해 줬어요. 그리고 난 밥에게 비밀을 지키기로 맹세했죠."

"흐음, 그런데 이제 와서 나에게 얘기를 하겠다는 거냐?"

"네." 지프가 말했다. "우리가 루크를 구해야만 하니까요. 습지에서 박사님과 토미를 떼어 놓고 밥의 냄새를 쫓아갔어요. 그리고 밥을 찾아냈죠. 밥에게 '박사님한테 말해도 괜찮아? 박사님이 뭔가 해 줄 거야'라고 말했죠. 그러니까 밥이 말했어요. '응, 괜찮아. 왜냐하면…'"

"아, 제발, 그런 건 넘어가고 핵심을 말해 봐!" 박사님이 소리쳤다. "비밀이 뭔데? 너희 둘이 주고받은 얘기 말고. 무슨 일이 일어난 거야? 은둔자 루크는 도대체 어디 있지?"

"은둔자 루크는 퍼들비 감옥에 있어요. 감옥에 갇혀 있다고요." 지프가 말했다.

"감옥이라고!"

"네."

"무엇 때문에? 은둔자가 무슨 일을 저질렀지?"

지프가 문 쪽으로 가더니 밖에서 누가 엿듣는지 확인하려고 문 밑에 코를 대고는 냄새를 맡았다. 그리고 까치발로 박사님에게 돌아오더니 속삭였다.

"은둔자가 사람을 죽였어요!"

"하느님, 맙소사!" 의자에 털썩 주저앉은 채 손수건으로 이마를 문지르며 박사님이 외쳤다. "언제 그런 일을 저지른 거지?"

"15년 전 멕시코에 있는 금광에서요. 그 사건 때문에 루크는 쭉 숨어 지낸 거예요. 사람들이 알아보지 못하게 수염을 밀고 사람들과 멀리 떨어진 습지에서 산 거랍니다. 그런데 지난주에 새로운 경찰이 마을에 왔어요. 그리고 습지 오두막에 혼자 사는 이상한 사람이 있다는 소문을 들은 거죠. 경찰들은 의심을 품었어요. 15년 전 멕시코 금광에서 살인을 저지른 자를 잡기 위해 오랫동안 온 세상을 뒤졌거든요. 경찰들이 오두막으로 출동했고 팔에 있는 사마귀를 보고 범인인 줄 알아차렸대요. 그리고 감옥에 집어넣었죠."

"흐음! 누가 그런 일이 있었을 거라고 상상이나 했겠니? 루크, 그 현자가! 사람을 죽이다니! 믿을 수가 없어." 박사님이 중얼거렸다.

"불행히도 틀림없는 사실이에요." 지프가 말했다. "루크는 사람을 죽였어요. 하지만 루크 잘못은 아니에요. 밥이 그렇게 말했거든요. 밥이 그 자리에서 모든 걸 봤대요. 그때는 작은 강아지였죠. 밥은 루크가 어쩔 수 없었대요. 사람을 죽일 수밖에 없었다는 거예요."

"지금 밥은 어디 있니?" 박사님이 물었다.

"감옥에 있어요. 여기로 같이 오자고 했지만 밥은 루크가 거기 있는 한 감옥을 떠나지 않을 거예요. 루크가 갇힌 감방 문 밖에 앉아서 꿈쩍도 하지 않는걸요. 먹을 것에 입도 안 대구요. 박사님, 제발 가서 박사님이 도울 수 있는 게 있는지 한번 봐 주세요. 재판이 오늘 오후 2시에 열릴 거래요. 지금 몇 시지요?"

"1시 10분이란다."

"밥은 사람들이 루크가 사람을 죽였다는 증거만 있으면 사형을 시키거나 죽을 때까지 감옥에 가둬 둘 거래요. 박사님, 갈 건가요? 박사님이 재판관한테 루크가 얼마나 착한 사람인지 얘기하면 루크를 풀어 줄 거예요."

"당연히 가야지." 박사님이 나갈 채비를 하면서 말했다. "하지만 내가 얼마나 도움이 될지 모르겠구나." 박사님은 문으로 향하면서도 생각에 잠긴 채 망설였다.

"게다가 만약에…"

그러더니 박사님은 곧 문을 열고 지프와 함께 나갔고 나도 그 뒤를 쫓아갔다.

4장

밥

대브대브는 우리가 점심도 안 먹고 다시 집을 나서는 걸 보고는 몹시 못마땅해했다. 그리고 가는 길에 먹으라며 우리 주머니에 차갑게 식은 돼지고기 파이를 넣어 주었다.

퍼들비 법원(감옥 바로 옆에 있다.)에 도착하고 보니 건물 주변에 사람들이 구름 떼처럼 모여 있었다.

마침 그때가 순회재판 기간이었다. 순회재판은 석 달에 한 번 열리는데, 이때 소매치기나 나쁜 짓을 저지른 사람들이 런던에서 온 고등 재판관에게 재판을 받았다. 그래서 특별한 일이 없는 퍼들비 사람들은 재판을 구경하기 위해 다들 법원으로 모여들었다.

하지만 오늘은 좀 달랐다. 몇몇 할 일 없는 사람들만 모인 게 아니었다. 모인 사람들 수가 어마어마했다. 은둔자 루크 아저씨가 살인죄로 재판을 받을 거라는 것과 오랫동안 루크를 둘러싸고 있던 커다란 수수께끼가 마침내 풀릴 거라는 소식이 동네방네 퍼졌던 것이다. 푸줏간 주인과 빵집 주인은 가게 문을 닫고 하루 쉬기로 했고 인근에 사는 농부들과 마을 사람들도 나들이옷 차림으로 법정 안에 자리를 잡고 앉거나 밖에 서서 소문에 대해 수군거리고 있었다. 거리를 따라 걸을 수 없을 만큼 많은 사람들이 길을 꽉 메우고 있었다. 평온한 이 마을이 그렇게 시끌시끌한 적은 없었다. 목사님의 장남인 퍼디낸드 피프스가 은행을 털었던 1799년 이후로 퍼들비에서는 한 번도 순회재판이 열린 적이 없었다.

박사님과 함께 오지 않았다면 난 법원 문 주변을 메운 인파를 뚫고 안으로 들어가지 못했을 것이다. 난 박사님 외투 자락을 잡고 뒤를 따라갔고 마침내 우리는 안전하게 감옥으로 들어갈 수 있었다.

"루크를 만나고 싶습니다." 박사님은 황동색 단추가 달린 파란 외투를 입고 위풍당당하게 문 앞에 서 있는 사람에게 말했다.

"감독관실에 가서 청하시오." 그 남자가 말했다. "복도를 따라가다 보면 왼쪽 세 번째 문이오."

"박사님, 박사님이 말을 건 사람이 누구죠?" 통로를 따라 걸으면서 내가 물었다.

"경찰이란다."

"경찰이 뭔데요?"

은둔자는 침대에 앉아 있었다.

"경찰? 사람들이 규율을 지키게끔 하는 사람이지. 로버트 필 경이 만들었어. 그래서 경찰관을 '필러'라고도 한단다. 우리는 놀라운 시대에 살고 있어. 사람들이 항상 새로운 걸 생각해 내니까. 여기가 감독관 사무실인 모양이구나."

거기서부터 다른 경찰이 와서 우리에게 길을 안내해 주었다.

루크의 감방 문 밖에 루크의 불도그인 밥이 있었는데 밥은 우리를 보자 슬픈 듯이 꼬리를 흔들었다. 우리를 안내한 남자는 주머니에서 큰 열쇠 꾸러미를 꺼내더니 감방 문을 열었다.

진짜 감방에 한 번도 들어가 본 적이 없었던 나는 경찰이 희미한 불빛이 비치는 작은 돌방에 우리를 남겨 두고 열쇠로 감방 문을 걸어 잠그자 적잖이 긴장됐다. 경찰은 나가기 전에 우리에게 루크 아저씨와 이야기를 끝내는 대로 문을 두드리면 돌아와서 문을 열어 주겠다고 말했다.

처음에는 안이 너무 침침해서 거의 아무것도 보이지 않았다. 하지만 조금 지나자 창살이 쳐진 작은 창 아래로 낮은 침대가 벽에 붙어 있는 게 보였다. 은둔자 루크 아저씨는 침대에 앉아 머리를 손에 묻은 채 다리 사이로 바닥을 노려보고 있었다.

"으음, 루크," 박사님이 상냥한 목소리로 말했다. "사람들이 여긴 그리 밝게 해 놓지 않았군."

루크 아저씨가 느릿느릿 바닥에서 고개를 들었다.

"존 둘리틀 박사님 아닙니까. 여기 어쩐 일이세요?"

"자네를 보러 왔지. 더 일찍 왔어야 했는데. 몇 분 전에야 이 모든 일에 대해 들었거든. 사실 자네가 나와 함께 항해를 떠날 수 있는지 물어보려고 자네 오두막을 찾아갔었는데 그곳이 비어 있더군. 자네가 어디 있는지도 모르겠고. 자네 일은 정말 안됐어. 내가 도울 일이 있는지 알아보려고 왔다네."

루크 아저씨는 고개를 저었다.

"아뇨. 없을 거예요. 결국 잡혔으니 다 끝난 거 같아요."

아저씨는 몸을 곧게 세우더니 작은 방 안을 왔다 갔다 하기 시작했다.

"한편으로는 다 끝나 버려서 기쁘기도 해요. 쫓기고 있다는 생각에 항상 불안했고 사람들과 말하는 게 겁이 났죠. 결국 잡히고 말았네요. 네, 다 끝나서 기뻐요."

박사님은 30분 넘게 루크 아저씨와 얘기를 하면서 아저씨 기운을 북돋아 주려 했고, 나는 옆에 앉아 뭐라도 할 수 있기를 바라면서 무슨 말이든 해야 하는 게 아닐까 생각했다.

비로소 이야기를 마친 박사님은 밥을 만나고 싶다고 말했다. 우리가 감방 문을 두드리자 경찰이 우리를 내보내 주었다.

"밥." 박사님은 통로에 있는 불도그에게 말했다. "현관으로 가자. 물어볼 말이 있어."

"박사님, 루크는 어때요?" 현관 쪽으로 난 복도를 걸으면서 밥이 물었다.

"루크는 괜찮아. 물론 굉장히 딱한 형편이긴 하지만. 자, 이제 얘기 좀 해 보렴, 밥. 네가 그때 일을 다 봤다고 했지? 사람이 죽었을 때 거기 있었지. 그렇지?"

"거기 있었어요, 박사님. 그리고 얘기할 게 있는데요." 밥이 말했다.

"알았다." 박사님이 말을 끊었다. "일단은 그걸로 됐어. 지금은 더 들을 시간이 없구나. 재판이 곧 시작될 거야. 재판관과 변호사들이 계단을 올라오고 있어. 자, 잘 들으렴, 밥. 법정 안에 들어가면 내 옆에 있으면 좋겠구나. 그리고 내가 시키는 대로 해야 해. 알겠니? 소란 피우지 말고. 사람들이 루크에 대해 무슨 말을 하든 물거나 하면 안 돼. 차분하게 행동하고 무슨 질문이든 내가 묻는 말에 사실대로 대답하면 돼. 알겠니?"

"잘 알았어요. 그런데 박사님, 박사님이 루크를 풀려나게 할 수 있을 거 같으세요?" 밥이 물었다. "루크는 정말 착한 사람이에요, 박사님. 이 세상에서 제일 착한 사람일 거예요."

"두고 보자, 밥. 난 이번에 새로운 걸 시도할 거야. 재판관이 허락할지 모르겠지만. 흐음, 지켜보자. 이제 법정에 들어갈 시간이구나. 내가 말한 걸 잊으면 안 된다. 잘 기억하렴. 아무도 물면 안 돼. 그렇지 않으면 우리는 다 쫓겨날 거고 모든 게 엉망이 될 거야."

5장

멘도사

법정 안은 모든 게 엄숙하고 훌륭했다. 천장이 높고 커다란 방이었다. 벽 쪽으로 바닥을 높인 곳에 재판관 탁자가 있었다. 재판관은 근사한 회색 가발을 쓰고 검정색 가운을 입은 멋지게 생긴 노인이었는데 이미 자리에 앉아 있었다. 재판관 밑에는 길고 널찍한 탁자가 또 있었는데 거기에는 흰색 가발을 쓴 변호사들이 앉아 있었다. 이 모든 게 교회와 학교를 적절히 섞어 놓은 것 같았다.

박사님이 작은 소리로 말했다. "저기 긴 의자에 성가대처럼 앉아 있는 열두 명을 배심원이라고 한단다. 루크가 죄를 지었는지, 그러니까 살인을 저질렀는지 아닌지를 결정하는 사람들이야."

"보세요! 루크 아저씨가 연단같이 생긴 곳에 있는데 양옆에 경찰이 있어요. 반대쪽에 똑같이 생긴 연단이 또 있네요. 거긴 비어 있어요."

"거기는 증인석이라고 부른단다. 난 지금 흰 가발을 쓴 사람 중 한 명과 얘기하러 갈 거니까 여기서 기다리면서 우리가 앉을 이 두 자리를 잘 지키고 있으렴. 밥이 여기 함께 있을 거야. 밥을 잘 지켜보고 있어야 해. 목줄을 잡고 있는 게 좋겠다. 얼마 걸리지 않을 거야."

그리고 박사님은 방을 꽉 채운 사람들 속으로 사라졌다.

그때 재판관이 이상하게 생긴 작은 나무 망치를 집더니 그걸로 책상을 두드렸다. 사람들을 조용히 시키려는 것 같았다. 사람들은 금세 수군거리던 것을 멈추고는 아주 공손하게 귀를 기울였다. 곧 검정색 가운을 입은 다른 사람이 일어서더니 손에 든 종이를 읽기 시작했다.

그 남자는, 정확하게 말하자면, 기도하듯이 중얼거렸는데 마치 남들이 자기가 하는 말을 못 알아듣길 바라는 것 같았다. 그래도 나는 몇 마디를 알아들을 수 있었다.

"어…어…어…어…은둔자 루크로도 알려진…어…어…어…멕시코에 있는…어…어…어…어…그날 밤에…푸른 수염 빌로도 알려진…어…어…어…어…그의 동업자를 죽였으므로…어…그러므로 존경하는 재판관님, 어…어…어…"

그 순간 누군가가 뒤에서 내 팔을 잡았는데 돌아보니 박사님이 흰색 가발을 쓴 사람과 함께 자리로 돌아와 있었다.

"스터빈스, 이분은 퍼시 젠킨스 씨란다. 루크의 변호사지. 루크를 석방시키는 게 이분 일이란다."

젠킨스 씨는 동그랗고 매끈한 얼굴 때문에 소년처럼 어려 보였다. 나와 악수를 하더니 곧바로 몸을 돌리고는 박사님과 얘기를 계속했다.

"오, 그건 정말 멋진 생각인데요. 당연히 이 개는 증인으로 인정되어야 합니다. 사건 목격자가 개밖에 없으니까요. 박사님이 오셔서 더없이 기쁩니다. 무슨 일이 있어도 이 기회를 놓치지 않을 거예요. 세상에나! 이번 일로 늙은 재판관이 깜짝 놀라지 않을까요? 순회재판은 언제나 지루하거든요. 하지만 이 일로 시끌시끌해질 거예요. 변론을 위해 불도그가 증인으로 나서다니! 방청석에 기자들이 많으면 좋겠는데. 아, 죄수 모습을 그리는 사람이 한 명 있긴 하군요. 이 재판이 끝나면 전 유명해질 겁니다. 그리고 콩키 씨가 기뻐하지 않을까요? 이런!"

젠킨스 씨는 웃음을 참기 위해 손으로 입을 막았으나 눈동자는 장난기로 반짝였다.

"콩키 씨가 누구죠?" 내가 박사님에게 물었다.

"쉿! 젠킨스 씨는 저기 위에 있는 유스터스 비첨 콩클리 재판관을 말하는 거란다."

젠킨스 씨는 공책을 꺼내면서 말했다. "자, 이제 박사님에 대해 좀 더 얘기해 주십시오. 더럼에서 의학박사 학위를 받았다고 했죠. 가장 최근에 나온 박사님 책 제목이?"

그들이 소곤거리며 대화를 나누는 바람에 더 이상은 들리지 않았다. 그래서 나는 다시 법정 안을 둘러봤다.

물론 그곳에서 일어나는 일을 다 이해할 수는 없었지만 그래도 모든 게 흥미로웠다. 박사님이 증인석이라고 말한 곳으로 사람들이 끊임없이 올라갔고 긴 탁자에 앉은 변호사들이 그들에게 '29일 밤'에 대한 질문을 던졌다. 한 사람이 내려오면 다른 사람이 그 자리로 올라가서 질문을 받았다.

변호사 중 한 명(박사님은 나중에 그 사람이 검사라고 말했다.)은 아저씨가 본디 악한 사람이라는 생각이 들게끔 질문을 던졌다. 은둔자 루크 아저씨를 궁지에 몰아넣기 위해 애를 쓰는 것 같았다. 이 심술궂은 검사는 코가 길었다.

나는 가엾은 루크 아저씨를 줄곧 바라봤다. 경찰관 둘 사이에 앉은 아저씨는 재판에는 아무 관심이 없는 듯 바닥만 뚫어져라 쳐다보고 있었다. 다만 피부가 까무잡잡하고 눈동자가 사악하게 번들거리는 땅딸보가 증인석으로 올라갔을 때 딱 한 번 관심을 드러냈다. 이 사람이 법정에 들어서자 내 의자 밑에 있던 밥이 으르렁댔고 루크 아저씨 눈은 분노와 경멸로 이글거렸다.

그 남자는 자신의 이름이 멘도사라 말하고는 푸른 수염 빌이 살해당한 다음 자신이 멕시코 경찰을 광산으로 데려갔다고 말했다. 그 남자가 말을 할 때마다 내 밑에 있는 밥이 웅얼대는 소리가 들렸다.

"거짓말! 거짓말이야! 저 얼굴을 물어뜯어 버릴 거야. 거짓말!"

나와 박사님은 밥을 달래느라 애를 먹었다.

그때 나는 박사님 옆에 있던 젠킨스 씨가 사라졌다는 걸 알았다. 그러나 곧 젠킨스 씨가 긴 탁자에서 재판관에게 얘기하고 있는 게 보였다.

"존경하는 재판관님, 변론을 위해 새로운 증인, 자연학자인 존 둘리틀 박사를 소개하겠습니다. 박사님, 증인석으로 와 주시겠습니까?" 젠킨스 씨가 말했다.

박사님이 사람들로 꽉 들어찬 방을 가로질러 가자 법정 안이 시끄러워졌다. 그때 코가 긴 그 사악한 검사가 몸을 숙이고는 꼬집고 싶을 만큼 추잡하게 웃으며 동료에게 뭔가 소곤거리는 게 보였다.

곧 젠킨스 씨가 박사님 신분에 관련된 전반적인 질문을 하면서 법정 안에 있는 모든 사람들이 들을 수 있도록 큰 소리로 대답하라고 말했다. 젠킨스 씨는 이렇게 말하면서 질문을 끝마쳤다.

"그리고 둘리틀 박사님, 박사님은 개가 하는 말을 이해하고 또 개들이 박사님의 말을 이해한다고 맹세할 수 있습니까?"

"예, 그렇습니다." 박사님이 말했다.

재판관이 매우 조용하면서도 위엄 있는 목소리로 말했다. "그런데 이 모든 게 푸른 수염 빌의 살인 사건과 무슨 관련이 있다는 거지요?"

"재판관님." 젠킨스 씨는 극장 무대에 선 듯 장중하게 말을 이어 갔다. "지금 이 법정 안에는 불도그 한 마리가 와 있습니다. 이 불도그야말로 푸른 수염 빌이 살해당한 장면을 목격한 유일한 생명체지요. 이 법정의 허락을 받아 저는 그 개를 증인석에 세우고 저명한 과학자인 존 둘리틀 박사로 하여금 여러분 앞에서 불도그에게 질문을 하도록 하겠습니다."

6장

재판관의 개

처음에는 법정 안에 물을 끼얹은 듯 정적이 흘렀다. 그러더니 곧 사람들의 술렁거리는 소리 때문에 법정은 벌집을 쑤셔 놓은 듯 소란스러워졌다. 많은 사람들이 놀란 것 같았다. 대부분의 사람들은 재미있어했지만 몇몇은 화를 냈다.

곧바로 코가 긴 그 심술궂은 검사가 의자를 박차고 일어났다.

"이의 있습니다, 재판관님." 검사가 재판관을 향해 팔을 거칠게 흔들면서 소리쳤다. "반대합니다. 이 법정의 존엄을 해칠 우려가 있습니다. 이의 있습니다."

"법정의 존엄을 걱정할 사람은 바로 나요." 재판관이 말했다.

그러자 젠킨스 씨가 다시 일어섰다. (이 재판이 심각하다는 점만 빼면, 한 사람이 내려가면 다른 사람이 올라오는 게 꼭 펀치와 주디 공연 같았다.)

“만일 우리가 얘기한 것이 조금이라도 의심스럽다면 박사님이 이 법정에서 자신의 능력, 그러니까 박사님이 동물의 말을 이해할 수 있다는 사실을 여기서 보여 주는 것에 반대하지 않으시겠지요?” 나이 든 재판관은 대답을 하기에 앞서 잠깐 생각에 잠겨 있었는데 그때 그의 눈동자가 즐거움으로 반짝이는 게 보였다.

마침내 재판관이 말했다. “좋소. 반대하지 않겠소.” 그리고 박사님을 향해 몸을 돌렸다.

“할 수 있겠소?” 재판관이 물었다.

“예, 재판관님. 물론입니다.”

재판관이 말했다. “그럼 좋소. 당신이 개의 증언을 알아들을 수 있다는 걸 우리에게 증명한다면 그 개는 증인으로 채택될 것이오. 개의 증언을 거부할 이유가 없소. 그러나 당신에게 경고하는데 만약 이 법정을 웃음거리로 만든다면 엄벌에 처해질 거요.”

“이의 있습니다, 이의 있습니다!” 코가 긴 그 검사가 소리쳤다. “이건 수치스러운 일입니다. 법정에 대한 모독입니다!”

“앉으시오!” 재판관이 매우 단호한 목소리로 말했다.

“재판관님은 제가 어느 동물과 얘기하기를 원하십니까?” 박사님이 물었다.

“내 개와 이야기를 나눠 보시오. 그 개는 바깥에 있는 물품 보관소에 있소. 그 개를 데려오도록 하겠소. 그러고 나서 당신이 하는 걸 봅시다."

곧 누군가가 나가서 재판관의 개를 데려왔다. 그 개는 다리가 늘씬하고 털이 북실북실한 러시아 울프하운드 종으로 덩치가 크고 사랑스러웠다. 위풍당당하고 아름다운 개였다.

"자, 박사." 재판관이 말했다. "당신은 이 개를 전에 본 적이 있소? 증인석에서 선서를 했다는 걸 기억하시오."

"아니요, 재판관님, 저는 전에 이 개를 본 적이 없습니다."

"그럼 좋소. 그 개한테 내가 어젯밤에 저녁 식사로 뭘 먹었는지 당신에게 말해 보라고 하겠소? 그 개는 나와 함께 있었고 내가 식사를 하는 내내 나를 지켜보고 있었소."

곧 박사님과 개가 몸짓과 소리로 이야기를 나누기 시작했다. 이들의 대화는 꽤 오랫동안 이어졌는데 박사님은 키득키득 웃기 시작하더니 대화에 푹 빠져서는 법정이나 재판관에 대한 걸 다 잊은 듯했다.

"정말 오래 걸리는군!" 내 앞에서 뚱뚱한 여인이 속삭이는 소리가 들렸다. "저 남자는 그냥 말하는 척할 뿐이야. 개와 말이 통할 리 없잖아! 개랑 얘기하는 사람이 어디 있어? 우리를 어린애로 생각하는 거야."

"아직 안 끝났소?" 재판관이 박사님에게 물었다. "내가 저녁으로 뭘 먹었는지 물어보는 데 시간이 그렇게 오래 걸릴 리 없을 텐데."

박사님이 말했다. "아, 아닙니다, 재판관님. 개가 이미 다 말했습니다. 그런데 재판관님이 식사가 끝난 후 뭘 했는지까지 저에게 말하더군요."

"그건 신경 쓰지 마시오." 재판관이 말을 이었다. "개가 뭐라고 대답했는지 말해 보시오."

"개는 재판관님이 양갈비와 구운 감자 두 알, 절인 호두를 먹었고 에일 한 잔을 곁들였다고 말했습니다."

재판관 유스터스 비첨 콩클리는 입술까지 하얗게 질렸다.

"마술에 걸린 것 같군. 꿈에도 생각지…" 재판관이 중얼거렸다.

박사님이 말을 이었다. "그리고 저녁을 다 드신 후에 재판관님이 프로 권투 경기를 보고 나서 자정까지 앉아 돈내기 카드놀이를 했고 노래를 흥얼거리면서 집으로 돌아왔다고 하네요. 우리는…"

"됐소." 재판관이 말을 끊었다. "당신이 동물과 말이 통한다는 걸 알겠소. 이제 죄수의 개를 증인으로 인정하겠소."

"이의 있습니다, 반대합니다!" 검사가 외쳤다. "재판관님, 이건…"

"앉으시오!" 재판관이 고함을 질렀다. "개의 증언을 듣겠다고 했소. 이것으로 모든 논란은 끝났소. 증인을 증인석에 세우시오."

이렇게 해서 영국 역사상 처음으로 개가 근엄한 순회재판 법정의 증인석에 앉게 되었다. 그리고 나, 토미 스터빈스가 (박사님이 건너편에 있는 나에게 신호를 보내자) 의기양양하게 밥을 데리고서 놀란 방청객과 얼굴을 찡그린 채 식식거리고 있는 그 코가 긴 검

증인석에 앉은 밥은 놀라서 입을 다물지 못하는 배심원들을 쏘아보았다.

사 옆을 지나 앞으로 나와서는 증인석에 놓인 높은 의자에 밥이 편하게 앉도록 도와주었고, 증인석에 앉은 밥은 놀라서 입을 다물지 못하는 배심원들을 난간 너머로 쏘아보았다.

→ 7장 ←

수수께끼의 끝

재판은 일사천리로 진행되었다. 젠킨스 씨는 박사님에게 '29일 밤'에 뭘 봤는지 밥에게 물어봐 달라고 했다. 밥이 알고 있는 모든 것을 박사님한테 말했고 박사님은 재판관과 배심원을 위해 밥이 한 말을 영어로 옮겼다. 밥이 한 증언은 이랬다.

"1824년 11월 29일 밤, 나는 은둔자 루크라고 불리는 주인님 루크 피츠존과 동업자 마누엘 멘도사, 푸른 수염 빌이라고도 불리는 윌리엄 보그스 이렇게 세 사람과 함께 그들이 발견한 멕시코 금광에 있었어요. 이 세 명은 아주 오랫동안 금을 찾아 헤맸어요. 땅에 깊은 구멍을 팠지요. 29일 아침에 구멍 밑바닥에서 어마어마한 금을 발견했어요. 물론 주인님과 동업자 두 명 모두 부자가 될 거라는 생각에 아주 기뻐했어요. 그런데 마누엘 멘도사가 푸른 수염 빌에게 함께 산책을 하자고 말했어요. 사실 난 항상 이 두 사람이 나쁜 짓을 꾸미지 않을까 의심하고 있었죠. 그래서 이들이 주인님을 남겨 두고 자리를 비우자 난 뭘 하는지 보려고 몰래 따라갔어요. 그리고 산속 깊은 동굴에서 이들이 금을 다 차지하려고 은둔자 루크를 죽일 계획을 짜는 걸 들었어요."

그때 재판관이 물었다. "증인 멘도사는 어디 있지요? 경찰, 멘도사가 법정을 떠나지 않았는지 알아보시오."

그러나 번들거리는 눈동자를 지닌 그 사악한 땅딸보는 아무도 눈치채지 못한 사이에 이미 법정을 빠져나갔고 퍼들비에서 다시는 볼 수 없었다.

밥의 증언이 계속되었다. "전 주인님한테 가서 동업자들이 위험한 사람들이라는 사실을 알리려고 무진 애를 썼어요. 하지만 다 소용없는 짓이었죠. 주인님은 개가 하는 말을 알아듣지 못하니까요. 그래서 나는 차선책을 썼어요. 한순간도 주인님한테서 눈을 떼지 않았고 밤낮으로 주인님 곁에 붙어 있었지요.

세 명이 판 구멍은 꽤나 깊어서 사람이 굴 아래로 내려갔다가 올라오려면 밧줄 끝에 들통을 매달고 그 안에 앉아야 했어요. 세 사람이 돌아가면서 한 명이 위에서 밧줄을 잡고 지탱하고 있으면 다른 사람이 들통에 앉아 금광 밑으로 내려가는 식이었죠. 그리고 캐낸 금을 들통에 담아 위로 올려 보냈어요. 그날 저녁 일곱 시쯤 주인님이 광산에 서서 들통에 앉은 푸른 수염 빌을 끌어 올리고 있었어요. 주인님이 빌을 반쯤 끌어 올렸을 때 멘도사가 우리가 같이 지내는 헛간에서 나오는 게 보였어요. 멘도사는 빌이 찬거리를 사러 갔다고 생각했어요. 하지만 아니었죠. 푸른 수염 빌은 들통 안에 있었으니까요. 멘도사는 루크가 밧줄을 잡아당기는 걸 보고 금을 끌어 올리고 있다고 생각했어요. 그래서 주머니에서 권총을 꺼내고는 주인님을 쏘기 위해 발소리를 죽인 채 다가갔어요.

나는 주인님에게 위험을 알리려고 계속 짖어 댔어요. 하지만 주인님은 몸집이 거대한 뚱보였던 빌을 끌어 올리는 데 온 정신을 쏟느라 나에게 주의를 기울이지 않았죠. 무슨 짓이든 빨리 하지 않으면 주인님이 총에 맞을 게 뻔했어요. 결국 난 난생처음으로 주인님 다리를 사납게 물었어요. 루크는 너무 아프고 놀란 나머지 내가 원했던 대로 반응했어요. 두 손으로 잡고 있던 밧줄을 놓친 채 몸을 돌린 거죠. 그리고 쿵! 소리와 함께 들통에 있던 빌이 광산 바닥으로 떨어져서 목숨을 잃고 말았어요.

주인님이 나를 꾸짖느라 정신이 없을 때 멘도사는 권총을 주머니에 넣고는 얼굴에 미소를 머금은 채 광산 안을 내려다봤어요.

멘도사가 주인님한테 말했죠. '오, 맙소사! 네가 푸른 수염 빌을 죽였어. 경찰에 신고해야겠어.' 멘도사는 루크가 감옥에 들어가고 나면 광산을 다 차지하려는 속셈이었죠. 그는 말에 올라타고 전속력으로 달려갔어요.

주인님은 와락 겁이 났어요. 멘도사가 경찰에게 거짓말을 하기라도 한다면 주인님이 빌을 고의로 죽인 게 될 테니까요. 그래서 멘도사가 떠난 다음 우리는 몰래 도망쳐서 영국으로 왔어요. 그리고 주인님은 턱수염을 밀어 버리고 은둔자가 되었어요. 그 후로 쭉, 15년 동안, 우리는 숨어 살았어요. 이게 다예요. 그리고 이 모두가 진실이라고 맹세해요."

박사님이 밥의 기나긴 증언을 다 옮기고 나자 배심원 열두 명은 그야말로 흥분의 도가니에 빠졌다. 하얀 가발을 쓴 노인 한 명은 어쩔 수 없이 15년 동안이나 습지에서 숨어 살아 온 루크 아저씨가 불쌍하다며 꺼이꺼이 울기 시작했다. 나머지 배심원들은 서로 귀엣말을 하며 고개를 끄덕였다.

그 와중에 지긋지긋한 그 검사가 이전보다 더 거칠게 팔을 내저으며 다시 일어났다.

"존경하는 재판관님, 이 증언은 편파적이기 때문에 이의를 제기합니다. 개가 주인에게 불리한 말을 할 리 없습니다. 반대합니다. 이의 있습니다." 검사가 말했다.

재판관이 말했다. "좋소. 자유롭게 반대 심문을 하시오. 개의 증언이 거짓이라는 걸 증명하는 게 검사인 당신의 의무니까. 여기 개가 있소. 개가 한 말을 믿지 못하겠거든 질문을 하시오."

나는 코가 긴 그 검사가 발작을 일으키는 줄 알았다. 검사는 개를 보더니 박사님을 쳐다보았고, 재판관을 본 다음 다시 증인석에서 쏘아보고 있는 개에게 눈길을 돌렸다. 뭔가 말을 하려는 듯 입을 달싹거렸다. 하지만 아무 말도 나오지 않았다. 검사는 팔을 휘휘 내저었고 얼굴은 더 붉어졌다. 검사는 자신의 이마를 감싼 채 힘없이 쓰러지듯 의자에 앉더니 결국 두 친구의 부축을 받으면서 법정을 나가야 했다. 반쯤 부축을 받은 채 문을 나서면서도 여전히 희미한 목소리로 중얼거렸다. "이의 있습니다. 반대합니다. 이의 있습니다!"

8장

만세! 만세! 만만세!

이어서 재판관이 배심원을 향해 긴 발언을 했다. 재판관의 발언이 끝나자 배심원 열두 명은 일어서더니 옆방으로 나갔다. 그때 박사님이 밥을 이끌고 내 옆자리로 돌아왔다.

"배심원들은 왜 나간 거죠?" 내가 물었다.

"재판 막바지가 되면 배심원들은 항상 그렇게 한단다. 죄수가 죄가 있는지, 없는지 결정하기 위해서지."

"박사님하고 밥이 가서 배심원들이 올바른 결정을 내리도록 도와주면 안 되나요?" 내가 물었다.

"아니, 그래서는 안 된단다. 배심원들은 비밀을 유지한 채 의견을 모아야 하거든. 종종 시간이 좀… 오, 봐라. 배심원들이 벌써 들어오고 있어! 의견을 모으는 데 그다지 오래 걸리지 않았구나."

열두 명이 제자리로 돌아가는 동안 모든 사람들은 쥐 죽은 듯이 조용했다. 그중 키가 작은 한 사람, 배심원단 대표가 일어서더니 재판관을 향해 몸을 돌렸다. 모든 사람들, 특히 박사님과 나는 그가 하는 말을 듣기 위해 숨을 죽였다. 바늘 떨어지는 소리까지 들릴 만큼 조용한 가운데 법원 전체, 아니 퍼들비 사람 전체가 목을 길게 뺀 채 중요한 결정을 듣기 위해 귀를 기울였다.

그 키 작은 사람이 말했다. "존경하는 재판관님, 배심원단은 무죄 판결을 내렸습니다."

"저게 무슨 말이죠?" 내가 박사님을 향해 물었다.

그 순간 그 유명한 자연학자 둘리틀 박사님이 의자에 올라서더니 사내아이처럼 한 발을 든 채 춤을 추는 것이었다.

"루크가 지유리는 뜻이란다! 루크는 자유야!" 박사님이 외쳤다.

"그럼 이제 루크 아저씨가 우리하고 같이 항해를 떠날 수 있겠네요?"

하지만 박사님의 대답이 들리지 않았다. 법정 안에 있는 모든 사람들이 박사님처럼 의자 위에서 펄쩍펄쩍 뛰었다. 사람들이 갑자기 미친 것 같았다. 모든 사람들이 웃고 소리를 질렀고 루크 아저씨를 향해 손을 흔들면서 아저씨가 풀려나게 되어 얼마나 기쁜지 보여 주었다. 법정 안은 환호로 귀청이 터질 듯했다.

갑자기 소란이 잠잠해졌다. 모두가 다시 조용해졌다. 그리고 재판관이 법정을 나가는 동안 사람들은 정중하게 자리에서 일어섰다. 이로써 오늘날까지도 퍼들비 사람들이 이야기하는 은둔자 루크 아저씨의 그 유명한 재판이 모두 끝났다.

재판관이 법정을 나설 때 별안간 비명 소리가 들리더니 출입구에 서 있던 여자 한 명이 은둔자 루크 아저씨를 향해 팔을 뻗었다.

"루크! 드디어 당신을 찾았군요!"

"루크의 아내로군." 내 앞에 있는 뚱뚱한 여자가 속삭였다. "15년 동안 남편을 못 만났겠지! 세상에나! 얼마나 멋진 재회야! 여기 오기를 잘했어. 이 장면을 못 봤으면 후회했을 거야!"

재판관이 퇴장하자마자 법정 안이 다시 소란스러워졌다. 곧 사람들은 루크 아저씨와 부인을 에워싸고는 악수를 나누고 축하 인사를 건네며 루크 아저씨 부부 일로 울고 웃었다.

"가자, 스터빈스." 박사님이 내 팔을 잡고 말했다. "갈 수 있을 때 이 난리통에서 빠져나가자."

"하지만 박사님, 루크 아저씨와 얘기 안 해요? 항해에 함께 갈건지 아저씨에게 물어봐야죠?" 내가 물었다.

박사님이 말했다. "소용없을 거야. 부인이 찾아왔잖니. 15년 동안 못 본 부인이 왔는데 어떤 남자가 항해에 관심이 있겠니. 가자, 집에 가서 차를 마시자꾸나. 우리는 점심도 못 먹었잖아. 그래도 밥값은 했어. 점심을 먹어야겠다. 차도 마시고. 물냉이와 햄도 같이 먹어야지. 자, 가자."

우리가 막 옆문을 나서려고 할 때 사람들이 외치는 소리가 들렸다.

"박사님! 박사님! 박사님은 어디 계시지? 박사님이 아니었으면 은둔자는 교수형을 당했을 거야. 뭐라고 한 말씀만 해 주세요. 한 말씀이요, 박사님."

그때 남자 한 명이 우리에게 달려와서 말했다.

"사람들이 부르고 있어요, 박사님."

"미안합니다만, 좀 바쁘군요." 박사님이 말했다.

"사람들이 서운해할 텐데요." 그 남자가 말했다. "박사님이 시장에서 한 말씀 해 주기를 바라고 있거든요."

"사람들한테 미안하다고 전해 주세요. 고맙다는 인사와 함께 말이죠. 집에서 약속이 있어요. 어기면 안 되는 아주 중요한 약속이지요. 루크에게 한마디 하라고 하세요. 가자, 스터빈스, 이쪽으로."

"오, 맙소사!" 밖으로 나왔을 때 박사님이 중얼거렸다. 옆문에도 박사님을 기다리는 사람들이 구름 떼처럼 몰려 있었다. "왼쪽 저 골목길로 올라가자, 뛰어!"

우리는 냅다 달려 골목길 두 개를 지난 끝에 간신히 사람들로부터 벗어날 수 있었다.

우리는 옥슨스롭 길에 도착해서야 겨우 발걸음을 늦췄고 한숨을 돌렸다. 박사님 집 정문에 도착해서 마을을 향해 뒤를 돌아보았을 때에도 저녁 바람결에 웅성대는 소리가 희미하게 들려왔다.

"사람들이 아직도 박사님한테 외치고 있는걸요. 들어 보세요!" 내가 말했다.

그 웅성거리는 소리가 갑자기 가까운 거리에서 들리는 함성처럼 커지더니 2킬로미터나 떨어져 있는데도 똑똑히 들려왔다.

"은둔자 루크를 위해 만세를 세 번 부릅시다. 만세! 루크의 개를 위해 만세를 세 번 부릅시다. 만세! 루크의 아내를 위해 만세를 세 번 부릅시다. 만세! 박사님을 위해 만세를 세 번 부릅시다. 만세! 만세! 만만세!"

9장

보라색 극락조

폴리네시아가 앞쪽 현관에서 우리를 기다리고 있었다. 폴리네시아는 뭔가 중요한 소식을 전하고 싶어 입이 근질근질한 것 같았다.

"박사, 보라색 극락조가 왔어!" 폴리네시아가 말했다.

"드디어! 극락조에게 무슨 사고가 생긴 게 아닌가 걱정하던 참이었는데. 그래, 미란다는 어떻지?" 박사님이 말했다.

박사님이 흥분한 나머지 문 열쇠마저 더듬는 걸 보고 나는 이번에도 바로 차를 마시기는 글렀다고 짐작했다.

폴리네시아가 말했다. "아, 도착했을 때는 괜찮아 보였어. 물론 긴 여행 때문에 피곤해하기는 했지만 그것 빼고는 다 괜찮았지.

그런데 글쎄 미란다가 정원에 들어가자마자 저 말썽꾼 참새 치프사이드가 미란다를 깔보는 말을 했지 뭐야. 내가 가니까 미란다는 울면서 오늘 밤 브라질로 돌아가겠다고 하더군. 박사가 올 때까지 기다리라고 미란다를 설득하느라 아주 애를 먹었지. 미란다는 지금 연구실에 있어. 치프사이드는 책장 한 곳에 가둬 놨고. 박사가 오자마자 무슨 일이 있었는지 다 일러바칠 거라고 말해 뒀어."

박사님은 얼굴을 찡그리더니 말없이 빠르게 연구실로 걸어갔다.

해가 거의 진 연구실에는 촛불이 켜져 있었다. 대브대브가 치프사이드가 갇혀 있는 유리문이 달린 책장 앞을 지키고 서 있었다. 그 수다스러운 작은 참새는 여전히 성난 듯이 날개를 파닥거리고 있었다.

큰 탁자 가운데에 놓인 잉크 스탠드에는 지금까지 내가 본 새 중 가장 아름다운 새가 앉아 있었다. 그 새의 가슴은 짙은 제비꽃 색이었고 날개는 주홍색, 기다랗게 늘어진 꼬리는 황금빛이었다. 그 새는 상상할 수 없을 만큼 아름다웠지만 몹시 지쳐 보였다. 미란다는 어느새 머리를 날개 밑에 파묻고는 길고 먼 길을 날아온 새처럼 잉크 스탠드 위에서 부드럽게 이리저리 몸을 흔들고 있었다.

대브대브가 말했다. "쉿! 미란다는 잠이 들었어요. 이 안에 말썽꾸러기 치프사이드를 잡아 뒀구요. 박사님, 저 참새가 더 장난을 치기 전에 제발 쫓아 버리세요. 재는 상스럽기 짝이 없는 골칫덩어리예요. 미란다를 여기 붙잡아 두느라 얼마나 고생했는데요.

차를 이리로 가져올까요? 아니면 박사님이 준비되는 대로 부엌으로 오실래요?"

"우리가 부엌으로 갈게, 대브대브. 가기 전에 치프사이드를 밖으로 내보내렴."

대브대브가 책장 문을 열자 치프사이드가 자신은 아무 죄가 없다는 듯 거들먹거리며 걸어 나왔다.

"치프사이드, 미란다가 도착했을 때 무슨 말을 했지?" 박사님이 굳은 목소리로 물었다.

"아무 말도 안 했어요, 박사님. 진짜라니까요. 그러니까 별말 안 했어요. 자갈길에서 빵 부스러기 같은 걸 쪼아 먹고 있는데 저 새가 정원으로 거만하게 날아와서는 땅 주인이라도 되는 양 코를 높이 쳐들고 사방을 둘러보잖아요. 깃털만 알록달록한 주제에. 런던 참새도 그 새처럼 멋진걸요. 재처럼 화려하고 겉멋이 든 새들은 질색이에요. 자기 나라에나 있지 여긴 왜 왔대요?"

"무슨 말로 미란다를 그렇게 화나게 했냐니까?"

"전 그냥 '영국 정원은 네가 살 곳이 아냐. 너는 모자 가게 안에나 있어야 해'라고 말했어요. 그게 다예요."

"치프사이드, 부끄러운 줄 알아야 해. 미란다는 나를 만나러 수천 킬로미터를 날아왔어. 그런데 이 정원에 도착하자마자 버릇없는 네 혀 때문에 상처를 입은 거야! 네가 무슨 짓을 했는지 아직도 모르겠니? 오늘 밤 내가 돌아오기 전에 미란다가 다시 떠나 버렸다면 너를 절대로 용서하지 않았을 거다. 방에서 나가거라."

치프사이드는 기가 죽었지만 그렇게 보이지 않으려고 애를 쓰며 통로로 폴짝폴짝 뛰어나갔고 대브대브가 방문을 닫았다.

박사님은 잉크 스탠드에 앉아 있는 그 아름다운 새에게 다가가서 부드럽게 등을 쓰다듬었다. 이내 새는 날개에 파묻고 있던 머리를 들었다.

→ 10장 ←

황금 화살의 아들 긴 화살

박사님이 말했다. "미란다, 이런 일이 일어나서 정말 미안하구나. 치프사이드 말에 신경 쓰지 말으렴. 자기가 뭘 잘못하는지도 모르거든. 그 새는 도시 새야. 평생 동안 아웅다웅하면서 살았단다. 네가 이해해야 해. 철이 덜 들었어."

미란다가 나른한 듯 아름다운 날개를 펼쳤다. 잠에서 깨어나 움직이는 모습을 보니 아주 예의가 바른 새라는 걸 알 수 있었다. 미란다 눈에는 눈물이 고여 있었고 부리가 바르르 떨렸다.

미란다가 높고 낭랑한 목소리로 말했다. "이렇게 지치지만 않았더라도 그렇게 속상하진 않았을 거예요." 극락조는 낮게 덧붙였다. "다른 어떤 말에도요."

"여기 오느라 많이 힘들었니?" 박사님이 물었다.

"이렇게 힘든 적이 없었어요. 날씨가… 아니, 됐어요. 말해 봐야 무슨 소용이 있겠어요? 어쨌든 왔으니까요." 미란다가 말했다.

"말해 보렴." 박사님은 오랫동안 말을 하려고 기다려 온 사람처럼 조바심을 내면서 말했다. "긴 화살이 내 전갈을 듣고는 뭐라고 하든?"

보라색 극락조는 고개를 떨궜다.

"그게 제일 속상한 부분이에요. 전 아예 돌아오지 않는 편이 좋을 뻔했어요. 박사님 말을 전하지 못했거든요. 긴 화살을 찾을 수 없었어요. 황금 화살의 아들 긴 화살은 사라져 버렸어요."

박사님이 외쳤다. "사라졌다고! 왜, 긴 화살에게 무슨 일이라도 생긴거니?"

"아무도 몰라요. 제가 말씀드린 대로 긴 화살은 전에도 종종 사라지곤 했어요. 원주민들은 긴 화살이 어디에 있는지 몰랐고요. 하지만 새들 눈까지 피하기란 정말 힘들죠. 내가 알고 싶으면 긴 화살이 어디 있는지 말해 줄 부엉이나 제비를 쉽게 찾을 수 있었거든요. 하지만 이번에는 아니었어요. 그래서 여기까지 오는 데 2주일이나 더 걸린 거예요. 쉴 틈 없이 찾아다니면서 안 물어본 데가 없어요. 남아메리카 땅 구석구석을 다 훑었죠. 하지만 긴 화살이 어디 있는지 아는 동물은 한 마리도 없었어요."

극락조의 말이 끝나자 방 안에 안타까운 침묵이 흘렀다. 박사님은 그 특유의 방식으로 얼굴을 찡그렸고 폴리네시아도 머리를 긁

적였다.

폴리네시아가 물었다. "쇠검은앵무에게 물어봤어? 걔들은 대개 다 알던데."

"물론 물어봤어. 난 아무것도 알아내지 못해서 너무 화가 났어. 그래서 이곳으로 날아오기 전에 날씨를 살피는 걸 잊었지 뭐야. 심지어 아소르스 제도에서 쉬지도 않고 바로 지브롤터 해협으로 향했지. 지금이 6월이나 7월도 아닌데. 말할 것도 없이 대서양 한가운데에서 무시무시한 폭풍우를 만났어. 난 정말 폭풍우를 뚫고 여기 오지 못할 줄 알았어. 운 좋게도 폭풍우가 어느 정도 잠잠해졌을 때 바다에 떠다니는 난파선 조각이 눈에 들어왔어. 거기 앉아서 잠을 좀 잤지. 거기서 쉬지 못했더라면 지금 여기서 이 얘기를 하지도 못했을 거야."

"고생 많았구나, 미란다! 얼마나 힘들었니! 그런데 긴 화살을 마지막으로 본 게 어디쯤인지 알 수 있겠니?"

"네. 어린 앨버트로스 한 마리가 거미원숭이 섬에서 긴 화살을 봤다고 말했어요."

"거미원숭이 섬이라고? 그곳은 브라질 해안 어딘가에 있지 않니?"

"네, 맞아요. 난 바로 그리로 날아가서 섬에 있는 모든 새에게 물어봤어요. 그 섬은 길이가 160킬로미터쯤 되는 굉장히 큰 섬이에요. 긴 화살은 그 섬 원주민을 만나러 간 것 같아요. 그러고 나서 진귀한 약초를 찾으러 산속으로 들어갔죠. 그게 긴 화살의 마지막 모습이에요. 이 얘기는 원주민 추장이 자고새 사냥을 나갈 때 데리고 가는 애완용 매한테 들었어요. 나도 하마터면 잡혀서 새장에 갇힐 뻔했죠. 깃털이 아름다운 게 죄라니까요. 인간 가까이 가는 건 정말 위험해요. 인간들은 '아, 정말 아름다워!'라고 하면서 화살이나 총을 쏘죠. 이 세상 모든 사람들 중에 내가 믿는 사람이라곤 박사님과 긴 화살, 이 두 명밖에 없어요."

"그렇다면 긴 화살이 산에서 내려왔는지 아닌지 아무도 모른단 말이니?"

"몰라요. 긴 화살을 보거나 긴 화살에 대해 들은 건 그게 마지막이었어요. 긴 화살이 혹시 카누를 타고 그 섬을 떠났는지 알아보려고 해안 주변에 있는 바닷새들한테 물었지만 아무것도 듣지 못했답니다."

"긴 화살에게 무슨 일이 일어난 건 아니겠지?" 박사님이 염려하는 목소리로 물었다.

"그랬을 거 같아서 걱정이 돼요." 미란다가 고개를 흔들며 말했다.

둘리틀 박사님이 말했다. "긴 화살을 직접 만나지 못한다면 내 인생에서 가장 실망스러운 일이 될 거야. 그뿐 아니라 인류 지식의 큰 부분을 상실하게 되는 거고. 미란다가 긴 화살에 대해 말해준 사실로 짐작해 보면 긴 화살은 우리 모두의 지식을 합친 것보다 더 대단한 지식을 가지고 있거든. 만약 누군가가 긴 화살의 자연과학 지식을 기록으로 남기기도 전에 그가 세상을 떠난다면, 그건 끔찍한 일일 거야. 이 세상이 더 나아질 수 있는데… 하지만

"죽지 않았다면 왜 안 보이죠?"

너도 긴 화살이 진짜 죽었다고 생각하는 건 아니지?"

"죽지 않았다면 왜 안 보이죠?" 미란다가 울음을 터뜨리며 물었다. "6개월 동안 긴 화살을 봤다는 들짐승이나 날짐승, 물고기가 하나도 없었는걸요."

→ 11장 ←

눈 감고 여행하기

긴 화살의 소식을 들은 우리는 모두 슬픔에 잠겼다. 박사님이 말없이 멍하게 차를 마시는 모습을 보고 몹시 속이 상했다는 걸 알 수 있었다. 이따금 박사님은 식사를 멈추고는 정신이 나간 듯이 식탁보를 뚫어져라 쳐다봤다. 박사님이 식사를 잘 하는지 지켜보던 대브대브가 헛기침을 하거나 싱크대 안에 둔 냄비를 덜그럭거릴 때에야 정신을 차렸다.

나는 그날 오후 박사님이 루크 아저씨와 부인을 위해 했던 일을 상기시키면서 박사님 기운을 북돋우려고 최선을 다했다. 하지만 별 소득이 없자 나는 항해를 떠나기 위해 준비할 것들에 대해 말했다.

"그런데 스티븐스." 우리가 식탁에서 일어선 다음 대브대브와 치치가 식탁을 치우기 시작할 때 박사님이 말했다. "난 이제 어디로 가야 할지 모르겠구나. 미란다가 전해 준 소식을 듣고 나니 어떻게 해야 할지 모르겠어. 이번 항해 때 긴 화살을 만나러 갈 계획이었거든. 사실 일 년 내내 이번 항해를 고대했단다. 내가 조개류의 말을 배우는 걸 긴 화살이 도와줄 수 있을 거라고 생각했거든. 바다 밑에 내려갈 방법을 찾을 수 있었을지도 모르고. 하지만 이젠 어떻게 해야 할까? 긴 화살이 사라져 버렸어! 위대한 지식이 다 사라졌다고."

그러더니 박사님은 다시 멍하니 생각에 빠진 것 같았다.

"생각해 보렴! 긴 화살과 나는, 말하자면 학생이지. 난 긴 화살을 한 번도 만난 적이 없지만 그가 잘 아는 사람처럼 느껴졌어. 긴 화살은 학교를 다니지 않았지만 평생 동안 내가 해 왔던 것과 똑같은 일을 하고 있었거든. 그런데 이제 그 사람이 사라져 버렸어. 우리 사이에는 큰 세상이 놓여 있었지. 그리고 새 한 마리만이 우리 둘을 알았고!"

우리는 연구실로 되돌아갔고 지프가 그곳으로 박사님의 슬리퍼와 파이프를 가져왔다. 박사님이 파이프에 불을 붙이자 연기가 방안을 채웠고 그제야 박사님은 조금 기운을 차린 것 같았다.

"긴 화살을 찾지 못하더라도 항해를 계속할 거죠, 박사님?" 내가 물었다.

박사님이 내 얼굴을 똑바로 쳐다봤다. 내가 얼마나 초조해하는지 눈치를 챈 것 같았다. 문득 박사님이 예의 그 아이 같은 미소를 지으며 말했다.

"그래, 스터빈스. 걱정하지 말아라. 갈 거니까. 긴 화살이 사라졌다고 해서 일에서 손을 뗄 수는 없지. 배우는 걸 멈춰서도 안 되고. 그렇지만 어디로 가야 할까. 그게 문제구나. 어디로 갈까?"

나는 가고 싶은 곳이 너무 많아서 바로 결정을 내릴 수 없었다. 여전히 생각을 하고 있는데 박사님이 의자에 똑바로 앉으며 말했다.

"뭘 할 거냐면, 스터빈스. 이건 세라와 함께 살기 전에, 내가 젊을 때 하던 게임이란다. '눈 감고 여행하기'라고 하지. 항해를 떠나고 싶은데 어디로 가야 할지 결정할 수 없을 때마다 지도책을 가지고 와서 눈을 감고 그 책을 펼쳤지. 그런 다음 여전히 눈을 감고, 연필을 흔들다가 펼쳐진 페이지를 쿡 찌르는 거야. 그리고 눈을 뜨고 보는 거지. 아주 재미난 게임이야. 게임을 시작하기 전에 어느 곳에 연필이 닿든 그곳에 가겠다고 약속해야 하거든. 해 볼래?"

"아, 좋아요!" 나는 소리를 지를 뻔했다. "정말 멋져요! 중국이 나오면 좋겠어요. 아니면 보르네오나 바그다드."

나는 곧 책장으로 기어 올라가 꼭대기에서 큰 지도책을 끌어내린 다음 박사님 앞 탁자에 놓았다.

나는 그 지도책을 다 외우고 있었다. 낡아서 색이 바래 버린 그 지도를 보며 수많은 낮과 밤을 보냈다! 산맥에서 바다로 흐르는 푸른 강을 따라가면서 자그마한 마을은 실제로 어떻게 생겼을까,

제멋대로 생긴 호수들은 얼마나 넓을까 궁금해했다. 지도를 보면서 마음속으로 온 세상을 신나게 여행했다. 지금도 지도책이 눈에 선하다. 첫 장에는 지도가 없고 대신 이 책이 1808년 에든버러에서 인쇄되었다는 사실과 책에 관한 모든 정보가 적혀 있었다. 다음 장에는 태양계, 즉 태양과 행성, 별, 달이 그려져 있었고, 세 번째 장에는 북극과 남극 해도가 있었다. 그다음에 반구와 대양, 대륙, 국가가 나왔다.

박사님이 연필을 깎고 있을 때 문득 한 가지 생각이 떠올랐다.

"연필이 북극에 떨어지면 어쩌죠? 그럼 거기에 가야 하나요?" 내가 물었다.

"아니, 전에 가 본 곳은 갈 필요가 없는 게 이 게임의 규칙이란다. 그럴 땐 다시 하면 돼. 나는 북극에 다녀온 적이 있어. 그러니까 우리는 거기 다시 갈 필요가 없단다." 박사님은 조용히 말을 마쳤다. 나는 너무 놀라서 말문이 막혔다.

"북극에 다녀오셨다고요!" 나는 간신히 말문을 열었다. "하지만 그곳은 아직 미지의 땅인 줄 알았는데요. 이 지도에는 탐험가의 발길이 닿았던 곳이 다 나와 있잖아요. 박사님이 북극을 탐험했다면 왜 박사님 이름이 없는 거죠?"

"비밀로 하기로 약속했거든. 그리고 너도 이 사실을 다른 사람에게 얘기하지 않겠다고 약속해야 해. 그래, 내가 1809년 4월에 북극을 발견했지. 그런데 도착한 지 얼마 안 됐을 때 북극곰 한 무리가 내게 와서는 그곳 눈 밑에 엄청난 양의 석탄이 묻혀 있다고 말하더구나. 북극곰들이 말했지. 인간들은 석탄을 얻기 위해서라면 어디든 가고 무슨 짓이든 한다는 걸 알고 있다고. 그래서 이 사실을 비밀로 하기로 한 거야. 사람들이 그리로 몰려가서 석탄을 캐내기 시작하면 북극곰들이 사는 그 아름다운 하얀 나라는 엉망진창이 되고 말 테니까. 이 세상에는 북극곰이 살 만큼 추운 곳이 더 이상 남아 있지 않아. 그래서 북극곰들에게 비밀을 지키겠다고 했단다. 언젠가는 누군가가 북극을 다시 발견할 거야. 하지만 나는 북극곰들이 가능한 한 오랫동안 자기네 놀이터에서 살아가기를 바란단다. 그리고 아마도 꽤 오랫동안 그럴 수 있을 거야. 북극은 가기 어려운 곳이니까. 자, 이제 시작해 볼까? 좋아! 연필을 잡고 탁자 가까이, 여기 서 있으렴. 책이 펼쳐지면 연필을 둥글게 세 번 흔든 다음에 찍는 거야. 준비됐니? 좋아, 눈을 감으렴."

긴장되고 두려우면서도 매우 설레는 순간이었다. 우리 둘은 모두 눈을 꼭 감았다. 쿵 소리와 함께 지도책이 떨어지면서 펼쳐지는 소리가 들렸다. 어느 쪽일지 궁금했다. 영국이나 아시아일까. 만약 아시아라면 이제 연필이 어디를 찍는가에 많은 것이 달려 있는 셈이었다. 나는 연필을 원 모양으로 세 번 흔들고 손을 내렸다. 연필 끝이 종이에 닿았다.

"됐어요." 내가 소리쳤다.

12장

운명과 목적지

우리 둘은 눈을 뜨고 지도를 보려 서두르다가 '딱' 소리와 함께 머리를 부딪쳤다.

남대서양 해도가 펼쳐져 있었다. 그리고 연필 끝은 작은 섬 중앙을 가리키고 있었다. 섬 이름이 너무 작게 인쇄되어 있어서 박사님은 이름을 읽기 위해 도수 높은 안경을 꺼내야 했다. 흥분으로 내 몸이 떨렸다.

"거미원숭이 섬." 박사님이 천천히 소리 내어 읽었다. 그러고는 부드럽게 휘파람을 불었다. "정말 이상하구나. 긴 화살이 마지막으로 모습을 드러낸 섬을 네가 찍었어. 아! 정말 신기해!"

"거기로 가겠네요, 박사님?" 내가 물었다.

"물론 가야지. 게임 규칙이 그러니."

"내가 찍은 데가 옥슨스롭이나 브리스톨이 아니어서 정말 다행이에요. 멋진 여행이 될 거예요. 우리가 건널 바다를 좀 보세요. 건너는 데 오래 걸릴까요?" 내가 물었다.

박사님이 말했다. "아니, 아주 오래 걸리지는 않을걸. 좋은 배와 순풍만 있으면 4주 정도 걸릴 거야. 그런데 정말 신기하지 않니? 눈을 감고 세상 그 많은 곳 중에서 그 섬을 찍다니. 거미원숭이 섬을! 아, 그곳에 가면 좋은 점이 하나 있지. 자비즈리딱정벌레를 잡을 수 있을지도 몰라."

"자비즈리딱정벌레가 뭐예요?"

"독특한 버릇을 가진 아주 드문 딱정벌레란다. 난 그 딱정벌레를 연구해 보고 싶어. 녀석들이 발견되는 나라가 이 세상에 딱 세 곳 있단다. 거미원숭이 섬이 그중 한 곳이야. 하지만 그곳에서도 자비즈리딱정벌레는 굉장히 드물지."

"섬 이름 뒤에 있는 이 작은 물음표는 뭐예요?" 내가 지도를 가리키면서 물었다.

"섬이 바다 어디쯤에 있는지 정확하지 않다는 뜻이야. 그 근처 어딘가에 있다는 거지. 배들이 근처를 지나가다 그 섬을 본 게 전부일 거야. 우리가 그곳에 발을 디디는 첫 번째 백인이 될 것 같구나. 그런데 일단 섬을 찾는 게 힘들 거라는 걸 너한테 말해 둬야겠다."

이 모든 일이 꿈만 같았다! 커다란 책상에 앉은 우리 둘의 모습과 반짝이며 타는 촛불, 박사님 파이프에서 어두운 천장으로 피어오르는 연기. 우리가 여기 앉아 바다에서 섬을 찾아내는 얘기와 그 섬에 내리는 첫 번째 백인이 될지도 모른다는 얘기를 하고 있다니!

"분명히 멋진 항해가 될 거예요. 그곳은 아름다운 섬 같아요. 흑인이 살고 있을까요?"

"아니, 특이한 원주민 부족이 살고 있다고 미란다가 그러더구나."

그때 극락조가 몸을 약간 뒤척이더니 잠에서 깨어났다. 우리가 너무 흥분한 나머지 목소리를 낮춰서 얘기하는 걸 깜박 잊었던 것이다.

박사님이 말했다. "우리는 거미원숭이 섬에 갈 거란다, 미란다. 거기가 어딘지 알고 있지?"

"마지막으로 본 곳은 어디인지 알아요. 하지만 여전히 그 자리에 있을지 모르겠네요." 미란다가 말했다.

"그게 무슨 말이니? 섬은 항상 같은 곳에 있잖니." 박사님이 말했다.

"절대 그렇지 않아요. 모르셨어요? 거미원숭이 섬은 떠다니는 섬이에요. 주로 남아메리카 남쪽 인근에서 이리저리 떠다니거든요. 하지만 박사님이 가고 싶다면 당연히 찾을 수 있을 거예요."

나는 이 새로운 소식에 더 이상 가만히 있을 수 없었다. 누구에게든 말을 하고 싶어서 견딜 수 없었다. 나는 춤을 추고 노래를 부르면서 치치를 찾으러 방에서 달려 나갔다.

그러다 문 앞에서 날개에 접시를 한가득 올린 채 들어오던 대브대브와 부딪쳐 바닥으로 코를 박으며 곤두박질치고 말았다.

"정신이 나갔니? 이 멍청아, 어디 가는 거야?" 대브대브가 소리쳤다.

"거미원숭이 섬에!" 나는 물레방아처럼 재주를 넘으며 복도를 지나면서 소리쳤다. "거미원숭이 섬! 야호! 게다가 둥둥 떠다니는 섬이라니!"

"정신병원에 가는 게 아니고?" 대브대브가 코웃음을 쳤다. "내가 제일 아끼는 이 자기 그릇을 네가 어떻게 했는지 좀 봐!"

하지만 나는 너무 행복한 나머지 대브대브의 잔소리가 귀에 들어오지 않았다. 나는 노래를 흥얼거리며 치치를 찾으러 부엌으로 달려 들어갔다.

3부

1장

세 번째 사람

그 주에 우리는 항해를 위한 준비에 들어갔다.

조개잡이 조 할아버지가 마도요호를 강으로 끌고 와서 강둑에 묶어 뒀기 때문에 쉽게 짐을 실을 수 있었다. 사흘 내내 우리는 항해에 가져갈 식량을 옮겨 와 근사한 새 배에 실었다.

놀랍게도 배 안은 크고 널찍했다. 작은 선실 세 개와 거실(또는 식당)이 있었고 그 아래에는 식량과 여분의 돛, 다른 것들을 보관하는 큰 창고 공간이 있었다.

조 할아버지가 마을 사람들에게 우리가 항해를 떠날 거라고 말한 게 틀림없었다. 배에 실을 짐을 가지고 내려갈 때마다 항상 우리를 구경하는 사람들이 있었다. 그리고 얼마 지나지 않아 당연히 매슈 머그 아저씨가 모습을 드러냈다.

"세상에! 토미." 밀가루 푸대를 옮기고 있는 나를 보며 매슈 아저씨가 말했다. "예쁜 배로구나! 그래, 박사님이 이번에는 어디로 항해를 떠나신다니?"

"우리는 거미원숭이 섬으로 갈 거예요." 내가 자랑스럽게 말했다.

"박사님이 너 한 명만 데려가신다니?"

"아, 박사님은 한 명 더 데려가고 싶다고 했어요." 내가 말했다. "하지만 아직까지 결정을 내리지 못했나 봐요."

매슈 아저씨는 툴툴거리더니 눈을 가늘게 뜬 채 마도요호의 우아한 돛을 올려다보았다.

"토미, 내가 류머티즘만 아니었어도 박사님을 따라갈 텐데. 항해 준비를 하고 있는 배를 보면 모험을 떠나고 싶어진다니까. 네가 옮기는 깡통에는 뭐가 들어 있니?"

"당밀이에요. 10킬로그램쯤 돼요."

매슈 아저씨가 아쉽게 돌아서며 한숨을 내쉬었다. "당밀이라니, 정말 너랑 함께 떠나고 싶구나. 하지만 이놈의 류머티즘 때문에…"

아저씨는 여전히 뭐라 중얼거리면서 부두에 서 있는 사람들 사이로 사라졌고 더 이상 무슨 말을 하는지 들리지 않았다. 퍼들비 교회에 있는 시계가 정오를 알렸고 나는 무척 바쁘고 중요한 사람이 된 듯한 기분을 느끼며 다시 짐을 실었다.

하지만 오래지 않아 누군가가 다가와서 내 일을 가로막았다. 체구가 매우 크고 건장한 남자였다. 붉은 턱수염을 길렀고 온 팔에 문신이 있었다. 손등으로 입을 문지르더니 갑판에 두어 번 침을 뱉고는 말했다.

"얘야, 선장은 어디 있지?"

"선장이라구요! 그게 뭐죠?" 내가 물었다.

"이 배를 몰고 갈 사람 말이야, 이 배 주인은 어디 있어?" 그 남자는 마도요호를 가리키며 말했다.

"아, 박사님 말이군요. 지금 여기 안 계신데요." 내가 말했다.

바로 그때 박사님이 팔에 공책과 나비채, 유리 상자와 자연사 연구에 쓸 도구들을 한아름 안고는 이곳에 도착했다. 체구가 거대한 그 남자는 경의를 표하기 위해 모자에 가볍게 손을 올리고는 박사님에게 다가갔다.

"안녕하십니까, 선장님. 항해를 떠나는데 일손이 부족하다고 들었습니다. 제 이름은 벤 부처입니다, 유능한 선원이죠."

박사님이 말했다. "만나게 되어 반갑소. 하지만 나는 선원을 더 이상 고용할 수 없을 것 같소만."

"하지만 선장님, 이런 어린애를 조수랍시고 데리고 나갔다가 바다에서 거친 날씨를 만나면 고생 좀 할 텐데요. 게다가 이렇게 큰 배로 말이죠."

박사님은 문제없다고 장담했지만 그 남자는 물러나지 않았다. 옆에서 서성거리며 끈질기게 말을 이어 나갔다. 그는 "사람이 부족해서" 가라앉은 배를 많이 알고 있다고 말했다. 또 자신이 훌륭

"얘야, 선장은 어디 있지?"

한 선원이라는 걸 증명하는 '스티피키트'라고 부르는 서류를 꺼내더니 목숨을 소중하게 생각한다면 자기를 데려가라고 애원했다.

하지만 박사님은 공손하면서도 단호하게 거절했고 결국 그 남자는 우리가 살아서 자신을 만나지 못할 거라고 말하고는 비통한 표정으로 자리를 떴다.

이런저런 사람들이 끊임없이 찾아오는 바람에 우리는 바쁜 아침 시간을 보냈다. 박사님이 공책을 창고에 싣기 위해 내려가자마자 또 다른 방문객이 건널판자에 모습을 드러냈다. 그 사람은 정말 특이하게 생긴 흑인이었다. 내가 본 흑인이라고는 서커스단에서 일하는 사람들이 다였는데, 그들은 깃털로 만든 옷을 입고 뼈로 만든 목걸이를 차고 있었다. 하지만 이 사람은 목에 커다란 선홍색 넥타이를 매고 최신 유행하는 프록코트를 입고 있었다. 머리에는 밝은색 띠가 달린 밀짚모자를 쓰고 그 위로 커다란 초록색 우산을 들고 있었다. 양말이나 신발을 신지 않은 발만 빼면 모든 면에서 말쑥한 옷차림이었다.

"실례합니다만…" 그가 우아하게 머리를 숙이며 말했다. "이 배가 둘리틀 박사님 배인가요?"

"네, 박사님을 만나러 왔나요?" 내가 물었다.

"네, 실례가 되지 않는다면요."

"누구라고 전해 드릴까요?"

"범포 카부부라고 합니다. 졸리깅키의 왕세자지요."

나는 계단을 내려가서 박사님에게 전했다.

박사님이 외쳤다. "정말 운이 좋구나! 옛 친구 범포가 오다니! 범포는 옥스퍼드에서 공부를 하고 있단다. 나를 보러 여기까지 오다니 정말 좋구나." 그러고는 방문객을 만나러 허둥지둥 사다리를 올라갔다.

배 안에서 나온 박사님이 따뜻하게 악수를 청하자 이 낯선 남자는 기뻐서 어쩔 줄 몰랐다.

"소식을 들었습니다. 곧 항해를 떠나신다면서요. 그래서 출발하기 전에 부랴부랴 박사님을 보러 온 거랍니다. 박사님을 놓치지 않아 정말 다행이군요."

박사님이 말했다. "거의 놓칠 뻔했지. 공교롭게도 항해에 필요한 인원을 모으다 보니 출항 일자가 늦어졌거든. 그렇지 않았으면 사흘 전에 출발했을 거야."

"몇 명이 더 필요하십니까?" 범포가 물었다.

"한 명이면 된다네. 하지만 딱 맞는 사람을 찾기가 참 힘들군."

"여기서 운명의 손길 같은 게 느껴지는군요. 저는 어떠십니까?"

"더할 나위 없이 훌륭하지." 박사님이 말했다. "하지만 공부는 어떡하고? 하던 공부를 내버려두고 떠날 수는 없잖니."

"저도 휴가가 필요하답니다. 박사님과 동행하지 않더라도 이번 학기를 마치면 석 달 동안 어디론가 떠나 버릴 작정이었답니다. 하지만 박사님과 같이 간다면 공부를 계속할 수 있지 싶습니다. 졸리깅키를 떠나기 전에 아버지가 여행을 많이 다니라고 말씀하셨습니다. 박사님의 학구열은 대단하지 않습니까? 박사님과 함께 다니면서 세계를 보는 건 놓칠 수 없는 기회이지 싶습니다. 정말 입니다."

"옥스퍼드 생활은 어땠니?" 박사님이 물었다.

"아, 그런대로 좋았습니다." 범포가 말했다. "대수학과 신발만 빼면 다 마음에 들었습니다. 대수학 때문에 머리가 지끈거렸고 신발 때문에 발이 너무 아팠습니다. 오늘 아침 대학 담장을 빠져 나오자마자 신발을 담 너머로 던져 버렸습니다. 다행히 대수학은 금방 잊혔습니다. 저는 키케로(원래 고대 철학자 키케로를 뜻하나 여기서는 범포가 키케로라는 성을 가진 사람의 아들과 학교에 같이 다니게 되었다며 농담으로 하는 말.—옮긴이)를 좋아했습니다. 네, 키케로가 마음에 들었습니다. 같은 시대 사람이잖습니까? 그나저나 사람들이 그러는데 키케로 아들이 내년에 우리 대학에서 보트 선수로 출전할 거랍니다. 대단한 친구이지 싶습니다."

박사님은 이 흑인의 커다란 맨발을 내려다보며 잠시 생각에 잠겼다.

"흐음." 박사님이 천천히 말했다. "대학뿐 아니라 세상 속에서도 배울 게 있다는 범포 네 말에 일리가 있어. 그리고 네가 정말 가고 싶다면 우리는 기꺼이 너와 함께 갈 거야. 사실은, 너야말로 우리에게 딱 필요한 사람이거든."

→ 2장 ←

작별

이틀 후 우리는 출항 준비를 모두 마쳤다.

지프가 항해에 데려가 달라고 얼마나 간절히 애원하던지 결국 박사님은 두 손을 들었고 가도 좋다고 말했다. 지프 말고 우리와 동행하는 동물은 폴리네시아와 치치뿐이었다. 대브대브는 남아서 집과 동물 가족을 돌보기로 했다.

언제나 그렇듯이 마지막 순간에서야 잊은 물건들이 생각났다. 마침내 문단속을 하고 도로 쪽으로 난 계단을 내려갈 때 우리는 팔에 이상한 물건들을 한아름 안고 있었다.

강까지 반쯤 왔을 때 박사님은 문득 부엌 불 위에 끓는 솥을 올려 둔 게 생각났다. 마침 우리 정원에 둥지를 틀고 있는 찌르레기가 날아가는 게 보여서 박사님은 대브대브에게 얘기를 전해 달라고 부탁했다.

강둑에 내려가자 우리가 떠나는 걸 보려고 많은 사람들이 모여 있었다.

어머니와 아버지는 건널판자 바로 옆에 서 계셨다. 나는 부모님이 눈물을 흘리거나 소란을 떠는 행동을 하지 않기를 바랐다. 사실 부모님은 꽤 훌륭하게 행동하셨다. 부모로서 말이다. 어머니는 발이 젖지 않게 조심하라는 등의 말을 했고 아버지는 어정쩡한 미소를 지은 채 내 등을 두드리면서 행운을 빌어 주었다. 작별 인사를 나누는 동안 꽤나 불편했던 나는 인사가 끝나고 배에 오르게 되자 마음이 홀가분해졌다.

사람들 중에 매슈 머그 아저씨가 없다는 건 의외였다. 우리는 분명히 아저씨가 올 거라고 생각했다. 게다가 박사님은 집에 남겨 둔 동물들 먹이에 대해 몇 가지 설명을 더 하려던 참이었다.

한참 동안 밀고 당긴 끝에 마침내 우리는 닻을 올렸고 배에 묶여 있던 밧줄을 풀었다. 그러자 마도요호가 빠져나가는 썰물에 밀려 강을 따라 부드럽게 움직이기 시작했고 사람들은 강둑에 서서 손수건을 흔들며 환호했다.

우리는 강을 거슬러 오는 배 한두 척과 부딪치기도 했고 심하게 굽은 강을 가다가 기슭에 쌓인 진창에 처박혀서 몇 분 동안 옴짝달싹하지 못하기도 했다. 강변에 모인 사람들은 이 모습을 보고 매우 흥분하는 것 같았지만 박사님은 전혀 동요하지 않는 듯했다.

“항해를 아무리 꼼꼼히 준비해도 이런 작은 사고는 일어나게 마련이란다.” 박사님은 배 밖으로 몸을 숙여 아까 배를 밀다가 진창에 처박힌 장화를 건져 내며 말했다. “큰 바다로 나가면 항해가 훨씬 쉬울 거야. 부딪칠 만한 게 별로 없거든.”

마침내 강 하구의 작은 등대를 지나 육지가 보이지 않는 망망대해로 나오자 정말 기뻤고 놀라웠다. 모든 게 다르고 새로웠다. 위에는 하늘, 아래에는 바다만이 펼쳐진 세상. 많은 날 동안 우리의 집이자 길, 안식처이자 정원이 되어 줄 이 배는 드넓은 바다에 비하면 한없이 작았다. 한없이 작았지만 참으로 아늑하고 안전했다.

나는 주위를 돌아보며 깊게 숨을 들이마셨다. 박사님은 조타기를 잡고 파도 위에서 부드럽게 출렁이는 배의 방향을 조정했다. (처음에 나는 뱃멀미에 시달릴까 봐 걱정했는데 다행히도 그렇지 않았다.) 범포는 저녁을 준비하라는 말을 듣고 아래층으로 내려갔다. 치치는 고물에서 밧줄을 감아올려 깔끔하게 포개 두었다. 나는 망망대해에서 날씨가 험악해졌을 때 물건이 굴러다니지 않도록 갑판 위에 있는 것들을 단단히 고정해 두는 일을 맡았다. 우리는 점점 더 땅에서 멀어져 갔다. 지프는 배 꼭대기에 올라서서 귀를 쫑긋 세우고 코를 내민 채 동상처럼 꼼짝도 하지 않고 날카로운 눈으로 바다에 떠다니는 난파선 잔해나 모래톱 같은 다른 위험 요인이 도사리고 있지 않은지 주시했다. 배를 제대로 운항하기 위해 우리는 각자 해야 할 일이 있었다. 늙은 폴리네시아마저도 주변에 빙산이 없는지 확인하기 위해 줄에 매달아 놓은 박사님 목욕 온도계로 바닷물 온도를 재는 일을 맡았다. 폴리네시아가 어두컴컴해서 성가신 숫자를 읽을 수 없다며 툴툴대는 게 들렸다. 나는 드디어 항해가 본격적으로 시작되었고 곧 밤이 오리라는 걸 알았다. 내가 바다에서 맞는 첫 번째 밤 말이다!

3장

골칫거리

저녁을 먹기 바로 전에 범포가 아래층에서 나오더니 조타기를 잡고 있는 박사님에게 갔다.

“짐칸에서 밀항자 한 명을 잡았습니다, 박사님.” 범포는 진짜 선원 같은 말투로 똑부러지게 말했다. “밀가루 포대 뒤에서 찾았어요.”

“이런! 골칫거리가 하나 생겼구나! 스터빈스, 범포와 함께 내려가서 그 사람을 데려와라. 지금은 조타기에서 손을 뗄 수가 없구나.” 박사님이 말했다.

그래서 범포와 나는 짐칸으로 내려갔다. 그리고 밀가루 포대 뒤에서 머리에서 발끝까지 밀가루를 뒤집어쓰고 있는 남자를 찾아냈다. 우리가 빗자루로 밀가루를 쓸어 내자 모습을 드러낸 사람은 바로 매슈 머그 아저씨였다. 우리는 재채기를 하면서 아저씨를 위층으로 끌고 올라가 박사님 앞으로 데리고 갔다.

"이런, 매슈, 도대체 여기서 뭐하는 거지요?" 박사님이 말했다.

"나도 너무 가고 싶어서 그랬어요. 박사." 동물 먹이 장수 아저씨가 말했다.

"사실 항해에 나를 데려가 달라고 종종 부탁했지만 한 번도 데려가 주지 않았잖아요. 이번에 사람이 한 명 더 필요하다는 얘기를 듣고는 배가 바다에 나갈 때까지만 숨어 있으면 박사도 내가 필요하게 될 테니 결국 데려갈 거라고 생각했지요. 그런데 몇 시간이나 밀가루 포대 밑에 깔린 채 누워 있으려니 류머티즘이 도진 거예요. 그래서 자세를 바꿔야 했어요. 내가 막 다리를 뻗었는데 이 흑인 요리사가 와서 내 다리를 본 거지요. 배가 흔들리지 않게 할 수 없나요? 이 폭풍우는 얼마나 계속될까요? 이 축축한 바다 공기는 류머티즘에 안 좋은데…"

"맞아요, 정말 안 좋아요. 오지 말았어야 해요. 당신은 이런 생활과는 거리가 먼 사람이예요. 항해하는 내내 힘들 거라고요. 펜잰스에 잠깐 들러서 내려 줄게요. 범포, 내 침대에 가면 내 실내복 주머니 안에 지도가 있을 거야. 위에 파란색 연필로 표시가 되어 있는 작은 지도를 가져다줘. 펜잰스가 왼쪽 어디쯤에 있긴 할 텐데. 뱃길을 바꿔서 해안으로 가기 전에 그곳에 등대가 있는지 알아봐야겠어."

"알겠습니다, 박사님." 범포가 재빨리 돌아서서 계단으로 향하며 말했다.

"자, 매슈. 펜잰스에서 브리스톨행 기차를 탈 수 있을 거예요. 알겠지만 거기서 퍼들비까지는 그리 멀지 않아요. 목요일마다 평상시처럼 우리 집에 들러 동물들 먹이 주는 거 잊지 말아요. 특히 새끼 밍크에게는 청어를 조금 더 주는 거 잊으면 안 돼요."

지도를 기다리는 동안 치치와 나는 등불을 밝혔다. 배 오른쪽에는 초록색 등, 왼쪽에는 붉은 등, 돛대에는 흰색 등을 켰다.

드디어 계단을 터덜터덜 걸어 올라오는 발소리가 들리자 박사님이 말했다.

"아, 이제야 범포가 지도를 가져오는군!"

하지만 놀랍게도 나타난 사람은 범포 한 명이 아니고 총 세 명이었다.

"맙소사! 그 사람들은 다 누구지?" 박사님이 소리쳤다.

"밀항자 둘이 더 있습니다, 박사님. 선실 침대 아래에 여자 한 명과 남자 한 명이 숨어 있는 걸 찾아냈습니다. 지도는 여기 있습니다." 범포가 나서서 씩씩하게 말했다.

"너무하는군." 박사님이 힘없는 목소리로 말했다. "도대체 누구지? 침침해서 얼굴을 볼 수가 없군. 성냥불 좀 켜 봐, 범포."

상상도 하지 못했던 이들의 얼굴이 드러났다. 바로 루크 아저씨와 부인이었다. 루크 부인은 매우 초췌해 보였는데 뱃멀미를 하는 듯했다.

부부는 자신들이 습지에 있는 작은 오두막에서 함께 살기로 한 후 그 유명한 재판에 대해 들은 사람들이 너무 많이 찾아오는 바람에 도저히 살 수 없었다고 했다. 그래서 두 사람은 이런 식으로 퍼들비에서 도망쳐 자신들에 대한 소문이 닿지 않은 새로운 곳을 찾기로 결정했다고 말했다. 돈 때문에 다른 방법으로는 퍼들비를 떠날 수 없었기 때문이었다. 그런데 배가 흔들리기 시작하자 부인의 몸 상태가 매우 나빠졌던 것이다.

불쌍한 루크 아저씨는 이런 소란을 일으킨 데 대해 여러 번 사과하면서도 이 모든 일이 아내의 생각이라고 말했다.

박사님은 아래층에 있는 약상자를 가져오게 해서 부인에게 멀미약을 줬다. 그리고 루크 부부에게 돈을 빌려줄 테니 매슈 아저씨와 함께 펜잰스 해변에 내리는 게 최선인 것 같다고 말했다. 그리고 펜잰스에 있는 친구에게 루크 아저씨가 일자리를 찾을 수 있도록 도와 달라는 내용의 편지를 쓴 다음 루크 아저씨에게 가져가라고 했다.

박사님이 지갑에서 금화 몇 닢을 꺼내는 동안 내 어깨에 앉아서 이 모든 일을 지켜보던 폴리네시아가 목소리를 낮춘 채 중얼거렸다.

"저런, 주머니를 털어서 돈을 빌려주네. 3파운드 10실링이면 여행 경비 전부인데. 우표 한 장 살 돈도 없겠어. 혹시 닻을 잃어버리거나 타르가 다 떨어지면 어쩌려고. 이제 식량이 바닥나지 않도록 기도하는 수밖에. 차라리 배를 저 사람들한테 줘 버리고 걸어서 집으로 돌아가는 게 낫겠어!"

지도 덕분에 곧 배는 방향을 틀었고 우리가 펜잰스로 향하자 루크 부인은 안도의 한숨을 내쉬었다.

나는 이 밤에 등대와 나침반에만 의지한 채 배가 항구로 들어가는 걸 정말 흥미진진하게 지켜보았다. 박사님은 매우 능숙하게 바위와 모래톱을 피해 가는 것 같았다.

그날 밤 11시쯤 우리는 콘월 지방의 조그맣고 이상하게 생긴 항구에 도착했다. 박사님은 마도요호 갑판에 싣고 온 작은 보트에 밀항자들을 태우고는 해변으로 가서 이들에게 호텔 방을 잡아주었다. 박사님은 돌아와서 루크 아저씨 부인이 곧바로 잠자리에 들었고 상태가 한결 좋아졌다고 말했다.

어느새 자정이 지나 있었다. 우리는 항구에 머물면서 아침까지 기다렸다가 떠나기로 했다.

나는 아주 늦게까지 깨어 있는 것도 즐거웠지만 기꺼이 잠자리에 들었다. 박사님 침대 위쪽에 있는 침대로 올라가서 포근한 담요 속으로 몸을 넣었는데 팔꿈치 앞에 있는 둥근 창으로 밖이 내다보였다. 베개에서 머리를 들지 않아도 펜잰스의 불빛이 닻으로 고정된 배의 움직임에 맞춰 위아래로 부드럽게 흔들리는 게 보였다. 마치 작은 공연을 보면서 흔들리는 요람에 누워 잠을 자는 것 같았다. 바다 생활이 무척 마음에 들었다. 나는 곧 잠에 빠져들었다.

4장

계속되는 골칫거리

다음 날 아침 우리의 훌륭한 요리사인 범포가 간과 베이컨으로 만든 멋진 아침 식사를 하며 박사님이 말했다.

"스터빈스, 나는 카파블랑카 제도에 들러야 할지, 아니면 브라질 해변으로 곧장 가야 할지 고민 중이란다. 미란다 말로는 적어도 4주일 반 동안은 환상적인 날씨가 이어질 거라는구나."

내가 코코아 컵 바닥에서 설탕을 건져 내며 말했다. "글쎄요, 날씨가 확실히 좋다면 곧바로 가는 게 낫지 않을까요? 게다가 극락조가 우리를 기다리고 있다면서요. 우리가 한 달이 지나도록 도착하지 않으면 무슨 일이 생긴 게 아닐까 궁금해할 거예요."

"그래, 맞는 말이야. 스터빈스. 하지만 카파블랑카는 바다를 건

너는 길에 들러 가기에 매우 편리한 곳이란다. 필요한 게 있거나 고칠 게 있으면 거기서 처리할 수 있거든."

"여기서 카파블랑카까지 가는 데 얼마나 걸려요?" 내가 물었다.

"엿새쯤. 흐음, 나중에 결정해도 돼. 어떤 결정을 하든 이틀 동안은 가는 방향이 같으니까. 식사를 다 마쳤으면 이제 떠나 보자."

위층에 올라가 보니 해가 내리쬐는 아침 공기 사이로 배에서 던져 주는 남은 음식을 받아먹으려는 하얀 갈매기와 회색 갈매기가 우리 배를 빙글빙글 돌고 있었다.

7시 30분이 좀 지나서 우리는 닻을 올렸고 순풍을 향해 돛을 폈다. 그리고 어디 한 군데 부딪치지 않고 넓은 바다로 나왔다. 우리는 밤낚시를 마치고 돌아오는 배들과 마주쳤는데 이들은 마치 일렬로 줄지어 선 병사들처럼 깔끔하고 미끈해 보였다. 배에 달린 적갈색 돛이 모두 한 방향으로 기울어져 있었고 뱃머리 앞에서 하얀 파도가 부서지며 춤을 췄다.

다음 사나흘 동안 모든 게 순조롭게 흘러갔다. 이상한 일은 일어나지 않았다. 이 기간 동안 우리는 각자 맡은 일상 업무에 익숙해져 갔다. 그리고 남는 시간에 박사님은 조타기 교대 순서와 배를 올바른 항로로 몰고 가는 방법, 갑자기 바람이 바뀌면 어떻게 해야 할지 등에 대해 알려 주셨다. 우리는 하루 스물네 시간을 삼 교대로 나눠 교대로 여덟 시간씩 자고 열여섯 시간 동안은 깨어 있었다. 우리 중 두 명은 항상 배를 지켰고 배 안 일들은 순조롭게 돌아갔다.

게다가 나이가 제일 많을 뿐 아니라 배를 모는 것에 대해 많이 알고 있는 폴리네시아는 햇볕이 내리쬐는 동안 조타기 옆에 한쪽 다리로 서서 두어 번 눈을 깜빡거릴 때 빼고는 항상 깨어 있는 것 같았다. 폴리네시아가 근처에 있을 때면 어느 누구도 여덟 시간 이상 침대에 누워 있을 수 없었다. 폴리네시아는 배 시계를 보고 있다가 당번이 조금이라도 늦잠을 잔다 치면 선실로 내려가 일어날 때까지 부리로 코를 콕콕 쪼아 댔다.

나는 곧바로 이상한 흑인 친구 범포를 매우 좋아하게 됐다. 범포는 거창한 말투로 얘기했고 발이 정말 커서 사람들이 항상 그의 발을 밟거나 발에 걸려 넘어졌다. 그는 나보다 훨씬 나이가 많았고 대학에 다녔는데도 나를 무시하지 않았다. 얼굴에는 항상 미소가 걸려 있었고 익살스러운 유머로 우리를 즐겁게 해 주었다. 얼마 지나지 않아 범포가 항해나 여행에 대해 잘 모르는데도 박사님이 그를 데려온 건 정말 잘한 일이라는 걸 알게 됐다.

다섯째 날 아침 내가 박사님에게서 조타기를 막 넘겨받았을 때 범포가 다가와 말했다.

"소금에 절인 쇠고기가 거의 다 떨어졌습니다, 선장님."

"소금에 절인 쇠고기가! 이런, 55킬로그램이나 실어 왔는데. 우리가 닷새 동안 그걸 다 먹었을 리는 없어. 어떻게 된 일이지?"

"모르겠습니다. 확실한 건 창고에 내려갈 때마다 고기가 한 덩어리씩 없어졌다는 겁니다. 만약 고기를 먹어 버린 게 쥐라면 엄청나게 큰 설치류가 거기 있는 게 분명합니다."

돛대와 뱃머리를 이은 밧줄을 오르내리며 아침 운동을 하던 폴리네시아가 끼어들었다. "창고를 수색해야겠어. 이런 일이 계속되면 일주일이 가기 전에 다 굶게 될 거야. 토미, 아래층으로 내려가자. 이번 일을 조사해 봐야겠어."

우리는 아래층 창고로 내려갔고 폴리네시아는 우리에게 말소리를 죽이고 귀를 기울이라고 말했다. 폴리네시아 말대로 해 보니 이내 창고 어두운 구석에서 누군가가 코를 고는 소리가 뚜렷이 들렸다.

"이럴 줄 알았어. 사람이 있잖아. 게다가 거구야. 둘이 그리로 올라가서 그 사람을 끌고 나와. 소리로 들어 봐서는 통 밑에 있는 것 같아. 우리가 퍼들비 사람들 절반을 데려왔나 봐. 이 배가 1페니만 내면 탈 수 있는 나룻배인 줄 아나. 뻔뻔스럽기 짝이 없군! 어서 끌어내."

범포와 나는 등불을 밝히고 쌓아 둔 물건 위로 기어 올라갔다. 그리고 통 밑에서 기름진 얼굴로 단잠에 빠져 있는 남자를 찾아냈다. 거구인 데다 턱수염을 기르고 있었다. 우리는 그 남자를 깨웠다.

"무스-은 이-일이야?" 그 남자가 잠이 덜 깬 채 말했다.

그는 바로 자신이 유능한 선원이라고 자랑을 일삼던 벤 부처였다.

화가 난 폴리네시아가 속사포처럼 쏘아붙였다.

"미치겠네. 이 사람은 절대 아니길 바랐는데. 제기랄, 뻔뻔스럽기도 하지!"

"이렇게 하면 어떨까? 이 악한이 잠이 덜 깼을 때 무거운 물건으로 머리를 친 다음 선실 창을 열고 바다로 던져 버리는 거지." 범포가 말했다.

"안 돼. 그럼 문제가 복잡해져." 폴리네시아가 말했다. "여기는 졸리깅키가 아니잖아? 정말 운도 없다니까! 게다가 저 사람이 들어갈 만큼 커다란 창도 없고. 일단 위층에 있는 박사에게 데려가."

우리는 벤 부처를 조타기로 데려갔고 그는 박사님을 보자 예의 바르게 인사를 했다.

"밀항자가 또 있습니다, 선장님." 범포가 재빨리 말했다. 나는 불쌍한 박사님이 화가 치밀어 올라 졸도할지도 모르겠다는 생각이 들었다.

"안녕하세요, 선장님. 유능한 선원 벤 부처예요. 선장님을 도우려고 왔지요. 선장님이 절 필요로 할 것 같아서 양심에 걸리지만 내 마음대로 배에 탔어요. 진짜 뱃사람 한 명 없이 풋내기 뱃사람들만으로 항해에 나서는 걸 두고 볼 수만은 없었거든요. 제가 오지 않았으면 살아서 집에 돌아갈 수 없을 거예요. 이런, 제일 큰 돛을 좀 보세요. 목에 맨 줄이 너무 헐겁잖아요. 강풍이 한번 불기만 해도 돛이 물에 빠지겠어요. 이제 제가 있으니 다 괜찮아요. 곧 모든 걸 깔끔하게 바로잡을 수 있을 테니까."

박사님이 말했다. "아니, 괜찮지 않아. 다 잘못됐지. 그리고 난 자네를 만난 게 전혀 반갑지 않네. 자네가 필요 없다고 퍼들비에서 이미 말했을 텐데. 자네는 여기 올 권리가 없어."

"하지만 선장님. 저 없이는 이 배로 항해를 못 하실걸요. 선장님은 항해에 대해 하나도 모르잖아요. 이런, 지금 나침반을 좀 보세요. 경로가 나침반에서 1도 반이나 벗어났어요. 죄송하지만, 선장님 혼자 이 여행을 이끌고 가는 건 미친 짓이에요. 이런, 배를 잃게 될 수도 있어요."

"여보게." 박사님이 벤 부처의 눈을 똑바로 바라보며 굳은 표정으로 말했다. "배를 잃는 건 나한테는 아무것도 아니야. 예전에도 배를 잃었지만 하나도 문제 될 게 없었어. 나는 어디든 가기 위해 출발하면 반드시 목적지에 도착해. 알겠나? 항해든 운항이든 아무것도 모를지 모르지만 난 어쨌든 목적지에 도착한다고. 자네가 이 세상 최고 선원일지 모르지만 이 배에서는 아무 짝에도 쓸모없는 골칫덩어리일 뿐이야. 아무 짝에도 쓸모없는. 가장 가까운 항구로 가서 자네를 내려 주겠네."

폴리네시아가 끼어들었다. "그렇고말고. 게다가 배에 몰래 타고서 절인 쇠고기를 다 먹어 버렸는데도 감옥에 안 가는 걸 행운인 줄 알라고."

"이제 도대체 어떻게 해야 할지 모르겠어." 폴리네시아가 범포에게 소곤거리는 소리가 들렸다. "더 이상 돈도 없는데. 게다가 절인 쇠고기는 거기 있던 것 중에서 제일 중요한 거였고."

범포가 소곤거리며 대답했다. "대신 저 능력 있는 선원을 소금에 절여서 먹어 버리면 정치경제학적으로 훌륭하지 않아? 몸무게가 55킬로그램도 넘겠는데."

“우리는 졸리깅키에 있는 게 아니라고 몇 번이나 말해야겠니?” 폴리네시아가 말을 끊었다. “배에서 그런 일을 해서는 안 돼.” 폴리네시아가 잠시 생각하더니 중얼거렸다. “하지만 진짜 좋은 생각이긴 해. 저 사람이 배에 올라탄 걸 본 사람이 아무도 없을 테니. 아, 안 되겠다! 소금이 별로 없어. 게다가 저 사람한테서 담배 맛이 날 게 뻔하거든.”

5장

폴리네시아의 계획

박사님은 어느 새로운 항로로 가야 할지 지도를 보면서 계산해야 하니 나더러 조타기를 잡으라고 말했다.

"결국 카파블랑카로 가야 할 것 같구나." 벤 부처가 등을 돌리고 서 있을 때 박사님이 말했다. "정말 골칫덩어리야! 하지만 브라질로 가는 내내 저 친구 잔소리를 듣느니 차라리 퍼들비로 헤엄쳐 돌아가는 게 나을 거다."

정말 벤 부처는 고약한 사람이었다. 필요한 사람이 아니라는 말을 들었으면 조용히 입 다물고 있어야 할 텐데 벤 부처는 그러지 않았다. 갑판 여기저기를 돌아다니면서 우리가 한 작업이 다 잘못됐다고 지적질을 해 댔다. 배 안에 제대로 되어 있는 게 하나도 없다고 했다. 닻은 잘못 올려져 있고 갑판 출입구도 제대로 닫혀 있지 않다고 했다. 뒤에 달아야 할 돛이 앞에 가 있다고 했고, 우리가 맨 매듭도 다 엉터리라고 했다.

결국 박사님은 벤 부처에게 입 다물고 아래층으로 내려가라고 말했다. 하지만 그는 풋내기 뱃사람들 때문에 물에 가라앉기는 싫다며 거절했다.

우리는 좀 불안해졌다. 그 남자는 체구가 매우 거대해서 한번 날뛰기 시작하면 무슨 일이 벌어질지 알 수 없었다.

범포와 내가 아래층 식당에서 어떻게 해야 할지 의논하고 있는데 폴리네시아와 지프, 치치가 합류했다. 그리고 여느 때처럼 폴리네시아가 계획을 세웠다.

"벤 부처는 밀수범인 데다 악한이 틀림없어. 뱃사람이라면 내가 잘 알지. 그리고 이 사람 태도가 맘에 안 들어. 난…"

내가 끼어들었다. "근데 폴리네시아, 너는 진짜 선원 한 명 없이 박사님이 무사히 대서양을 건널 수 있을 것 같니?"

사실 나는 우리가 한 일이 다 잘못되었다는 걸 알고서 꽤나 속상했다. 그리고 미란다 말에 따르면 날씨가 좋은 건 한때인데 폭풍우를 만나기라도 하면 어떻게 하나 걱정이 되기 시작했다. 우리 일정이 꽤 지체된 것 같았다. 하지만 폴리네시아는 경멸하듯이 고개를 홱 치켜들었다.

"이런, 꼬마야. 존 둘리틀 박사와 함께 있으면 언제나 무사할 거야. 잊지 마. 저 멍청한 도둑놈 말은 귀에 담아 두지 말라고. 물론 박사가 한 게 다 틀린 건 사실이야. 하지만 박사와 함께 있으면 문제 될 게 없다니까. 잘 기억해. 존 둘리틀 박사와 함께 여행하면 결국은 목적지에 도착하게 돼. 내가 오랫동안 박사와 여행을 해 봐서 알아. 어떤 때는 배가 거꾸로 뒤집힌 채 도착하기도 하고 어떤 때는 온전하게 도착하기도 하지. 어쨌든 결국에는 도착한다니까. 그리고 한 가지 더 말할 게 있어." 폴리네시아가 조심스럽게 덧붙였다. "박사는 억세게 운이 좋다는 거야. 어려움을 겪기도 하지만 결국엔 모든 문제가 다 풀리거든. 한번은 마젤란 해협을 지날 때 바람이 어찌나 세던지…"

지프가 끼어들었다. "그런데 벤 부처를 어떻게 처리하지? 폴리네시아, 너 뭔가 생각이 있지?"

"응. 내가 겁나는 건 박사가 보지 않을 때 그놈이 박사 머리를 박살내 버릴지도 모른다는 거야. 그리고 마도요호 선장 자리에 앉는 거지. 나쁜 선원들은 종종 그런 짓을 하거든. 그리고 배를 자기들이 가고 싶은 데로 몰고 가지. 이런 걸 반란이라고 불러."

"그럼 진짜 빨리 어떻게든 해야 해. 아무리 서둘러도 내일모레는 돼야 카파블랑카에 닿을 텐데. 나는 단 일 분이라도 박사님을 혼자 두고 싶지 않아. 그놈한테서 악당 냄새가 나." 지프가 말했다.

"나한테 계획이 있어. 들어 봐, 저 문에 자물쇠 있지?" 폴리네시아가 말했다.

우리는 식당 문을 보았고 자물쇠가 있다는 걸 알았다.

"좋아. 이제 범포가 점심 식사를 차리고 우리는 다 숨는 거야.

그리고 열두 시가 되면 범포 네가 여기서 식사 종을 울려. 벤이 그 소리를 들으면 소금에 절인 쇠고기가 더 있는 줄 알고 곧바로 내려올 거야. 범포는 문 바깥쪽 뒤에 숨어 있어. 그리고 벤이 식탁 의자에 앉는 순간 문을 닫고 자물쇠를 채워 버리는 거야. 그럼 그 자를 잡을 수 있어. 알겠니?"

범포가 빙그레 웃으며 말했다. "천재 전략가인데! 키케로가 유 유상종이라고 말했다지. 바로 점심 식사를 차릴게."

"그래, 그리고 나올 때 찬장에 있는 우스터 소스를 가지고 와. 주변에 어떤 음식도 남겨 둬선 안 돼. 그놈 혼자 벌써 사흘 치를 먹어 치웠으니까. 그리고 밖으로 내보내기 전에 그놈 힘을 빼 놓으면 카파블랑카에 도착해서 해변으로 끌어 내릴 때 우리와 싸우려 들지 못할 거야."

우리는 일이 잘 되나 보려고 복도에 몸을 숨겼다. 곧 범포가 계단 밑에서 식사 종을 마구 흔들었다. 그러고는 식당 문 뒤로 뛰어가서 몸을 숨겼고 우리는 조용히 귀를 기울였다.

식사 종 소리가 나기가 무섭게 유능한 선원 벤 부처가 쿵쿵거리며 계단을 내려왔다. 식당으로 들어가더니 박사님 자리인 식탁 맨 위쪽에 앉고는 두툼한 턱 밑에 냅킨을 두르고서 기대감에 숨을 내쉬었다.

그때 범포가 쾅! 하고 문을 닫고는 잠가 버렸다.

폴리네시아가 숨어 있던 곳에서 나오며 말했다. "당분간 저놈 문제는 해결됐어. 이제 항해술은 찬장한테나 가르치라지. 무례하기 짝이 없다니까! 저 뚱보는 바다에 대해서 나만큼 알려면 한참 멀었어. 올라가서 박사한테 얘기하자. 범포, 앞으로 이틀 동안은 선실에 식사를 차려야 할 거야."

폴리네시아는 흥겹게 노르웨이 사람들의 뱃노래를 흥얼거리며 내 어깨에 앉았고 우리는 갑판으로 올라갔다.

6장

몬테베르데의 침대 가게 주인

우리는 카파블랑카 섬에서 사흘 동안 머물렀다.

서둘러 떠나야 하는데도 그렇게 오래 머무른 데는 두 가지 이유가 있었다. 하나는 그 선원의 어마어마한 식욕 때문에 식량이 부족해졌기 때문이었다. 짐칸에 가서 물품 목록을 만들어 보니 벤 부처가 쇠고기는 물론 다른 식량까지도 죄다 먹어 치웠다는 걸 알게 됐다. 게다가 돈이 없었기 때문에 어떻게 식량을 사야 할지 매우 난감했다. 박사님은 팔 만한 물건이 있는지 찾아보려고 가방을 뒤져 보았다. 하지만 찾아낸 것이라고는 바늘이 부러지고 뒷면에 홈이 패인 낡은 시계가 전부였다. 그걸로는 차 한 봉지 살 만한 돈도 받을 수 없었다. 범포는 졸리깅키에서 배운 익살스러운 노래를 길에서 불러 보겠다고 했다. 하지만 박사님은 섬사람들이 아프리카 음악에 관심이 별로 없을 것 같다고 말했다.

두 번째 이유는 투우였다. 스페인령인 이 섬에서는 매주 일요일마다 투우가 열렸다. 우리가 거기 도착한 건 금요일이었다. 우리는 벤 부처를 쫓아낸 다음 시내 구경을 나갔다.

그곳은 아주 이상하게 생긴 작은 마을로 내가 본 여느 곳과 무척 달랐다. 거리는 모두 꾸불꾸불한 데다 비좁아서 마차 한 대가 겨우 지나갈 만했다. 마을 집들은 꼭대기가 우뚝 솟아 있었는데 집들이 어찌나 촘촘히 붙어 있던지 사람들이 다락에서 창밖으로 몸을 내밀고서 거리 반대편에 있는 이웃과 악수를 할 수 있을 정도였다. 박사님은 그 마을이 아주아주 오래되었다고 했다. 그곳 이름은 몬테베르데였다.

우리는 무일푼이어서 당연히 호텔 같은 곳에 묵을 수 없었다. 그런데 둘째 날 저녁, 침대를 만들어 파는 가게 옆을 지나가게 되었는데 가게 주인이 다 만들어진 침대 몇 개를 도로변에 내놓는 게 보였다. 박사님은 가게 문 앞에 앉아서 새장 속 앵무새에게 휘파람을 불어 주던 가게 주인에게 스페인어로 얘기를 하기 시작했다. 박사님과 침대 가게 주인은 새와 다른 여러 화젯거리에 대해 얘기하며 금방 친해졌다. 그리고 저녁 식사 시간이 가까워지자 주인은 우리에게 저녁을 함께 먹자고 청했다.

말할 것도 없이 우리는 기쁘게 청을 받아들였다. 그리고 식사를 마친 후(음식은 대부분 올리브 기름으로 요리되었는데 아주 맛있었

박사님은 칩대 가게 주인과 스페인 어로 얘기하기 시작했다.

다. 나는 특히 튀긴 바나나가 마음에 들었다.) 우리는 도로변으로 다시 나와 앉아서 밤이 깊도록 이야기를 계속했다.

마침내 우리가 배로 돌아가기 위해 일어섰을 때 이 친절한 가게 주인은 가지 말라며 우리를 말렸다. 항구로 이어지는 거리에 가로등이 거의 없을뿐더러 오늘은 달도 보이지 않는다면서 가다가 길을 잃어버릴 거라고 했다. 그날 밤은 자신과 함께 지낸 후 아침에 배로 돌아가라고 했다.

결국 우리는 그러기로 했다. 이 친절한 친구 집에는 남는 침실이 없어서 박사님과 범포 그리고 나는 팔기 위해 가게 앞 도로변에 내놓은 침대에서 자기로 했다. 그날 밤은 무척 더워서 이불도 필요 없었다. 오가는 사람들과 시끌벅적한 거리를 구경하며 밖에서 잠을 청하는 건 정말 신나는 일이었다. 스페인 사람들은 아예 잠을 자지 않는 것 같았다. 아주 늦은 시간이었는데도 주변의 작은 레스토랑과 카페는 문을 활짝 열어 두고 있었고 손님들은 작은 야외 탁자에 앉아서 커피를 마시며 즐겁게 수다를 떨었다. 멀리서 사기그릇 달그락거리는 소리, 왁자지껄한 말소리가 부드럽게 기타를 튕기는 소리와 섞여 들려왔다.

그 소리를 들으니 멀리 퍼들비에서 똑같은 일상을 보내고 있을 어머니와 아버지 생각이 났다. 밤에 플루트를 불던 것과 다른 여러 가지 일들이… 나는 한편으로는 어머니 아버지가 안됐다는 생각을 했다. 부모님은 여행이 주는 즐거움을 누리지 못했다. 우리는 늘 새로운 걸 경험했다. 심지어는 잠자리도 달라졌다. 하지만 부모님께 가게 앞 도로변에서 자라고 했으면 언짢아하셨을 것이다. 사람들이 얼마나 제각각인지 참 재미있다.

→ 7장 ←

박사님의 내기

다음 날 아침 우리는 시끄러운 소리에 잠에서 깨어났다. 거리에선 화려한 옷을 입은 남자들 행렬 뒤로 이들을 찬양하는 여자들과 응원하는 아이들이 몰려가고 있었다. 나는 박사님에게 이들이 누구냐고 물었다.

"투우사란다. 내일 투우 경기가 열리거든." 박사님이 말했다.

"투우가 뭐예요?" 내가 물었다.

그러자 놀랍게도 박사님은 화가 나서 얼굴이 붉게 상기됐다. 화가 난 박사님 얼굴을 보니 박사님 동물원에서 사자와 호랑이에 대해 얘기하던 때가 생각났다.

"투우는 어리석고 잔인할뿐더러 혐오스러운 경기란다. 스페인 사람들은 정말 매력적이고 친절하지. 그런데 어떻게 이런 사람들이 그 끔찍한 투우를 즐기는지 도무지 이해할 수 없어."

그리고 박사님은 투우 경기에 대해 알려 줬다. "일단 황소를 약 올려서 화가 나게 만들어. 그리고 황소를 원형 경기장에 들여보내는 거야. 거기서 빨간 천을 든 남자들이 황소에게 천을 흔들고 달아나지. 그런 다음 황소는 늙고 쇠약해져 싸울 힘이 없는 말을 여러 마리 들이받아 죽이면서 서서히 힘을 잃어 가. 황소가 완전히 지쳤을 때 비로소 남자 한 명이 칼을 들고 나와 황소를 죽인단다. 매주 일요일마다 스페인의 큰 도시 대부분에서 황소 여섯 마리가 그런 식으로 죽어 나가고 또 많은 말이 죽는단다."

"하지만 사람들도 황소 때문에 죽지 않나요?" 내가 물었다.

"불행히도 그런 경우는 매우 드물어. 황소가 화가 났을 때도 네가 발이 빠르고 정신을 똑바로 차리고 있다면 황소는 보기보다 위험하지 않단다. 투우사들은 매우 영리하고 민첩하지. 그래서 스페인 사람들, 특히 여자들이 이들을 매우 존경해. 스페인에서 유명한 투우사(마타도르라고도 하지)는 왕보다도 중요한 존재란다. 모퉁이 쪽에서 또 사람들이 몰려오는구나. 저들에게 입맞춤을 보내는 여자들 좀 보렴. 정말 어처구니가 없구나!"

그때 우리의 친구, 침대 가게 주인이 지나가는 행렬을 보기 위해 나왔다. 그가 우리에게 아침 인사를 하고 잘 잤는지 묻고 있는데 그의 친구 한 명이 우리에게 다가왔다. 침대 가게 주인은 그 친구 이름이 돈 엔리케 카르데나스라며 우리에게 소개해 주었다.

돈 엔리케는 우리가 어디서 왔는지 듣더니 영어로 말을 붙였다. 그는 훌륭한 교육을 받은 신사 같아 보였다.

"내일 투우 경기를 보러 가시겠군요?" 돈 엔리케가 박사님에게 상냥하게 물었다.

"물론 보지 않을 겁니다. 투우를 좋아하지 않아요. 잔인하고 비겁한 쇼니까요." 박사님은 단호하게 말했다.

박사님의 말을 들은 돈 엔리케는 거의 폭발할 것 같아 보였다. 나는 사람이 그렇게 화를 내는 걸 본 적이 없었다. 그는 박사님한테 도대체 무슨 말을 하는지 모르겠다고 말했다. 그러더니 투우는 고귀한 경기이고 투우사는 세상에서 가장 용맹한 사람이라고 말했다.

"아, 말도 안 되는 소리예요! 불쌍한 황소에게 전혀 기회를 안 주잖아요. 당신이 아끼는 그 투우사들이 황소를 죽일 때는 황소가 이미 힘을 전혀 쓸 수 없을 때란 말이오."

그 스페인 남자는 얼마나 화가 났는지 박사님을 한 대 칠 것만 같았다. 그가 여전히 식식거리며 할 말을 찾고 있을 때 침대 가게 주인이 이들 사이에 끼어들더니 박사님을 한쪽으로 데려갔다. 그는 박사님에게 소곤거리는 목소리로 돈 엔리케 카르데나스가 매우 영향력이 큰 사람이라고 말했다. 돈 엔리케가 운영하는 농장에서 키운 특별히 힘이 센 검은 황소들이 이 카파블랑카에서 열리는 모든 투우 경기에 공급된다는 것이었다. 침대 가게 주인은 그가 대단한 부자일 뿐 아니라 유명 인사라면서 어떤 경우에도 기분을 상하게 해서는 안 된다고 말했다.

침대 가게 주인이 말을 마칠 때쯤 박사님 얼굴을 봤는데 뭔가가 떠오른 듯 박사님 눈에 소년 같은 장난기가 스쳐 가는 게 보였다. 박사님은 화가 난 스페인 남자에게 몸을 돌렸다.

"돈 엔리케 씨, 당신은 이 나라 투우사들이 아주 용감하고 솜씨도 좋다고 했지요. 내가 투우는 잔인한 경기라고 말해서 당신이 모욕감을 느낀 것 같군요. 내일 경기에 출전하는 가장 훌륭한 마타도르의 이름이 뭔가요?"

"페피토 데 말라가요. 스페인에서 가장 위대한 이름이자 가장 용감한 사내지요."

"좋습니다. 내가 당신에게 한 가지 제안을 할까요? 나는 평생 황소와 싸워 본 적이 한 번도 없지요. 내일 내가 페피토 데 말라가 그리고 당신이 선택한 다른 투우사와 함께 투우장에 들어가, 그 사람들보다 더 멋진 묘기를 부린다면 나한테 뭘 해 주겠습니까?"

돈 엔리케는 고개를 뒤로 젖히더니 웃음을 터뜨렸다.

"이보시오. 당신 미친 게 분명해! 공격 한 번에 죽고 말 텐데. 정식 투우사가 되기 위해서는 수년 동안 훈련을 받아야 한다고."

"내가 기꺼이 그 위험을 감수한다면요. 내 제안을 받아들이는 게 두려운 건 아니겠지요?"

그 스페인 남자가 얼굴을 찡그렸다.

"두려워한다고! 선생, 만약 당신이 투우장에서 페피토 데 말라가를 이긴다면 무엇이든 다 해 주겠소."

"좋습니다. 당신이 이 섬에서 상당한 권력자라고 들었습니다. 만약 당신이 원한다면 내일 이후 이곳에서 벌어질 투우 경기를 모두 중단시킬 수도 있겠군요?"

"물론 할 수 있지." 돈 엔리케가 득의양양하게 말했다.

"그게 내가 원하는 바지요. 내가 이 내기에서 이긴다면, 내가 성난 황소를 상대로 페피토 데 말라가보다 더 멋진 모습을 보여 준다면 당신이 살아 있는 한 카파블랑카에서 다시는 투우 경기가 열리지 않을 거라고 나와 약속해 주세요. 어때요?"

스페인 남자가 손을 내밀었다.

"좋소. 약속하지. 당신은 목숨을 내던지고 있다는 걸 알아야 할 거요. 죽을 게 뻔하거든. 하지만 당신이 투우가 하찮은 스포츠라고 말한 대가일 뿐이오. 뭔가 준비해야 할 게 있다면 내일 이 자리에서 당신을 만나도록 하지. 그럼 이만, 선생."

스페인 남자가 몸을 돌려 침대 가게 주인과 가게로 들어가자 평소처럼 귀를 기울이고 있던 폴리네시아가 내 어깨로 날아오더니 내 귀에 대고 속삭였다.

"나한테 계획이 있어. 범포를 데리고 박사가 우리 말을 들을 수 없는 곳으로 가자. 너한테 할 말이 있어."

나는 범포의 팔꿈치를 쿡 찔렀다. 그리고 우리 모두 거리를 건너가서 보석 가게의 창문을 들여다보는 척했다. 박사님은 침대에 앉아 지난 밤 벗어 둔 장화 끈을 묶고 있었다.

폴리네시아가 말했다. "들어 봐. 식량 살 돈을 벌 방법을 생각하느라 골치가 아팠는데 드디어 찾아냈지."

"돈을?" 범포가 말했다.

"아니, 바보 같기는. 아이디어를 찾았다고. 들어 봐. 박사는 분명히 내기에서 이길 게 뻔해. 안 봐도 알 수 있지. 이제 우리가 해야 할 일은 이 스페인 남자들하고 '끼어들기 내기'를 하는 거야. 그들은 내기에 관심이 많거든. 벌써 계획을 세워 뒀지."

"끼어들기 내기가 뭔데?" 내가 물었다.

"아, 그게 뭔지 알아." 범포가 자랑스럽게 말했다. "옥스퍼드에서 보트 경주를 할 때 많이 했거든. 내가 돈 엔리케에게 가서 말하는 거야. '나는 박사가 이기는 쪽에 100파운드를 걸겠소.' 그러고 박사가 이기면 돈 엔리케가 나에게 100파운드를 주는 거지. 만약 박사가 지면 내가 돈 엔리케에게 돈을 주는 거고."

"바로 그거야." 폴리네시아가 말했다. "100파운드라고 하지 말고 2500페세타라고 해. 자, 이제 돈 뭐라는 사람한테 가서 부자 행세를 해 보자."

그래서 박사님이 여전히 장화 끈을 묶는 동안 우리는 다시 거리를 건너 침대 가게로 들어갔다.

범포가 말했다. "돈 엔리케 씨, 제 소개를 하겠습니다. 저는 졸리깅키의 왕세자입니다. 내일 있을 투우 경기를 놓고 저와 작은 내기를 하시겠습니까?"

돈 엔리케가 머리를 숙였다.

"하다마다요. 좋습니다. 하지만 당신이 질 게 뻔한데요. 얼마나 걸겠소?"

"그냥 재미로 하는 겁니다. 3천 페세타 어떻습니까?"

"좋소." 스페인 남자가 한 번 더 고개를 숙이며 말했다. "내일 투우 경기가 끝난 다음 봅시다."

"다 잘됐어. 이제야 마음이 후련하네." 박사님 쪽으로 가면서 폴리네시아가 말했다.

8장

대단한 투우 경기

이튿날은 몬테베르데에서 대단한 날이었다. 모든 거리에 깃발이 내걸렸다. 화려한 옷차림을 한 사람들이 삼삼오오 짝을 지어 투우장, 그러니까 투우 경기가 열리는 원형 경기장으로 몰려가는 모습이 여기저기서 보였다.

박사님의 도전 소식이 온 마을에 퍼지자 섬사람들은 한껏 들뜬 듯했다. 외국인 주제에 감히 위대한 페피토 데 말라가에게 도전하다니! 죽기라도 하면 꼴 좋겠군!

박사님은 돈 엔리케에게서 투우사 옷을 빌렸다. 범포와 나는 앞에서 조끼 단추를 잠그느라 애를 먹었는데 옷이 너무 꽉 껴서 단추를 다 잠갔는데도 옷이 사방으로 벌어졌다. 그래도 옷을 차려

입자 근사해 보였다.

우리가 항구에서 나와 투우장으로 향하는데 꼬마들이 한꺼번에 몰려와 뒤를 졸졸 따라오면서 "존 둘리틀은 뚱뚱한 투우사"라며 놀려 댔다. 경기장에 도착하자마자 박사님은 싸움이 시작되기 전에 황소들을 한번 보고 싶다고 말했다. 곧 우리는 황소 우리로 안내되었다. 높은 철책 너머로 거대한 검은 황소 여섯 마리가 우악스럽게 돌아다니고 있었다.

박사님은 서둘러 황소들에게 몇 가지 단어와 신호로 얘기를 했다. 경기장에서 박사님이 뭘 할지 말하고 황소들이 해야 할 역할에 대해 세심하게 지시했다. 이 불쌍한 짐승들은 투우가 중단될 기회라는 말을 듣자 몹시 기뻐하며 박사님이 시키는 대로 하겠다고 약속했다.

물론 우리를 그곳으로 안내한 남자는 우리 행동을 전혀 이해하지 못했다. 박사님이 몸짓을 섞어 가며 소의 말로 이야기하는 모습을 보고 이 뚱뚱한 영국 남자가 미쳤나 보다고 생각할 따름이었다.

황소 우리에서 나온 박사님은 마타도르 분장실로 향했고 범포와 나는 폴리네시아와 함께 투우장으로 들어가서 커다란 원형 경기장 안 의자에 앉았다.

투우장 안은 장관이었다. 최고급 의상을 차려입은 신사, 숙녀 수천 명이 모여 있었는데 모두 행복하고 즐거워 보였다.

돈 엔리케가 일어나더니 관중들에게 첫 번째 경기는 영국 출신 박사와 페피토 데 말라가의 대결이라고 설명했다. 박사님이 이길 경우 들어주기로 한 약속이 무엇인지 말했다. 하지만 사람들은 그럴 가망이 전혀 없다고 생각하는 것 같았다. 얘기가 끝나자마자 좌중에서 폭소가 터져 나왔다.

페피토가 투우장에 들어서자 여자들이 키스를 날렸고 남자들은 박수를 치고 모자를 흔들며 환호했다.

곧 투우장 반대편에 있는 큰 문이 열리더니 황소 한 마리가 달려 나왔다. 그리고 문이 다시 닫혔다. 투우사는 곧 경계 태세를 취했다. 그가 붉은 망토를 흔들자 황소가 그에게 돌진했고 페피토가 잽싸게 옆으로 비켜서자 사람들이 다시 환호했다.

이런 상황이 여러 차례 반복되었다. 그런데 페피토와 황소의 거리가 가까워져 그가 큰 위험에 빠질 때마다 근처에 있던 조수 한 명이 다른 붉은 망토를 흔들면서 황소의 주의를 끄는 게 보였다. 그러면 황소가 조수를 쫓아갔고 그 사이에 페피토가 위험에서 벗어나는 거였다. 페피토가 황소의 추격권에서 벗어나면 곧 이 조수는 높은 담으로 달려가서 몸을 피했다. 투우사들은 이 모든 걸 사전에 다 짠 게 분명했다. 이들이 미끄러지거나 넘어지지 않는 한 이 서툴기 짝이 없는 황소의 공격을 받아 궁지에 몰릴 가능성은 없어 보였다.

10여 분이 지나자 투우사 분장실로 향하는 문이 열리더니 박사님이 어슬렁거리며 투우장으로 들어왔다. 뚱뚱한 박사님이 하늘색 벨벳 투우사복을 차려입은 모습을 본 관중들은 폭소를 터뜨렸다.

후안 아가포코라는 이름으로 불린 박사님은 투우장 가운데로 걸어오더니 특별석에 앉은 여자들에게 정중히 허리를 굽혀 인사했다. 그러고는 황소에게, 그다음에는 페피토에게도 인사를 했다. 그런데 박사님이 페피토의 조수에게 인사를 하는 사이에 황소가 뒤에서 박사님을 향해 달려들기 시작했다.

"조심해! 조심하라고! 황소다! 당신 죽을 거야!" 관중들이 소리쳤다.

하지만 박사님은 침착하게 인사를 마쳤다. 그리고 몸을 돌리더니 팔짱을 끼고는 달려드는 황소를 두 눈으로 노려보며 한껏 얼굴을 찡그렸다.

곧 희한한 일이 일어났다. 돌진하던 황소의 속도가 점점 느려지는 게 아닌가? 꼭 찡그린 얼굴을 무서워하는 것 같았다. 곧 황소는 아예 멈춰 섰다. 그리고 박사님이 황소에게 손가락을 흔들자 황소가 몸을 떨기 시작하더니 다리 사이로 꼬리를 내리고는 뒤돌아 달아나 버렸다.

관중들은 놀란 나머지 말문이 막혔다. 박사님이 황소를 쫓아갔다. 그리고 둘은 숨을 헐떡거리며 투우장을 계속 돌았다. 흥분한 사람들이 여기저기서 수군대기 시작했다. 투우 경기에서 이런 광경이 연출된 적은 없었다. 사람이 황소를 피해 달아나는 게 아니라 황소가 사람을 피해 달아나다니! 후안 아가포코, 이 영국인 투우사가 젖 먹던 힘까지 짜내서 열 바퀴를 돌았을 때쯤 마침내 황소 꼬리를 잡았다.

그러고는 겁에 질린 황소를 투우장 가운데로 데려오더니 황소에게 앞발 들고 서기, 뒷발 들고 서기, 춤추기, 깡충깡충 뛰기, 구르기 등 온갖 묘기를 부리도록 했다. 마지막으로 황소의 무릎을 꿇리더니 등에 올라타고는 뿔을 잡고 공중제비 돌기를 선보였고 다른 재주도 보여 줬다.

페피토와 조수는 풀이 죽었다. 이제 관중들은 이들을 까맣게 잊었다. 두 사람은 내가 앉은 곳에서 멀지 않은 담 옆에 서서 서로에게 투덜거리더니 질투심에 사로잡혀서 안색이 새파랗게 변해 갔다.

마침내 박사님은 돈 엔리케를 향해 서서 인사를 하고는 큰 목소리로 말했다. "이 황소는 더 이상 안 되겠어요. 겁에 질린 데다 숨도 제대로 못 쉬는군요. 이제 데려가세요."

"기사께서는 건강한 다른 황소 한 마리와 상대하셌소?" 돈 엔리케가 물었다.

"아니. 건강한 황소 다섯 마리와 상대하겠소. 다섯 마리를 한꺼번에 투우장에 들여보내 주시오."

그 순간 관중 사이에서 공포의 비명 소리가 터져 나왔다. 그들은 투우사들이 황소 한 마리를 피해 다니는 모습에 익숙해져 있었다. 그런데 다섯 마리라니! 그건 투우사의 죽음을 의미하는 거였다.

페피토가 앞으로 튀어나오더니 박사님 요구가 투우 경기 규칙에 어긋난다며 받아들여서는 안 된다고 말했다. ("하!" 폴리네시아가 내 귀에 대고 싱긋 웃었다. "박사가 항해할 때와 똑같군. 박사

박사님은 황소의 뿔을 잡고 공중제비 돌기를 선보였다.

는 규칙을 하나도 지키지 않아. 하지만 결국 목적지에 도착하지. 박사가 하자는 대로 하면 그 입장료로는 다시 못 볼 구경거리를 보게 될 텐데.") 엄청난 논쟁이 시작됐다. 관중의 반은 페피토 편이었고 나머지 반은 박사님 편인 듯했다. 마침내 박사님이 페피토를 향해 몸을 돌리더니 허리를 깊숙이 숙여 인사를 했는데 이때 조끼에 남아 있던 마지막 단추가 떨어져 나갔다. "아, 물론 기사께서 두렵다면…" 박사님이 얼굴에 살짝 미소를 띠면서 말했다.

"두렵다고! 내가 이 세상에서 두려워하는 건 아무것도 없어. 나는 스페인 최고의 투우사라고. 이 손으로 황소 957마리를 죽였어."

"그렇다면 좋습니다. 당신이 다섯 마리를 더 죽일 수 있는지 한번 봅시다. 황소들을 안으로 들여보내시오! 페피토 데 말라가는 두려워하지 않는다!" 박사님이 소리쳤다.

황소 우리로 연결된 육중한 문이 열리자 대형 극장 안에 무서운 정적이 감돌았다. 곧 우레 같은 소리와 함께 커다란 황소 다섯 마리가 투우장을 향해 달려 나왔다. "사납게 보이도록 해." 박사님이 황소들에게 소의 말로 말하는 게 들렸다. "흩어지지 말고. 바짝 붙어서. 페피토, 보라색 옷을 입은 저 사람을 향해 달려가는 거야. 하지만 죽여서는 안 돼. 그냥 투우장 밖으로 쫓아내도록 해. 자 그럼 모두 함께 쫓아가!"

황소들이 머리를 숙이더니 일렬로, 마치 기병대처럼, 투우장을 가로질러서 불쌍한 페피토를 향해 달려갔다.

잠시 동안 페피토는 온 힘을 다해 용맹해 보이고자 애를 썼다. 하지만 다섯 쌍의 뿔이 전속력으로 자신을 향해 달려오는 광경을 감당하긴 어려웠다. 페피토는 입술까지 하얗게 질린 채 담을 향해 도망쳤고 결국 담을 넘어 사라져 버렸다.

“자, 이제 나머지 한 명.” 박사님이 휘파람 소리를 냈다. 그런데 그 용감했던 조수는 눈 깜짝할 사이에 어디에서도 찾아볼 수 없었다. 이제 투우장 안에는 후안 아가포코, 즉 뚱뚱한 투우사 한 명과 날뛰는 황소 다섯 마리만 남게 됐다.

그 후 공연은 정말 볼 만했다. 황소 다섯 마리는 화가 나서 투우장을 돌면서 뿔로 담을 들이받고, 발로 모래를 차고, 뭐든 죽이려고 쫓아다녔다. 황소들은 차례로 박사님을 처음 본 척하더니 분노에 찬 소리를 내면서 위험천만한 뿔을 세우고는 박사님을 하늘로 날려 버릴 것처럼 쏜살같이 투우장을 가로질러 돌진했다.

정말 소름 돋도록 아찔한 장면이었다. 이 모든 게 사전에 계획되었다는 걸 아는 나조차도 황소가 박사님에게 닿을 것 같자, 박사님 생명이 위태롭다는 생각에 숨을 죽였다. 하지만 뿔 끝이 하늘색 조끼에 닿을락 말락 할 때 박사님은 재빨리 옆으로 비켜섰고 그 거대한 짐승들은 우레 같은 소리를 내며 머리카락 한 올 차이로 박사님 곁을 스쳐 지나갔다.

그러더니 황소 다섯 마리가 한꺼번에 박사님을 완전히 에워싸고는 분노에 찬 소리를 내며 뿔로 박사님을 밀어 댔다. 박사님이 어떻게 살아서 빠져나왔는지 모르겠다. 몇 분 동안 박사님의 통

통한 몸이 황소 머리와 쿵쿵 굴러 대는 발굽, 이리저리 흔들어 대는 꼬리 속에 파묻혀 보이지 않았다. 폴리네시아가 말한 것처럼 다시 볼 수 없는 가장 멋진 투우 경기였다.

관중석에 있던 한 여자가 미친 듯이 돈 엔리케에게 외쳤다.

"싸움을 멈춰요! 싸움을 멈추란 말이에요! 죽이기에는 너무나 용감한 사람이에요. 세상에서 가장 훌륭한 투우사라고요. 저 사람을 살려요! 싸움을 멈춰요!"

이윽고 박사님이 자신을 둘러싸고 있던 짐승 무리를 뚫고 모습을 드러냈다. 그리고 황소들의 뿔을 차례로 잡더니 머리를 홱 비틀어 모랫바닥에 던져 버렸다. 이 훌륭한 황소들은 자신들이 맡은 역할을 완벽하게 해 냈다. 서커스단에서도 이들보다 더 훈련이 잘 된 동물들을 본 적이 없었다. 이들은 완전히 지쳐 쓰러진 것처럼 숨을 거세게 몰아쉬며 바닥에 드러누웠다.

존 둘리틀 박사님은 여성들에게 마지막으로 인사를 하고는 주머니에서 꺼낸 시가에 불을 붙이며 유유히 투우장을 빠져나갔다.

→ 9장 ←

다시 바다로

박사님 뒤로 문이 닫히자마자 한 번도 들어 본 적이 없는 우레와 같은 소리가 터져 나왔다. 어떤 남자들은 화가 난 것 같았다. (페피토의 친구들인 듯했다.) 하지만 여자들은 박사님에게 투우장으로 돌아오라며 계속해서 외쳤다.

마침내 박사님이 돌아오자 여자들은 박사님에게 완전히 반한 것 같았다. 박사님에게 키스를 날리면서 내 사랑이라고 불렀다. 그리고 꽃과 반지, 목걸이, 브로치를 빼서 박사님 발밑으로 던지기 시작했다. 이런 보석과 장미 세례는 처음이었다.

하지만 박사님은 그들을 향해 미소를 지으며 한 번 더 몸을 굽혀 인사한 다음 투우장을 떠났다.

폴리네시아가 말했다. "자, 범포. 내려가서 보석들을 다 줍도록 해. 우리가 다 팔아 버리자. 위대한 투우사들은 그렇게 해. 보석들을 바닥에 두면 마타도르 조수들이 다 긁어모을 거야. 기회가 왔을 때 돈이 될 만한 걸 모아 둬야지. 박사랑 여행을 하다 보면 언제 돈이 필요할지 모르거든. 장미는 신경 쓰지 마. 그냥 내버려 둬. 단 반지는 챙겨 와야 해. 그리고 다 끝나거든 가서 돈 엔리케인지 뭔지 하는 사람에게 3천 페세타를 받아 와. 다 끝나고 밖에서 토미랑 나와 만나자. 침대 가게 맞은편에 보석 가게가 있으니까 거기서 그 장신구들을 돈으로 바꾸면 돼. 빨리 가. 그리고 박사한테는 이 일에 대해 입도 뻥긋하지 마. 알았지?"

투우장 밖은 흥분한 군중들로 여전히 소란스러웠다. 곳곳에서 격렬한 말씨름이 이어지고 있었다. 범포가 주머니를 불룩하게 채운 다음 우리와 만났다. 우리는 밀집한 군중을 뚫고 투우사 분장실이 있는 건물로 천천히 걸어갔다. 박사님이 분장실 문 앞에서 우리를 기다리고 있었다.

폴리네시아가 박사님 어깨로 날아가며 말했다. "대단했어, 박사! 정말 잘 해냈어! 하지만 봐. 뭔가 분위기가 심상치 않아. 가능한 한 빨리 배로 돌아가는 게 좋겠어. 그 경박스러운 옷 위에 외투를 입도록 해. 난 이 사람들 표정이 마음에 안 들어. 이들 중 절반 이상이 박사가 이겨서 화를 내고 있다고. 돈 엔리케라는 사람은 이제 투우를 중지시켜야 해. 하지만 이 사람들이 투우를 얼마나 좋아하는지 잘 알잖아. 걱정되는 건 질투에 눈이 먼 투우사들이 뭔가 나쁜 짓을 꾸밀지도 모른다는 거야. 빨리 여기를 빠져나가는 게 좋겠어."

박사님이 말했다. "폴리네시아, 네 말이 맞는 것 같다. 이 사람들은 조금 흥분한 것 같구나. 나 혼자 빠져나가서 배로 가도록 하지. 그럼 눈에 띄지 않을 거야. 거기서 기다릴 테니 너희들은 다른 길로 오도록 해. 하지만 너무 늦으면 안 돼. 서둘러!"

박사님이 출발하자마자 범포는 돈 엔리케를 찾아가 말했다. "선생, 저한테 3천 페세타를 빚졌지요."

돈 엔리케는 약이 오른 듯 노려보았지만 아무 말 없이 돈을 건넸다.

그 후 우리는 마차를 불러 타고 식량을 사러 나섰다.

얼마 떨어지지 않은 곳에서 큰 식품점을 발견했는데 먹을 것이라면 없는 게 없었다. 우리는 그 가게에서 평생토록 먹어 보지 못한 비싼 음식을 잔뜩 샀다.

사실, 우리가 위험에 처했다는 폴리네시아의 판단은 정확했다. 우리가 이겼다는 소식이 순식간에 온 동네로 퍼져 나간 것 같았다. 우리가 가게에서 나와 식량을 마차에 싣고 있을 때 성난 남자들이 무리 지어 온 거리를 뒤지고 다니면서 막대를 휘두르고 소리를 지르는 게 보였다.

"그 영국놈들! 투우를 중단시킨 그 저주받을 영국놈들 다 어디 갔어? 그놈들을 가로등에 매달아! 바다에 던져 버려! 영국놈들! 그 영국놈들 잡아!"

우리는 잠시도 시간을 지체하지 않았다. 범포는 스페인 마부를 붙잡고 손짓과 몸짓을 사용해서 최대한 빨리 항구로 향하지 않으면, 그리고 잠자코 입을 다물지 않으면 목을 졸라 버리겠다고 위협했다. 우리는 마차에 실은 식량 위로 몸을 날린 다음 창문 가리개를 내리고는 바로 줄행랑을 쳤다.

"보석을 돈으로 바꿀 시간이 없겠는데." 덜컹대며 자갈길을 지날 때 폴리네시아가 말했다. "하지만 괜찮아. 나중에 쓸모가 있을 거야. 아무튼 2500페세타가 남았잖아. 마부에게는 2페세타 50전만 줘, 범포. 그게 맞는 요금이니까."

우리는 안전하게 항구에 도착했고 반갑게도 박사님이 치치를 시켜 준비한 보트가 부두에서 우리를 기다리고 있었다.

하지만 불행히도 우리가 마차에서 보트로 짐을 옮겨 싣고 있을 때 성난 군중이 부두에서 우리에게 몰려들었다. 범포는 주변에 있던 나무 기둥을 들더니 머리 위로 휘두르면서 아프리카 말로 무시무시하게 소리를 질렀다. 그러자 군중이 감히 우리에게 다가오지 못했다. 그동안 치치와 나는 서둘러서 짐을 옮기고 보트로 기어 올라갔다. 범포는 나무 기둥을 스페인 사람들에게 던져 버리고는 뒤따라서 보트로 뛰어들었다. 우리는 미친 듯이 마도요호를 향해 노를 저었다.

성난 사람들은 부두에서 우리를 향해 고함을 지르며 주먹을 휘둘렀고 돌과 온갖 것들을 던졌다. 불쌍한 범포는 머리에 병을 맞고 말았다. 하지만 범포 머리가 어찌나 단단했던지 병은 산산조각이 났는데 범포 머리에는 작은 혹 하나가 생겼을 뿐이었다.

우리가 배에 도착했을 때 박사님은 닻을 들어 올리고 돛을 펴서 이미 떠날 준비를 마친 상태였다. 뒤돌아보니 화가 난 사람들을 가득 실은 보트들이 부두에서 우리를 쫓아오고 있었다. 우리는 보트를 배에 실을 새도 없이 밧줄로 고물에 묶어 놓고 마도요호에 올라탔다.

마도요호가 순식간에 방향을 바꾸고 바람을 탔다. 곧 항구를 떠나 브라질을 향해 속도를 내기 시작했다.

“휴우!” 모두 갑판에 털썩 주저앉아 숨을 돌릴 때 폴리네시아가 안도의 숨을 내쉬며 말했다. “그다지 나쁜 모험은 아니었어. 밀수꾼들과 항해할 때가 생각나네. 아, 정말 멋있었어. 머리는 걱정하지 마, 범포. 박사가 아르니카를 조금 발라 주면 괜찮아질 거야. 이 난리통에서 우리가 건진 걸 생각해 봐. 보트 한가득 실은 식량도 있고, 주머니에 가득 담은 보석과 몇천 페세타가 있잖아. 나쁘지 않아. 괜찮아.”

4부

→ 1장 ←

영어로 말하는 물고기

좋은 날씨가 이어질 거라는 보라색 극락조 미란다의 예견은 딱 맞아떨어졌다. 3주 동안 착한 마도요호는 꾸준히 부는 순풍을 타고 잔잔한 바다를 헤치며 나아갔다.

진짜 선원들이라면 이런 항해를 지루해할지도 모르겠지만 나는 아니었다. 우리가 남쪽으로, 서쪽으로 나아갈수록 바다 표면은 매일 다르게 보였다. 나이 든 선원들이라면 거의 신경도 쓰지 않을 온갖 사소한 일들이 호기심 가득한 내 눈에는 흥미진진하게 보였다.

항해하는 동안 많은 배와 마주치지는 않았다. 배 한 척이 지나가면 모두가 박사님이 가져온 망원경으로 그 배를 보았다. 가끔씩 박사님은 소식을 묻기 위해 돛대에 색색의 작은 깃발들을 올려서 마주친 배에 신호를 보냈다. 그러면 그 배도 같은 방식으로 우리에게 신호를 보냈다. 모든 신호의 의미는 박사님이 선실에 보관하고 있는 책 한 권에 쓰여 있었다. 박사님은 그 신호가 바다에서 쓰이는 언어이기 때문에 영국 배든, 네덜란드 배든, 프랑스 배든 상관없이 모든 배가 신호를 이해할 수 있다고 말했다.

첫째 주에 일어난 가장 멋진 사건은 빙산을 지난 일이었다. 해가 빙산에 비치자 햇빛이 수백 가지 색깔로 변하면서 동화 속 보석 궁전처럼 반짝였다. 우리는 빙하에 앉아서 망원경으로 우리를 바라보는 아기 북극곰과 엄마 북극곰을 봤다. 박사님은 그 북극곰이 예전에 북극을 탐험했을 때 이야기를 나눴던 북극곰 중 한 마리라는 걸 알아챘다. 박사님은 빙산 가까이에 배를 붙이고 엄마 북극곰에게 원한다면 아기 곰과 함께 마도요호에 타라고 했다. 하지만 엄마 곰은 사양하겠다며 고개를 저었다. 우리 배에는 아기 곰의 발을 차갑게 식혀 줄 얼음도 없고 갑판은 너무 덥다고 했다. 사실 굉장히 따뜻한 날이었다. 하지만 거대한 빙산에 가까워지자 우리는 추위로 몸을 오들오들 떨며 모두 외투 깃을 세웠다.

평화로운 날이 계속되는 동안 박사님의 도움을 받아 내 읽기와 쓰기 실력이 부쩍 늘었다. 내가 잘 해 나가자 박사님은 내게 항해 일지를 맡겼다. 항해 일지는 모든 배에 있는 일기와 같은 것인데 그날 이동한 거리와 방향, 일어난 일들을 적어 놓는 커다란 책이다.

박사님 또한 시간이 날 때마다 항상 자신의 공책에 무언가 적어 나갔다. 이제 읽을 줄 알게 된 나는 때때로 박사님이 뭘 쓰는지 훔쳐봤지만 박사님의 글씨체는 알아보기가 어려웠다. 공책에 적힌 내용은 대부분 바다와 관련된 것인 듯했다. 다양한 해초를 그린 스케치와 메모로 가득한 두꺼운 공책이 여섯 권 있었다. 또 바닷새와 바다 벌레, 조개에 대한 공책들도 있었다. 이것들은 모두 훗날 박사님이 퇴고한 후 인쇄되어 책으로 나올 예정이었다.

어느 날 오후 우리 배 주위에 어마어마한 게 떠다니는 걸 발견했는데 그건 마치 죽은 풀처럼 보였다. 박사님은 나에게 그 풀이 모자반이라는 해초라고 말해 주었다. 조금 더 가까이 가니 그 풀이 눈에 보이는 모든 곳을 덮고 있어서 마치 마도요호가 대서양을 항해하는 대신 초원을 달리는 것처럼 보였다.

이 풀을 헤치며 기어다니는 바닷게들이 많이 보였다. 그 광경을 보면서 박사님은 조개류의 말을 배우겠다는 꿈을 떠올렸다. 박사님은 게 몇 마리를 그물로 건져서 수조에 넣고는 게가 하는 말을 들어 보았다. 게와 함께 토실토실하고 이상하게 생긴 작은 물고기도 잡혔는데 박사님은 이 물고기 이름이 실버 피지트라고 알려 주었다.

박사님은 게의 말을 알아듣는 데 실패하자 이 피지트를 수조에 넣고는 귀를 기울이기 시작했다. 그런 순간에는 박사님을 혼자 내버려둬야 했다. 나는 갑판으로 올라가서 맡은 일을 하고 있었다. 그런데 곧바로 아래층에서 박사님이 나에게 다시 내려오라고 소리를 지르는 게 들렸다.

"피지트가 영어로 말을 해!"

"스터빈스." 나를 보자마자 박사님이 소리쳤다. "정말 기이하구나, 믿을 수가 없어. 내가 꿈을 꾸고 있는 걸까? 보고 들은 게 믿기지 않아. 나는, 나는…"

내가 물었다. "왜요, 박사님. 뭔데요? 무슨 일이에요?"

"이 피지트가…" 박사님이 떨리는 손가락으로 그 작고 둥근 물고기가 조용히 헤엄치고 있는 수조를 가리키며 속삭였다. "피지트가 영어로 말을 해! 그리고, 그리고… 휘파람으로 노래를 불러. 영어 노래를!"

"영어를 한다고요! 휘파람도요! 와, 그게 말이 돼요?" 내가 외쳤다.

"사실이야!" 흥분해서 얼굴이 하얘진 박사님이 말했다. "몇 단어밖에 안 되고 드문드문 말해서 특별한 느낌이 없긴 해. 알아들을 수 없는 물고기 말과 섞여 있어. 하지만 내 청력에 큰 문제가 없다면 이건 분명히 영어야. 그리고 휘파람 말인데, 휘파람은 아주 단조롭긴 해. 항상 똑같은 음이야. 자 네가 들어 봐라. 그리고 알아들은 걸 나에게 말하렴. 들은 걸 전부 다 말해. 한 단어도 빼놓지 말고."

박사님이 공책과 연필을 잡고 있는 동안 나는 탁자에 놓인 유리 수조로 갔다. 옷깃을 접은 다음 박사님이 디딤대로 사용하는 빈 통에 서서 오른쪽 귀를 물속으로 집어넣었다.

한동안 아무 소리도 안 들렸다. 물에 담그지 않은 귀로 신경을 곤두세운 채 내가 뭔가 말하기를 기다리는 박사님의 거친 숨소리가 들렸을 뿐. 그러다가 마침내 수십 킬로미터 떨어진 곳에서 들리는 아이의 노랫소리처럼 믿을 수 없이 가느다랗고 작은 목소리가 물속에서 들려왔다.

"아!" 내가 말했다.

"뭐지? 뭐라고 그래?" 박사님이 거칠고 떨리는 목소리로 속삭였다.

"정확히는 알아들을 수 없어요. 다 이상한 물고기 말이에요. 아, 잠깐만요! 아, 이제 알았어요. '금연', '여기 신기한 게 있어요!', '팝콘하고 그림 엽서 여기 있어요… 이쪽이 출구입니다… 침 뱉지 마시오.' 정말 이상한 말뿐이에요, 박사님! 아, 그런데 잠깐만요! 지금 휘파람으로 노래를 불러요."

"무슨 노래니?" 박사님이 속삭였다.

"존 필이에요."

"아하, 그런 것 같았어." 박사님은 공책에 뭔가를 휘갈겨 썼다.

나는 계속해서 귀를 기울였다.

"정말 신기해." 박사님은 공책 위에서 연필을 계속 움직이면서 혼잣말을 했다. "정말 신기하지만 한편으로는 소름이 돋아. 이 녀석은 대체 어디서…"

"또 있어요. 영어 몇 마디를 더 했어요. '이 큰 수조는 청소를 해야 해.' 이게 다예요. 이제 다시 물고기 말을 해요."

"큰 수조라고!" 박사님은 혼란스럽다는 듯 얼굴을 찡그리며 중얼거렸다. "도대체 이 물고기는 어디서 그런 말을 배운 걸까…"

그때 박사님이 의자를 박차고 일어났다.

“알았다! 이 녀석은 수족관에서 도망쳐 나온 거야. 그럼 그렇지! 이 녀석이 배운 말을 좀 봐. ‘그림 엽서’, 수족관에서는 항상 그림 엽서를 팔지. ‘침 뱉지 마시오.’, ‘금연’, ‘이쪽이 출구입니다.’ 이것들은 안내원들이 하는 말이야. 그리고 ‘여기 신기한 게 있어요!’ 이건 사람들이 수조를 보고 감탄할 때 하는 말이지. 다 들어맞아. 의심할 여지가 없어, 스터빈스. 우리는 수족관에서 도망쳐 나온 물고기를 보고 있는 거란다. 그리고 확실하진 않지만 이 물고기를 통해 조개와 대화를 할 수 있을지도 몰라. 정말 운이 좋은 걸.”

2장

피지트가 들려준 이야기

박사님이 다시 오래된 취미인 조개류의 말에 관심을 갖게 되자 누구도 박사님을 말릴 수 없었다. 박사님은 그날 밤부터 당장 연구에 매달리기 시작했다.

자정이 조금 지나 나는 의자에서 잠이 들었고 범포는 새벽 2시쯤 조타기 앞에서 잠이 들었다. 그리고 다섯 시간 동안 마도요호는 부는 바람을 따라 이리저리 표류했다. 하지만 존 둘리틀 박사님은 여전히 피지트의 말을 이해하기 위해 최선을 다하며 그 일에 집중하고 있었다.

내가 잠에서 깨었을 때는 다시 대낮이었다. 박사님은 올빼미처럼 피곤해 보였고 쫄딱 젖은 채 여전히 수조 앞에 서 있었다. 하지만 얼굴에는 뿌듯하고도 행복한 미소를 띠고 있었다.

"스터빈스." 박사님은 나를 보자마자 불렀다. "알아냈어. 피지트 말을 이해할 수 있는 단서를 찾아냈어. 난생처음 들어 보는 말이라서 끔찍하게 어렵긴 했지만. 내가 아는 말 중에서는 고대 히브리어와 약간 비슷해. 조개류의 말은 아니야. 하지만 조개류의 말을 알아내는 데 큰 도움이 될 거야. 이제 연필과 새 공책을 가져와서 내가 말하는 모든 걸 받아쓰거라. 피지트가 자신의 삶에 대한 이야기를 들려주기로 약속했거든. 영어로 옮겨 줄 테니 공책에 적거라. 준비됐니?"

박사님은 다시 귀를 물속에 넣었다. 그리고 박사님이 이야기를 시작하자 나는 받아 적기 시작했다. 피지트는 우리에게 다음과 같은 얘기를 들려주었다.

수족관에서의 13개월

"나는 칠레 해안 인근 태평양에서 태어났어요. 내 가족은 2510마리나 됐지요. 엄마와 아빠가 떠난 후 우리 형제들은 곧바로 흩어졌어요. 고래 떼에 쫓겨서 가족들이 뿔뿔이 헤어지게 됐거든요. 나랑 내 여동생 클리파(내가 가장 좋아하는 여동생이에요.)는 죽을 고비를 넘겼어요. 사실 재빨리 방향을 틀어 움직일 수 있다면 고래로부터 도망치는 건 그렇게 어렵지 않아요. 하지만 클리파와 나를 쫓아온 고래는 심술궂기 짝이 없었어요. 바위 아래 같은 곳에서 우리를 놓친 다음에도 다시 와서 우리가 사방이 확 터진 곳으로 향할 때까지 계속 쫓아다녔거든요. 정말이지 그렇게 못되고 끈질긴 놈은 처음 봤다니까요.

마침내 그 고래의 추격에서 벗어났어요. 고래가 하도 끈질기게 따라오는 바람에 북쪽으로 수백 킬로미터나 헤엄쳐서 남아메리카 서쪽 해안까지 오게 되긴 했지만요. 그런데 운은 우리 편이 아니었어요. 우리가 숨을 고르면서 쉬고 있을 때 다른 피지트 가족이 몰려오면서 '살고 싶으면 빨리 헤엄쳐! 곱상어가 오고 있어!' 라고 외치는 게 아니겠어요?

곱상어는 특히 피지트를 좋아해요. 그러니까 우리가 걔들이 특히 좋아하는 먹이라는 말이에요. 사실 그 이유 때문에 우리는 절대로 깊고 탁한 물속으로 가지 않아요. 게다가 곱상어로부터 도망치는 건 쉬운 일이 아니랍니다. 무지무지하게 빠르고 영리한 사냥꾼이거든요.

수백 킬로미터를 더 헤엄친 다음 뒤를 돌아봤는데 그 곱상어들이 바짝 뒤따라오고 있었어요. 그래서 항구로 방향을 틀었지요. 미국 서쪽 해안에 있는 항구였을 거예요. 우리는 그 곱상어들이 여기까지 따라오지는 않을 거라고 생각했지요. 그렇게 바라기도 했고. 아니나 다를까 걔들은 우리가 방향을 튼 걸 보지 못하고 북쪽으로 헤엄쳐 가 버렸어요. 그리고 그게 마지막이었어요 걔들이 북극 바다에서 얼어 죽어 버리면 좋겠어요.

하지만 아까 말한 대로 그날 운은 우리 편이 아니었어요. 여동생과 함께 항구에 정박한 배 주위를 유유히 헤엄치면서 좋아하는 오렌지 껍질을 찾고 있을 때 홱! 쿵! 하는 소리가 나더니 우린 그만 그물에 갇혀 버리고 말았죠.

발버둥을 쳐 보았지만 다 부질없는 짓이었어요. 그물이 촘촘한데다 질겼거든요. 발길질도 해 보고 몸도 뒤집어 봤지만 우리는 배 옆쪽으로 끌어 올려졌고 한낮의 태양이 이글거리는 덥고 건조한 갑판 위로 내동댕이쳐졌어요.

구레나룻을 기르고 안경을 쓴 노인 두 명이 우리 쪽으로 몸을 숙이더니 이상한 소리를 냈어요. 아기 대구들이 우리랑 같이 그물에 걸렸더라고요. 이 노인들은 아기 대구들을 바다로 다시 돌려보냈어요. 하지만 우리는 꽤 귀한 물고기라고 생각했나 봐요. 우리를 살살 큰 단지에 넣고는 해변으로 데려가더니 커다란 집으로 가서 물이 가득 찬 유리 상자로 우리를 옮기더라고요. 그 집은 항구 끝 쪽에 있었어요. 그리고 바닷물이 그 유리 수조로 흘러 들어와서 우리는 제대로 숨을 쉴 수 있었죠. 우리는 단 한 번도 유리 수조 안에서 살아 본 적이 없어요. 그래서 처음에는 유리 벽을 뚫고 헤엄쳐 나가 보려고도 했는데 그랬다가 엄청난 속도로 유리에 코를 찧어서 아프기만 했답니다.

그 후로 지겨운 몇 주가 흘러갔어요. 그 사람들은 자기들이 아는 지식을 총동원해서 우리를 잘 보살펴 주었어요. 안경을 낀 그 노인들은 하루에 두 번씩 와서 우리를 자랑스럽다는 듯이 봤어요. 그리고 우리가 잘 먹고 있는지, 적당한 양의 빛을 받고 있는지, 물이 너무 뜨겁거나 차갑지 않은지를 확인했죠. 아, 하지만 사는 게 얼마나 지루하던지! 우리는 마치 공연에 동원된 것 같았지요. 매일 아침 일정한 시간이 되면 그 집의 큰 문이 열리고 특별히 할 일이 없는 도시 사람들이 와서 우리를 구경했어요. 큰 방 벽 주위에는 다른 종류의 물고기로 채워진 여러 수조들이 있었는데 사람들은 이 수조에서 저 수조로 옮겨 다니면서 유리를 통해 우리를 보더라고요. 얼빠진 도다리처럼 입을 벌린 채 말이죠. 너무 짜증이 나서 우리도 입을 헤벌쭉 벌린 채 그 사람들을 쳐다봤어요. 사람들은 그 모습이 아주 웃겼나 봐요.

어느 날 여동생이 말했어요, '생각해 봐, 오빠, 우리를 잡아 가둔 이 이상한 생물들이 말을 할까?'

내가 대답했어요. '그럼. 어떤 사람들은 입술로만 말하는데 어떤 사람들은 표정으로 말하고, 또 어떤 사람들은 손으로 대화하던데 넌 못 봤니? 유리 가까이 왔을 때 사람들이 말하는 걸 들을 수 있을 거야. 들어 봐!'

그때 다른 구경꾼들보다 키가 큰 여자 한 명이 유리에다 코를 박은 채 나를 가리키면서 뒤에 있는 아이에게 말했어요. '아, 봐봐, 여기 신기하게 생긴 게 있네!'

그 이후 우리는 사람들이 유리 안을 들여다보면서 거의 항상 그렇게 말한다는 걸 알았어요. 그리고 오랫동안 사람들이 할 수 있는 말이 그 말밖에 없는 줄 알았어요. 우리는 그 문장을 외우면서 지겨운 시간을 견뎠답니다. '아, 봐봐, 여기 신기하게 생긴 게 있네!' 무슨 뜻인지는 모른 채 외운 거예요. 그래도 무슨 뜻인지 아는 말들도 있어요. 사람 말을 조금 읽을 수도 있었고요. 그곳 벽에는 큰 표지판이 붙어 있었는데, 경비원들이 침을 뱉거나 담배를 피우는 사람들을 보면 성을 내면서 그 표지판을 가리키며 큰 소리로 읽고는 그러지 못하게 했어요. 그래서 우리는 거기에 쓰여 있는 말이 '금연, 침 뱉지 마시오.'라는 걸 알게 됐죠. 그리고 저녁때가 되어 사람들이 다 가고 나면 목발을 한 남자가 매일 밤마다 바닥에 떨어진 땅콩 껍질을 빗자루로 쓸었어요. 그 남자는 비질을 하면서 항상 똑같은 노래를 휘파람으로 불었거든요. 우리는 그 멜로디를 좋아했죠. 그래서 그것도 외웠어요. 휘파람도 말의 일부라고 생각했거든요.

그 암울한 곳에 갇히고 나서 일 년이 흘렀어요. 어떤 날에는 새로운 물고기들이 다른 수조에 들어왔고 또 어떤 날에는 나이가 많은 물고기들이 수조 밖으로 내보내졌지요. 처음에 우리는 그곳에 당분간만 머무를 거라고 생각했어요. 사람들이 우리를 충분히 보고 나면 바다로 되돌아갈 수 있을 줄 알았던 거예요. 하지만 여러 달이 지나도 우리를 그냥 내버려두더군요. 유리벽 감옥에 갇혀 있자니 마음이 점점 무거워졌고 말수도 줄어들었답니다.

어느 날, 구경꾼들로 그 큰 방이 꽉 찼을 때 얼굴이 빨간 여자 한 명이 더위에 못 이겨 기절하고 말았어요. 유리를 통해서 다른 사람들이 깜짝 놀라는 게 보였어요. 내가 보기엔 대단한 일도 아닌 것 같았는데. 사람들이 그 여자에게 찬물을 끼얹더니 야외로 데리고 나가더라구요.

그걸 보고 난 생각을 좀 해 봤어요. 그리고 곧 멋진 생각이 떠올랐죠.

'클리파.' 나는 클리파에게 몸을 돌리면서 말했어요. 클리파는 우리 수조로 몰려드는 어린 애들의 멍청한 눈을 피해서 뚱한 표정으로 감옥 바닥에 있는 돌 뒤에 몸을 숨기고 있었죠. '우리가 아픈 척하면 말이야, 사람들이 우리를 이 답답한 집에서 내보내 주지 않을까?'

'오빠.' 클리파가 힘없이 말했어요. '그럴지도 몰라. 하지만 우리를 쓰레기 더미에 던져 버릴걸. 그럼 우리는 뜨거운 햇빛 속에서 죽게 될 거야.'

'하지만 사람들이 왜 쓰레기 더미를 찾아다니겠니? 항구가 바로 코앞인데. 이리로 오는 동안 사람들이 쓰레기를 물에 던지는 걸 봤어. 사람들이 우리를 물에 버려 주면 곧바로 바다로 갈 수 있어.'

'바다!' 클리파가 꿈꾸는 듯한 표정으로 중얼거렸어요. (내 동생 클리파는 눈이 참 예뻤답니다.) '바다라는 말이 꿈처럼 들려! 오빠, 우리가 다시 바다에서 헤엄칠 수 있을까? 매일 밤 이 악취 풍기는 감옥 바닥에 누워 있으면 바다의 따스한 목소리가 내 귓가에 맴돌아. 난 바다가 너무 그리워! 크고 편안하고 아늑한 바다를 다시 한 번 느낄 수 있다면! 무역풍이 일으키는 물보라 속에서 깔깔거리며 대서양 파도 물마루 사이를 이리저리 뛰다가 청록색 소용돌이 물길로 퐁당 뛰어들고! 하늘이 붉게 물들어 물거품에 비친 빛이 온통 분홍빛을 띠는 여름 저녁에 새우를 쫓아다니고! 고요하고 따스한 적도 바다에 누워 열대의 태양을 만끽하면서! 맛있는 물고기 알을 찾으러 인도양 속 거대한 해초숲 사이로 나란히 돌아다니고! 카리브해 바닥 산호 마을에 있는, 창문에 달린 진주랑 옥구슬 장식이 반짝반짝 빛나는 성에서 숨바꼭질을 할 수 있다면! 남태평양 구릉에 펼쳐진 말미잘이 가득한 옅은 청회색빛 저지대로 소풍도 가고! 멕시코 만의 푹신푹신한 바닥에서 재주넘기도 하고! 난파선 안을 돌아다니면서 모험도 즐기고! 북동풍으로 거센 파도가 치는 겨울 밤, 추위를 피해 따뜻하고 어두컴컴한 심해로 내려가 반짝거리는 불장어도 몰래 보고, 동굴 주변에 모여 친구들이랑 수다도 떨고! 아…'

동생은 너무나 속상해하며 훌쩍거렸어요.

내가 말했어요. '그만해! 너 때문에 나까지 향수병에 걸리겠어. 잘 들어. 우리 아픈 척해 보자. 아니면 죽은 척하는 게 나을 수도 있겠다. 그리고 무슨 일이 일어나는지 보는 거야. 사람들이 우리를 쓰레기 더미에 던져 버리면 햇빛에 튀겨지겠지. 뭐 이 냄새나는 감옥에 있는 것보다 더 나쁘진 않을걸. 응? 하늘에 맡기고 한번 해 볼래?'

'그래, 해 볼게.' 동생이 말했어요.

그리고 다음 날 아침 수조에서 빳빳해져 죽은 채 떠다니는 피지트 두 마리가 경비원에게 발견됐죠. 우리는 정말 죽은 물고기 시늉을 잘 냈다니까요. 경비원은 황급히 달려가서 안경을 쓰고 구레나룻을 기른 그 나이 든 신사들을 데리고 왔어요. 이들은 우리를 보자 충격으로 망연자실했죠. 그리고 우리를 물에서 살살 건져 내더니 젖은 옷에다 올렸어요. 이때가 제일 힘들었지요. 물고기들은 물 밖에 있을 때는 입을 열었다 닫았다 하면서 숨을 쉬어야 해요. 물론 그래도 얼마 살지 못하겠지만. 그런데 우리는 막대기처럼 꼼짝도 안 한 채 반쯤 다문 입으로 숨을 쉬어야만 했어요. 아, 이 노인들은 우리를 콕콕 찌르면서 끝도 없이 이리저리 만져 봤어요. 그리고 이들이 잠시 등을 돌렸을 때에는 끔찍한 고양이 한 마리가 탁자로 올라오더니 우리를 먹어 버릴 뻔했고요. 다행히도 그 노인들이 제때에 몸을 돌려서 고양이를 쫓아 버렸어요. 그 사람들이 보지 않는 동안 우리는 두 번 정도 공기를 들이마셨는데 그 두 번이 우리를 살린 거랍니다. 나는 클리파에게 용기를 내서 견뎌야 한다고 말하고 싶었어요. 하지만 그러지도 못했죠. 물속이 아니면 물고기 말은 들리지 않거든요. 암만 크게 소리를 질러도.

우리가 다 포기하려고 할 때 늙은 남자 한 명이 슬픈 듯이 고개를 젓고는 우리를 들고 건물 밖으로 나가더군요.

그때 나는 생각했지요. '바로 지금이야! 자유의 몸이 될지 쓰레기통으로 향하게 될지 이제 우리 운명을 알게 될 거야.'

밖으로 나선 그 남자는 끔찍하게도 곧장 뜰 건너편 벽 앞에 있는 커다란 쓰레기통으로 향했어요. 그런데 정말 운 좋게도 그가 뜰을 가로질러 갈 때 외모가 아주 꾀죄죄한 남자 한 명이 마차를 끌고 달려와서는 그 쓰레기통을 가져가 버렸어요. 아마 그 사람 거였나 봐요.

그러자 이 노인은 우리를 던져 버릴 다른 곳이 없나 주위를 둘러봤어요. 처음엔 우리를 그냥 땅에 버리려고 했던 것 같은데 뜰을 어지르고 싶지 않았는지 단념하더군요. 얼마나 긴장되던지. 그 남자가 마당 문을 지나 밖으로 나가자 내 심장이 다시 덜컥 내려앉았어요. 그 사람이 우리를 길 도랑에 버리려 한다는 걸 눈치챘거든요. 그런데(그날은 하늘이 진짜 우리 편이었어요.) 마침 그때 은색 단추가 달린 파란색 옷을 입은 큰 체구의 남자가 다가와서 그를 막아서더니 짧고 굵은 막대를 휘두르며 훈계를 하더라고요. 죽은 물고기를 길가에 버리는 게 도시 규칙에 어긋났던 거예요.

마침내, 너무나 기쁘게도, 노인은 방향을 돌려 항구로 향했어요. 그는 모퉁이로 사라져 가는 파란 옷의 남자를 바라보면서 항구로 가는 내내 투덜거렸는데, 어찌나 느리게 걷던지 나는 좀 빨리 가라고 그 사람 손가락을 콱 깨물어 주고 싶었죠. 클리파와 나는 숨이 넘어갈락 말락 했거든요.

드디어 그 남자가 방조제에 도착한 후 슬픈 표정으로 우리를 한 번 더 쳐다보더니 항구 바닷물에 우리를 던졌어요.

짠 바닷물을 머리에 뒤집어쓰던 순간 느낀 그 전율이란! 우리는 꼬리를 재빨리 움직였고 다시 살아나게 되었어요. 그 노인은 얼마나 놀랐는지 바다에 빠졌지 뭐예요. 바로 우리 위로. 선원 한 명이 갈고리 장대로 그 노인을 구해 주었죠. 그리고 파란 옷을 입은 남자가 다시 일장 연설을 하면서 그 노인의 외투 깃을 잡아당겼어요. 그게 우리가 본 그 노인의 마지막 모습이었답니다. 죽은 물고기를 항구에 던지는 것 역시 도시 규칙에 어긋나는 건가 봐요.

하지만 우리는? 그 노인이 곤경에 처하든 말든 무슨 상관이 있겠어요? 자유인데! 우리는 기쁨에 겨워 소리를 지르면서 전광석화처럼 솟구쳐 오르기도 하고 빠른 속도로 굽이굽이 헤엄치기도 하고 미친 듯이 왔다 갔다 했어요. 그리고 탁 트인 바다로 나와 집으로 가기 위해 속도를 올렸지요!

내 이야기는 이게 다예요. 그리고 바다에 대한 질문을 끝내면 바로 나를 풀어 주겠다고 하셨으니까, 지난 밤 약속대로 바다에 대해 질문하면 내가 아는 대로 대답해 볼게요."

박사님: "괌 섬 근처에 있는 네로 해연이라는 곳보다 더 깊은 곳이 바다에 있니?"

피지트: "물론이죠. 아마존 강 하구 근처 바다는 훨씬 깊어요. 하지만 면적이 좁아서 찾기가 힘들어요. 우리는 그곳을 '깊은 구멍'이라고 불러요. 그리고 남극 바다에도 깊은 곳이 또 있어요."

박사님: "혹시 조개의 말을 할 줄 아니?"

피지트: "아뇨, 전혀요. 우리 같은 일반 물고기는 조개와는 아무 관계가 없어요. 조개는 우리보다 멍청하잖아요."

박사님: "그래도 조개 가까이에 있을 때면 조개들이 내는 소리

가 들리지 않니? 조개가 하는 말을 알아듣지 못하더라도 말이야."

피지트: "아주 큰 조개가 말할 때는 들려요. 조개 목소리는 정말 힘이 없고 작아서 조개 말고 다른 동물이 듣기는 거의 불가능하거든요. 하지만 큰 조개가 말할 때는 달라요. 걔들은 돌멩이가 철관을 때렸을 때처럼 쿵 하고 울리는 소리를 내는데 소리가 구슬퍼요. 물론 그렇게 크진 않지만."

박사님: "나는 바다 밑에 내려가서 많은 걸 알아보고 싶어. 하지만, 잘 알겠지만, 우리 육지 동물들은 물속에서 숨을 쉬지 못하거든. 나를 도울 만한 아이디어가 혹시 있을까?"

피지트: "큰유리바다달팽이를 만나 보면 도움이 될 거 같아요."

박사님: "어… 큰유리바다달팽이가 누구… 아니 뭐지?"

피지트: "큰유리바다달팽이는 바닷물에 사는 커다란 달팽이예요. 고둥에 속하는데 크기가 큰 집채만 해요. 정말 큰 소리로 말하지만 말수가 적죠. 천하무적이기 때문에 바다에서 못 가는 곳이 없고요. 그 달팽이 껍질은 투명한 자개로 되어 있어서 안이 들여다보이는데 두껍고 튼튼해요. 껍데기 밖으로 나오면 그걸 등에 지고 다니는데 그 안에 말 두 마리가 끄는 마차 한 대가 들어갈 만한 방이 있다니까요. 여행을 할 때면 먹이도 껍데기 안에 넣어 다니죠."

박사님: "내가 찾아다니던 바로 그 동물인 것 같구나. 녀석이라면 나와 내 조수를 그 껍데기에 태워 줄 수 있을 테고 그럼 아무리 깊은 바다라도 안전하게 탐험할 수 있을 테지. 나에게 그 녀석을

데려와 줄 수 있니?"

피지트: "아! 아뇨. 할 수 있다면 기꺼이 그렇게 하겠어요. 하지만 큰유리바다달팽이는 보통 물고기 눈에는 거의 띄지 않아요. 깊은 구멍 바닥에 사는 데다 거의 나오지 않거든요. 그리고 깊은 구멍 속 바닷물은 탁해서 우리 같은 물고기가 가기에는 위험해요."

박사님: "이런! 정말 아쉽구나. 바다에는 그런 달팽이가 많니?"

피지트: "아니요. 세상에 딱 한 마리 남았어요. 두 번째 부인이 아주 오래전에 죽었거든요. 마지막으로 남은 거대한 조개류인 셈이죠. 그 바다달팽이는 고래가 육지 동물일 때부터 살았대요. 그러니까 나이가 7천 살이 넘었다고들 해요."

박사님: "세상에, 녀석이 나한테 정말 놀랄 만한 걸 많이 알려 줄 수 있겠구나! 그 녀석을 꼭 만났으면 좋겠는데."

피지트: "나한테 묻고 싶은 게 더 있나요? 이 수조 물이 꽤 따뜻해져서 이제 몸이 아파요. 나를 놔 주면 빨리 바다로 돌아가고 싶어요."

박사님: "한 가지만 더 물어볼게. 1492년에 크리스토퍼 콜럼버스가 대서양을 건널 때 일기장 두 권을 통에 넣어 봉한 다음 바다에 던져 버렸거든. 그중 한 권은 지금까지 발견되지 않았어. 어딘가에 가라앉아 있겠지. 그 일기장을 건져서 내 서재에 두고 싶은데. 혹시 어디 있는지 아니?"

피지트: "알아요. 그것도 역시 깊은 구멍 안에 있어요. 통이 바

다에 빠지고 나서 물살에 북쪽으로 떠밀려 갔죠. 오리노코 경사지라는 곳까지요. 그러고는 깊은 구멍 안으로 사라져 버렸어요. 다른 곳에 있으면 박사님한테 가져다주겠지만 거기는 못 가겠어요."

박사님: "음, 이게 다야. 너를 바다로 돌려보내고 싶지 않구나. 그렇게 하자마자 너한테 묻고 싶은 질문이 수백 가지나 떠오를 것 같으니. 하지만 약속은 지켜야지. 가기 전에 필요한 건 없니? 날씨가 추운데. 과자 부스러기 같은 건 어떠니?"

피지트: "아뇨, 지금 제가 바라는 건 신선한 바닷물뿐이에요."

박사님: "나에게 준 이 모든 정보에 대해 어떻게 인사를 해야 할지 모르겠구나. 정말 많은 도움이 되었고 또 끈기 있게 잘 참아 주었어."

피지트: "오, 그런 말씀 마세요. 훌륭한 존 둘리틀 박사님을 돕게 되어 정말 기뻤어요. 잘 알겠지만 박사님은 똘똘한 물고기들 사이에서는 이미 꽤 유명하답니다. 그럼 안녕! 박사님과 박사님의 배 그리고 박사님의 모든 계획에 행운이 함께하기를!"

박사님은 수조를 들고 둥근 창으로 가서 창문을 열고는 수조를 바다에 비웠다. "안녕!" 희미한 첨벙 소리가 들리자 박사님이 중얼거렸다.

나는 연필을 탁자에 놓고는 한숨을 쉬면서 몸을 젖혔다. 글씨를 너무 많이 쓴 나머지 경련이 일어나 손을 다시 펼 수 없을 것 같았다. 그래도 나는 최소한 잠이라도 잤다. 불쌍한 박사님은 얼마나 지쳤는지 수조를 탁자에 가져다 놓지도 못하고 의자에 털썩 주저앉아서 눈을 감고는 코를 골기 시작했다.

복도 밖에서는 폴리네시아가 성난 듯 문을 긁고 있었다. 나는 일어나서 폴리네시아가 들어오도록 했다.

폴리네시아가 호통을 쳤다. "참 잘 돌아간다! 무슨 배가 이 모양이니? 한 놈은 조타기 아래서 곯아떨어져 있고, 박사는 여기서 잠을 자고 있고, 너는 연필로 공책에 글씨 연습이나 하고 있으니! 이 배가 알아서 브라질까지 찾아가는 줄 아나 봐? 우리는 지금 빈 병마냥 바다를 떠다니고 있다고. 일정은 일주일이나 늦어졌는데. 도대체 무슨 일이야?"

폴리네시아는 얼마나 화가 났는지 빽빽 소리를 질렀다. 하지만 박사님은 그 소리에도 잠에서 깰 줄 몰랐다.

나는 공책을 서랍에 잘 넣어 두고서 조타기를 잡으러 갑판으로 올라갔다.

3장

폭풍우

마도요호를 항로에 맞춰 다시 돌렸을 때 나는 특이한 사실을 발견했다. 우리가 예전 속도만큼 빠르게 가지 않고 있었다. 순풍이 완전히 멎은 거였다.

처음에는 언제라도 바람이 다시 불 거라고 생각하면서 그다지 걱정하지 않았다. 하지만 하루, 이틀이 가고 한 주, 열흘이 지나도 바람이 세지지 않았다. 마도요호는 걸음마를 시작한 아이처럼 느릿느릿 움직이고 있었다.

나는 박사님도 불안해한다는 걸 눈치챘다. 박사님은 육분의(우리가 바다 어디쯤에 있는지 알려 주는 도구)를 꺼내 놓고 계산을 반복했다. 끊임없이 지도를 보면서 거리를 측정했다. 하루에 100번도 넘게 망원경으로 주변 수평선을 관찰했다.

어느 날 오후 박사님이 흐린 하늘을 보며 혼잣말을 하는 걸 보고 내가 말했다. "그런데 박사님, 좀 천천히 가도 괜찮지 않나요? 배에는 식량이 가득하잖아요. 그리고 우리도 어쩔 수 없는 사정이 있었다는 걸 보라색 극락조도 알 거예요."

박사님이 생각에 잠긴 채 말했다. "그래, 하지만 난 보라색 극락조를 기다리게 하고 싶지 않아. 일 년 중 이맘때가 되면 극락조는 건강을 생각해서 페루 산맥에 가거든. 게다가 극락조가 예견했던 좋은 날씨가 곧 끝날 거야. 그럼 우리는 더 늦어지겠지. 만약 괜찮은 속도로 계속 가기만 하면 신경 쓰지 않을 텐데. 이렇게 거의 멈춘 채 주위를 배회하기만 하니 맘이 편하지가 않아. 아, 바람이 부는걸. 강하지는 않지만. 하지만 좀 더 강해지겠지."

북동쪽에서 불어오는 부드러운 산들바람이 노래를 부르듯 밧줄을 스쳤다. 희망에 찬 우리는 마도요호의 비스듬한 돛대 앞에서 미소를 지었다.

"이제 240킬로미터만 더 가면 브라질 해안이 보일 거야. 저 바람이 하루 종일 계속 불면 육지가 곧 보일 텐데." 박사님이 말했다.

하지만 별안간 바람이 바뀌더니 동쪽으로 불다가 다시 북동쪽으로 불었고 이내 북쪽으로 불었다. 바람은 어느 쪽으로 갈지 결정을 못 한 듯 변덕스럽게 몰아쳤다. 나는 조타기를 잡고 바람에 따라 맞는 방향으로 마도요호를 이리저리 돌리느라 정신이 없었다.

그때 배 꼭대기에 앉아서 육지나 지나가는 배가 없는지 살피던 폴리네시아가 우리를 향해 비명을 질렀다.

"날씨가 나빠지고 있어. 이 돌풍이 나쁜 징조야. 게다가 동쪽을 봐 봐! 아래쪽 검은색 줄이 보이니? 저게 폭풍우가 아니라면 나를 풋내기라고 해도 좋아. 사나운 바람이 몰아치면 돛은 종이처럼 찢어지고 말걸. 박사가 조타기를 잡도록 해. 저게 진짜 폭풍우라면 힘센 사람이 필요하거든. 나는 가서 범포와 치치를 깨울게. 느낌이 안 좋아. 지금 당장 돛을 내리고 바람이 얼마나 거센지 살펴보는 게 좋겠어."

정말로 이제 하늘 전체가 험상궂게 변하기 시작했다. 동쪽의 검은색 줄은 가까이 다가갈수록 점점 짙어졌고 낮게 속삭이는 듯한 천둥소리가 바다 전체를 뒤덮었다. 그렇게 파랗고 부드러웠던 바다가 잿빛으로 변하더니 거친 파도가 휘몰아쳤다. 어두워진 하늘 저쪽에서 누더기를 걸친 마녀가 폭풍우를 피해 날 듯이 바람에 흩어진 구름이 이리저리 움직였다.

나는 솔직히 무서웠다. 그때까지 온화한 바다만 봐 왔기 때문이다. 바다는 조용하고 잔잔했으며 때로는 깔깔거리거나 담대했고 무모하기도 했다. 달빛을 받은 잔물결이 은빛 실이 되고 눈처럼 하얀 밤 구름이 하늘에 동화 속 성을 지을 때면 바다는 생각에 잠긴 것 같았고 시적이기도 했다. 하지만 성난 바다가 이렇게 어마어마하게 힘이 셀지는 짐작도 못 했다.

폭풍우가 우리를 덮치자 마치 눈에 보이지 않는 거인이 불쌍한 마도요호의 뺨을 갈긴 것처럼 우리 배는 힘없이 바다로 기울었다.

모든 일이 한순간에 일어났기에 나는 우리 배가 어떻게 부서졌는지 정확히 알지 못했다. 숨이 멎을 것 같은 바람에 눈앞이 안 보일 만큼 물이 거세게 휘몰아쳤고 요란한 소리에 귀가 먹을 것 같았다.

갑판에 말아 놓으려던 돛이 바람에 날려 우리 손에서 빠져나가더니 1페니짜리 풍선처럼 물속으로 사라져 버리는 게 보였다. 하마터면 치치까지 물에 빠질 뻔했다. 그리고 폴리네시아가 어디에선가 우리 중 누군가에게 빨리 내려가서 둥근 창문을 닫으라고 꽥꽥 소리를 지른 것도 어렴풋이 기억이 났다.

돛이 없어도 배는 남쪽을 향해 어마어마한 속도로 달려가고 있었다. 가끔씩 뱃전에서 거대한 잿빛 파도가 마치 악몽에 등장하는 괴물처럼 솟아오르다가 부서지면서 우리를 바다 쪽으로 밀어냈고 불쌍한 마도요호는 물에 빠져 헉헉대는 돼지처럼 물에 반쯤 잠겨서 꼼짝하지 못했다.

내가 바다로 휩쓸려 가지 않게 손발로 난간을 부여잡고는 박사님을 찾으러 조타기 쪽으로 기어갈 때 엄청난 바닷물이 나를 덮쳤다. 난간을 붙잡고 있던 손발에 힘이 빠졌고 목구멍에는 물이 가득 찼으며 나는 갑판에 내동댕이쳐졌다. 그리고 문에 머리를 세게 부딪치면서 정신을 잃었다.

→ 4장 ←

난파선

정신이 들었을 때 머릿속이 멍했다. 하늘은 파랗고 바다는 고요했다. 처음에는 마도요호 갑판에서 햇빛을 받으며 잠이 들었나 보다 생각했다. 그리고 내가 조타기를 잡을 차례인데 늦었다고 생각하고는 일어서 보려고 했다. 하지만 일어날 수 없었다. 내 팔이 뒤에 있는 무언가에 밧줄로 묶여 있었던 것이다. 고개를 숙여 주변을 살펴보니 부러진 돛대였다. 그제야 나는 온전한 배에 앉아 있는 게 아니라는 걸 알았다. 난파한 배의 조각에 앉아 있었던 것이다. 나는 참을 수 없을 만큼 겁이 나기 시작했다. 동, 서, 남, 북, 사방을 둘러봐도 육지든 배든 눈에 띄는 게 없었다. 시야에 들어오는 게 아무것도 없었다. 그 망망대해에 나 혼자 있는 거였다!

망망대해에 나 혼자 있는 거였다!

비로소 상처 입은 내 머리가 무슨 일이 일어났는지 조금씩 기억해 내기 시작했다. 처음에는 폭풍우가 다가왔다. 돛이 물속에 빠져 버렸고 큰 파도가 나를 문으로 집어 던졌다. 그럼 박사님과 다른 이들은 어떻게 된 걸까? 오늘은 도대체 무슨 요일이지? 내일, 모레는? 그리고 왜 나는 배 조각에 앉아 있는 거지?

손을 주머니에 넣고 이리저리 뒤져 보니 주머니칼이 있었다. 그걸로 나를 묶고 있는 밧줄을 잘랐다. 문득 조 할아버지가 들려준 난파선 이야기가 생각났다. 선장이 강풍 때문에 아들이 바닷물에 휩쓸려 가지 않도록 아들을 돛대에 묶어 놨다고 했었다. 그러니까 말할 것도 없이 박사님이 나를 이렇게 묶어 놓은 게 분명했다.

그런데 박사님은 어디 있지?

바다에 다른 잔해가 보이지 않자 박사님과 다른 이들이 물에 빠져 죽은 게 틀림없다는 끔찍한 생각이 떠올랐다. 나는 일어서서 다시 바다 주변을 바라보았다. 아무것도 없었다. 물과 하늘 빼고는 아무것도 없었다.

곧 멀리서 작고 검은 새 같은 게 너울 위를 스치듯 날고 있는 게 보였다. 가까이 다가왔을 때 보니 바다제비였다. 무슨 소식을 들을 수 있을까 해서 바다제비에게 말을 걸어 보려고 했다. 하지만 운이 없게도 바닷새의 말을 거의 할 줄 몰랐던 탓에 내가 원하는 말을 이해시키기는커녕 그 새의 주의조차 끌지 못했다.

바다제비는 날갯짓 한 번 없이 내 위를 천천히 두어 바퀴 돌았다. 그 모습을 보니 그 힘든 상황에서도 저 바다제비가 지난밤을 어디서 보냈는지, 바다제비나 다른 생명들이 그 무시무시한 폭풍우 속에서 어떻게 살아남았는지 정말 궁금해졌다. 그리고 모든 생명들이 서로 다르다는 걸 깨달았다. 크기나 힘이 다가 아니었다. 바다는 나보다도 훨씬 작고 미약한 이 바다제비를, 작고 연약한 깃털을 마음대로 갖고 놀 수 있을 것 같았다. 하지만 바다제비는 도도한 몸짓으로 느긋하게 날갯짓을 할 뿐이었다! 바다제비야말로 유능한 선원으로 불릴 만했다. 성난 돌풍이 몰려오든, 따사로운 햇볕에 잔잔한 파도가 치든, 이 거친 바다야말로 바다제비의 안식처였다.

그 바다제비는 내 주변 바다 위를 빙빙 돌더니 왔던 방향으로 날아갔다. (먹이를 찾고 있었나 보다.) 그리고 나는 다시 혼자가 되었다.

나는 약간 배가 고팠고 목이 마르기도 했다. 그러자 외롭게 혼자 있으면서 아침까지 굶은 사람이 할 법한 온갖 비참한 생각들이 떠올랐다. 박사님이랑 다른 이들이 다 물에 빠져 죽었다면 나는 이제 어떻게 될까? 아마 굶어 죽거나 목말라 죽게 될 것이다. 그때 해가 구름 속으로 들어갔고 추위가 느껴졌다. 육지에서 얼마나 멀리 있는 걸까? 또다시 폭풍이 몰려와 이 힘없는 뗏목마저 부숴 버리면 어떡하지?

이런 생각이 들자 침울해졌다. 그때 문득 폴리네시아 생각이 났다. "너는 박사랑 있으면 언제나 안전해. 박사는 어떻게든 목적지에 도달한다니까. 기억해." 폴리네시아는 이렇게 말했었다.

박사님이 내 곁에 있었더라면 그렇게 많이 걱정하지는 않았을 텐데. 혼자 있으니까 눈물이 날 것 같았다. 하지만 바다제비도 혼자잖아! 단지 외로움 때문에 금방이라도 울 것처럼 무서워하다니 정말 애기라니까! 나는 혼잣말을 했다. 어쨌든 당시에 나는 꽤 안전했다. 존 둘리틀 박사님이라면 이런 상황에서 조금도 두려워하지 않았을 것이다. 박사님은 새로운 곤충 같은 걸 발견했을 때에만 흥분했다. 그리고 폴리네시아가 한 말이 사실이라면 박사님은 물에 빠져 죽지 않았을 테고 모든 게 결국에는 다 잘될 것 같았다.

나는 단추를 옷깃까지 여미고서 가슴을 편 채 몸을 덥히기 위해 그 작은 뗏목에서 왔다 갔다 하기 시작했다. 존 둘리틀 박사님처럼 돼야 한다. 울지 말아야 한다. 그리고 흥분하지 말아야지.

얼마나 오랫동안 앞뒤로 왔다 갔다 했는지 모르겠다. 아무튼 긴 시간이었다. 그 외에는 달리 할 일이 없었다.

결국 나는 지쳐서 누워 쉬기로 했다. 그리고 그 힘든 상황에서도 나는 곧 곯아떨어졌다.

잠에서 깼을 때 구름 한 점 없는 하늘에 떠 있는 별들이 나를 내려다보고 있었다. 바다는 여전히 고요했다. 그리고 나의 낯선 뗏목은 잔잔한 파도에 부드럽게 흔들리고 있었다. 처음 느껴 보는 배고픔과 갈증에 고통 받으면서 적막하기 짝이 없는 밤을 바라보고 있자 어느 정도 남아 있던 용기마저 달아나 버렸다.

"일어났니?" 내 팔꿈치 쪽에서 낭랑한 목소리가 들려왔다.

나는 바늘에 찔린 것처럼 벌떡 일어났다. 뗏목 끝에 보라색 극락조 미란다가 별빛을 받아 아름다운 금빛 꼬리를 희미하게 반짝이며 앉아 있는 거였다!

내 인생에서 누군가를 보고 그렇게 반가웠던 적이 없었다. 나는 벌떡 일어나 미란다를 안으려다가 하마터면 물에 빠질 뻔했다.

"너를 깨우고 싶지 않았는데. 이 난리를 겪고 나서 피곤했나 보구나. 나 좀 누르지 마. 얘야, 난 오리 인형이 아니야."

"아, 미란다. 만나서 정말 반가워. 박사님은 어디 계시니? 살아 계셔?" 내가 말했다.

"물론 박사님은 살아 계시지. 그리고 박사님은 언제나 살아 계실 거라고 나는 굳게 믿어. 박사님은 저쪽, 그러니까 서쪽으로 65 킬로미터쯤 떨어진 곳에 계셔."

"박사님은 어떻게 하고 계셔?"

"박사님은 마도요호 나머지 반쪽에 앉아서 면도를 하고 계셔. 내가 곁을 떠날 때까지는 그러고 계셨어."

"아, 하느님 감사합니다! 박사님이 살아 계시다니! 범포하고 다른 동물들도 다 괜찮아?"

"응, 다 박사님이랑 같이 있어. 폭풍우 때문에 배가 반으로 쪼개졌잖아. 박사님이 기절한 너를 배에 묶어 놓은 거야. 그리고 네가 묶여 있던 쪽이 떠내려가 버렸지. 와! 대단한 폭풍우였어! 그런 날씨에서 버티려면 갈매기나 알바트로스 정도는 돼야 해. 내가 절벽 꼭대기에서 3주 동안 박사님이 오는지 보고 있었는데 지난밤에는 꼬리털이 날아갈까 봐 동굴로 몸을 피해야만 했다니까.

내가 박사님을 찾자마자 박사님은 너를 찾으라며 나와 쇠돌고래들을 보내셨어. 바다제비 한 마리도 자진해서 우리를 돕겠다고 했지. 박사님이 오기를 기다리는 바닷새들이 꽤 많거든. 하지만 이 거친 날씨 때문에 박사님 환영 계획이 다 어그러지고 말았어. 네가 어디 있는지 처음 알려 준 게 바로 바다제비란다."

"그런데 어떻게 박사님한테 가지, 미란다? 나는 노가 없는데."

"박사님한테 가야지! 아니, 지금 가고 있는 중이야. 네 뒤를 보렴."

나는 주위를 둘러보았다. 저 바다 끝에서 달이 떠오르고 있었다. 그리고 내 배 조각이 알아채지 못할 정도로 부드럽게, 하지만 물살을 헤치며 움직이고 있다는 걸 알게 됐다.

"누가 우리를 미는 거지?" 내가 물었다.

"쇠돌고래들이란다." 미란다가 말했다.

나는 배 조각 뒤로 가서 물속을 내려다보았다. 그러자 수면 바로 밑에 달빛에 매끈한 피부를 반짝이면서 코로 배 조각을 미는 커다란 쇠돌고래 네 마리가 어렴풋이 보였다.

"쟤들은 박사님의 오랜 친구들이야. 박사님을 돕는 일이라면 뭐든 하지. 곧 박사님 있는 데가 보일 거야. 이제 내가 떠나온 곳에 거의 다 왔다. 아, 저기 있네! 저 검은 거 보이니? 아니, 네가 보고 있는 곳에서 좀 더 오른쪽이야. 하늘을 등지고 서 있는 검은 남자 모습이 안 보여? 치치가 우리를 알아봤나 보다. 손을 흔들고 있어. 넌 안 보여?"

나에게는 보이지 않았다. 내 눈은 미란다만큼 좋지 않았다. 그때 어두컴컴한 황혼 저 어디선가 범포가 쩌렁쩌렁한 목소리로 온 힘을 다해 부르는 아프리카의 재밌는 노래가 들렸다. 그리고 얼마 안 되어 소리가 들리는 방향을 유심히 살펴보자 마침내 희미하게나마 누더기처럼 찢긴 배 잔해가 보였다. 그 잔해가 불쌍한 마도요호의 전부였는데 가라앉을 듯 물에 낮게 떠 있었다.

밤공기를 가르며 '안녕' 하는 소리가 들렸다. 나도 그 소리에 대답했다. 우리는 그 고요한 밤바다에서 서로를 부르며 안부를 주거니 받거니 했다. 그리고 몇 분이 더 지나고 나서 두 동강이 나버린 배 양쪽이 부드럽게 부딪치면서 다시 만났다.

거리가 가까워지면서, 또 달이 높이 떠오르면서 나는 좀 더 잘 볼 수 있었다. 그쪽에 남아 있는 배 반쪽이 내 것보다 훨씬 컸다.

그 배는 뱃전이 약간 물에 잠겨 있었다. 다들 꼭대기에 앉아서 배에 실려 있던 과자를 우적우적 씹어 먹고 있었다.

그리고 존 둘리틀 박사님은 바다로 기운 쪽에서 달빛을 받으며 면도날 대신 깨진 병으로 바다의 잔잔한 수면을 거울 삼아 면도를 하고 있었다.

→ 5장 ←

육지다!

내가 다른 이들이 타고 있는 배 조각으로 기어 올라가자 모두들 나를 크게 반겼다. 범포는 통에서 꺼낸 신선한 물을 내게 건넸다. 치치와 폴리네시아는 내 옆에 서서 배에 있던 과자를 내게 먹였다.

하지만 박사님의 미소 띤 얼굴을 보고서야 내가 다시 박사님과 함께 있다는 걸 깨달았고 그 어느 때보다 힘이 났다. 박사님이 유리 면도날을 세심하게 닦은 후 다시 쓰기 위해 잘 간직하는 걸 보니 마음속으로 박사님과 바다제비를 떠올리지 않을 수 없었다. 동물들과의 대화와 우정을 통해 쌓은 어마어마한 지식은 박사님에게 다른 어떤 인간도 감히 하지 못을 일을 할 수 있는 힘을 주었다. 박사님은 바다제비처럼 바다에서 무슨 일이 벌어져도 즐겁게 생활하는 것 같았다. 박사님이 항해 중에 만난 많은 원시인들이 박사님의 동상을 만들었는데 그 모습이 반은 물고기이고 반은 새인 인간의 모습을 하고 있는 게 전혀 놀랍지 않았다. 그리고 터무니없긴 하지만 박사님은 절대 죽지 않을 거라고 믿는다는 미란다의 말뜻을 잘 이해할 수 있었다. 박사님과 함께 있는 것만으로도 편안하고 안전하다는 느낌이 들었다.

박사님 외모를 제외하면(옷은 쭈글쭈글해지고 다 젖었으며 낡은 모자에는 소금물 얼룩이 생겼다.) 내 혼을 쏙 빼 놓을 만큼 끔찍했던 그 폭풍우도 박사님에게는 퍼들비 강 진흙 기슭에 배가 처박혔을 때와 별반 다를 게 없었다.

박사님은 나를 이렇게 빨리 찾아낸 데 대해 미란다에게 공손히 고맙다는 인사를 한 후, 우리보다 앞서 가면서 거미원숭이 섬으로 가는 길을 알려 달라고 부탁했다. 그리고 나를 그곳까지 데려다준 쇠돌고래들에게 우리가 앉아 있는 배 조각을 극락조가 인도하는 쪽으로 밀어 달라고 부탁했다.

박사님이 그 폭풍우에 면도칼 말고도 얼마나 많은 걸 잃어버렸는지 잘 모르겠다. 아마 배를 사기 위해 모아 둔 돈을 포함해 거의 모든 걸 잃었을 것이다. 그런데도 박사님은 이 세상에서 원하는 게 아무것도 없다는 듯이 웃고 있었다. 내가 아는 한 박사님이 건진 거라고는 물 한 통과 과자가 든 자루 그리고 아끼는 공책들뿐이었다. 박사님이 일어났을 때 아주 긴 노끈을 이용해서 공책들을 허리춤에 매달아 놓은 게 보였다. 매슈 머그 아저씨가 말한 대로 박사님은 믿을 수 없을 만큼 대단한 사람이었다.

사흘 동안 우리는 천천히 그러나 쉬지 않고 남쪽을 향해 여정을 계속했다.

딱 한 가지, 우리를 괴롭힌 게 있다면 바로 추위였다. 추위는 우리가 나아갈수록 심해졌다. 박사님은 거미원숭이 섬이 예전에 있던 곳에서 강풍에 밀려 남쪽으로 더 떠내려간 게 틀림없다고 말했다.

세 번째 날 밤 불쌍한 미란다가 꽁꽁 언 채로 우리에게 돌아왔다. 미란다는 지금은 안개가 낀 깜깜한 밤이라서 안 보이지만, 아침이 되면 꽤 가까이에서 거미원숭이 섬을 발견할 거라고 말했다. 그리고 자신은 더 따뜻한 곳으로 서둘러 돌아가야 한다며, 예년처럼 내년 8월에 박사님이 있는 퍼들비로 오겠다고 말했다.

박사님이 말했다. "미란다, 혹시 긴 화살에 대해 뭐든 듣게 되면 잊지 말고 내게 알려 주렴."

극락조는 그러겠다고 박사님에게 말했다. 박사님이 극락조에게 우리를 위해 해 준 모든 일에 대해 다시 한번 고맙다고 말하자 극락조는 우리의 행운을 빌어 주고 나서 어둠 속으로 사라졌다.

우리는 모두 해가 뜨기 한참 전인 이른 새벽에 잠이 깨서는 이 여행의 목적지가 우리 눈앞에 나타나기를 기다렸다. 그리고 해가 떠오르면서 동쪽 하늘이 회색으로 변하자 두말할 것도 없이 폴리네시아가 가장 먼저 야자수와 산 정상이 보인다며 소리를 질렀다.

주위가 밝아지자 섬은 우리 모두에게 더욱 잘 보였다. 긴 섬 중앙에는 바위산이 우뚝 솟아 있었다. 섬과 아주 가까워져서 섬 해변에 모자를 던질 수도 있을 것 같았다.

쇠돌고래들이 마지막으로 한 번 더 밀자 우리 뗏목이 해변의 낮은 곳에 부드럽게 부딪쳤다. 우리는 쥐가 난 다리를 쭉 뻗을 수 있게 되자 신나서 육지로 몰려 내려갔다. 바다에 둥둥 떠 있긴 하지만 이 섬이야말로 우리가 6주 만에 디디는 첫 번째 땅이었다. 내가 지도에서 연필로 콕 찍은 그 작은 곳, 거미원숭이 섬이 마침내 내 발 아래 있다니 얼마나 설레던지!

주위가 더 밝아지자 섬에 있는 야자나무와 풀이 거의 다 시들어서 죽어 가는 게 보였다. 박사님은 섬이 떠내려온 그곳 기후가 너무 춥기 때문이라고 했다. 그곳에 있는 나무와 풀은 원래 열대 날씨에서 자라야 한다고 박사님이 말했다.

쇠돌고래들이 원하는 게 더 있냐고 물었다. 박사님은 이제 없다고 대답했다. 그리고 배도 이제 필요 없다고 덧붙였다. 배는 이미 여러 조각으로 나뉘기 시작해서 물에 떠 있을 수 없었다.

우리는 안쪽으로 들어가 탐험을 시작하려다가 문득 나무 사이에서 아메리카 원주민 한 무리가 호기심 어린 눈으로 우리를 지켜보고 있다는 걸 눈치챘다. 박사님은 그들과 이야기를 하기 위해 다가갔지만 그들을 이해시키지 못했다. 박사님이 우리는 원주민들과 친해지기 위해 왔다고 손짓을 섞어 말했다. 하지만 원주민들은 우리를 좋아하지 않는 듯했다. 그들은 손에 활과 화살, 끝에 뾰족한 돌이 달린 긴 사냥용 창을 들고 있었다. 그리고 박사님에게 한 발자국만 더 가까이 오면 우리를 다 죽일 거라는 신호를 보냈다. 원주민들은 우리가 곧바로 섬을 떠나길 바라는 게 분명했다. 정말 골치 아픈 상황이었다.

마침내 박사님은 전체 섬을 한번 쭉 둘러보고만 가겠다는 말로 원주민들을 이해시켰다. 타고 갈 배도 없는데 어떻게 가겠다는 건지 나는 알 수 없었다.

원주민들끼리 얘기를 하고 있을 때 새로운 원주민이 도착했다. 누군가가 이 원주민들을 섬 다른 쪽으로 데려오라고 한 모양이었다. 왜냐하면 창을 흔들며 우리를 위협하던 원주민들이 곧바로 새로 온 원주민과 함께 떠나 버렸기 때문이다.

범포가 말했다. "무례한 원주민들 같으니! 박사님, 이런 푸대접을 받아 본 적 있으십니까? 심지어는 우리한테 아침을 먹었냐고 묻지도 않았습니다. 이 미개한 놈들 같으니라고!"

폴리네시아가 말했다. "쉿! 자기들 마을로 간 거야. 저 산 반대편에 있을걸. 박사, 저들이 등을 돌리고 있을 때 이 해변을 빨리 떠나는 게 좋겠어. 지금 높은 곳으로 올라가자고. 원주민들이 우리를 찾을 수 없는 곳으로. 우리가 자기들을 해칠 생각이 없다는 걸 알게 되면 친절하게 굴겠지. 내가 보기엔 저 사람들은 정직하고 숨기는 게 없는 괜찮은 사람들 같아. 아마 백인을 한 번도 본 적이 없을 거야."

그리하여 우리는 섬에서의 첫 만남에 조금 실망한 채 섬 중앙에 있는 산을 향해 발걸음을 옮겼다.

6장

자비즈리딱정벌레

언덕 앞에는 나무가 울창한 데다가 뒤엉켜 있어 지나가기 어려운 숲이 있었다. 우리는 폴리네시아의 조언대로 당장은 원주민들과 마주치는 걸 피하려고 사람이 다니는 길이나 오솔길을 피해 갔다.

폴리네시아와 치치는 훌륭한 안내자였고 대단한 정글 사냥꾼이었다. 한번은 둘이서 우리가 먹을 음식을 찾으러 떠났다. 그리고 얼마 지나지 않아 상당히 다양한 종류의 과일과 열매를 따 왔고 우리는 어느 하나 이름을 몰랐지만 맛나게 먹었다. 산에서 흘러 내려오는 깨끗한 시내를 발견해서 마실 물도 충분했다.

우리는 그 물길을 따라 위로 올라갔다. 그러자 이내 빽빽하던 나무가 듬성듬성해지더니 바위가 많고 지대가 가파른 곳에 다다랐다. 거기서 우리는 섬의 멋진 전경과 파랗게 펼쳐진 바다를 볼 수 있었다. 우리가 풍경에 감탄하고 있는데 별안간 박사님이 말했다. "쉿! 자비즈리야! 안 들리니?"

우리 주변에서 신기한 노랫소리가 들렸다. 벌처럼 웅웅대는 소리였지만 한 음이 아니라 사람이 부르는 노래처럼 높낮이가 있었다.

"자비즈리딱정벌레 말고는 이런 소리를 내는 곤충이 없는데. 이 녀석이 어디 있을까. 소리를 들어 보니 꽤 가까이 있는데. 아마 나무 사이로 날아다니고 있나 보다. 아, 나비채만 있다면! 왜 내가 허리춤에 그것도 매달아 놓을 생각을 못 했지. 빌어먹을 폭풍우! 세상에서 가장 희귀한 딱정벌레를 잡을 평생의 기회를 놓치게 생겼어. 아! 봐라! 녀석이 저기 있군!"

길이가 7센티미터는 훌쩍 넘는 커다란 딱정벌레 한 마리가 갑자기 우리 코앞으로 날아갔다. 박사님은 몹시 흥분해서 모자를 벗더니 그걸로 딱정벌레를 덮쳤다. 얼마나 서둘렀던지 바위 밑 벼랑으로 떨어질 뻔했지만 전혀 신경 쓰지 않았다. 박사님은 땅에 무릎을 꿇고는 모자 밑에 있는 자비즈리가 안전하다는 걸 알고 신이 나서 웃었다. 그리고 주머니에서 유리 뚜껑이 달린 상자를 꺼낸 다음 능숙하게 그 딱정벌레가 모자 테두리 밑에서 상자로 들어가게 했다. 그러고는 아이처럼 흐뭇해하며 일어서서는 유리 뚜껑 너머로 새로운 보물을 살펴보았다.

정말 아름다운 곤충이었다. 배는 옅은 파란색인 데 반해 등은 윤기가 흐르는 검정색이었고 커다란 빨간색 점무늬가 박혀 있었다.

박사님이 말했다. "오늘만큼은 이 세상에 나보다 더 행복한 곤충학자는 없을 거야. 아! 이 자비즈리 다리에 뭔가가 있구나. 진흙 같지는 않은데. 뭔지 궁금하군."

박사님이 조심스럽게 딱정벌레를 상자에서 꺼낸 다음 손가락으로 등을 잡자 딱정벌레가 허공에서 여섯 다리를 천천히 흔들었다. 우리 모두 박사님 주위에 모여서 그 녀석을 살펴보았다. 딱정벌레의 오른쪽 앞다리 가운데 부위에 다 말라 버린 얇은 나뭇잎처럼 생긴 것이 튼튼한 거미줄로 깔끔하게 묶여 있었다.

박사님은 나뭇잎을 찢거나 그 귀한 딱정벌레를 다치게 하지 않도록 조심하면서 두툼한 손가락으로 거미줄을 풀었다. 솜씨가 정말 놀라웠다. 그리고 자비즈리를 상자에 다시 넣고는 나뭇잎을 쭉 편 다음 유심히 살펴보았다.

그 나뭇잎 안쪽이 부호와 그림으로 가득한 걸 보고 우리가 얼마나 놀랐는지 여러분은 상상도 못 할 것이다. 그림과 부호가 얼마나 작게 그려져 있었는지, 알아보려면 돋보기가 필요할 정도였다. 어떤 부호는 무슨 뜻인지 아예 알 수 없었다. 하지만 거의 대부분의 그림은 사람과 산 모양이어서 이해하기가 꽤 쉬웠다. 그 모든 게 신기한 갈색 잉크로 그려져 있었다.

우리 모두가 흥분과 혼란 상태에서 나뭇잎을 응시하는 몇 초 동안 고요한 침묵이 이어졌다.

마침내 박사님이 말했다. "이건 피로 쓴 거야. 나뭇잎이 마르면서 색깔이 변한 거지. 누군가가 손가락을 찌른 다음 이 그림을 그렸어. 잉크가 부족할 때 쓰던 옛날 수법이란다. 하지만 매우 비위생적이지. 딱정벌레 다리에 묶어 놓다니 특이해! 딱정벌레랑 얘기할 수 있다면 이게 어디서 난 건지 알 수 있을 텐데."

"그런데 이건 뭘까요? 작은 그림과 부호들이 쭉 그려져 있잖아요. 이게 무슨 뜻일까요, 박사님?" 내가 물었다.

박사님이 말했다. "이건 편지란다. 그림 편지지. 거기 있는 모든 부호들을 합쳐서 메시지를 만든 거지. 그런데 왜 메시지를 딱정벌레에게, 세상에서 가장 희귀한 자비즈리에게 준 걸까? 정말 신기해!"

그러더니 박사님은 그림을 보며 중얼거리기 시작했다.

"무슨 뜻인지 알고 싶은데. 산을 올라가는 사람들과 산에 있는 구멍으로 들어가는 사람들. 무너지는 산. 잘 그렸는걸. 벌어진 입을 가리키는 사람들. 창살… 감옥 창살인 것 같아. 기도하는 사람들. 누워 있는 사람들… 이들은 아픈 것 같고. 그리고 마지막으로 특이하게 생긴 산이 하나 있군."

갑자기 박사님이 나를 뚫어져라 쳐다보았는데 얼굴에는 이해했다는 기쁨의 미소가 퍼졌다.

"긴 화살이야! 알겠니, 스터빈스? 그럼 그렇지! 자연학자만이 이런 걸 생각해 낼 수 있지. 편지를 딱정벌레한테 맡기는 거. 평범한 딱정벌레가 아닌 다른 자연학자들이 찾아 헤매는 가장 희귀한 딱정벌레에게. 그래, 긴 화살이었어! 긴 화살로부터 온 편지야. 왜냐하면 긴 화살은 그림 글자밖에 모르거든."

"알겠어요. 그럼 이 편지는 누구에게 보내는 걸까요?" 내가 물었다.

"아마 나에게 보낸 걸 거야. 몇 년 전에 미란다가 긴 화살에게 언젠가 내가 여기 올 거라고 말했거든. 하지만 내가 아니더라도 이 딱정벌레를 잡는 모든 사람에게 보내는 것이기도 하지. 이 세상을 향해 보내는 편지거든."

"음, 하지만 뭐라고 쓴 거죠? 이제 박사님이 편지를 보게 되었는데 제가 보기엔 박사님한테 좋은 일 같지 않아요."

박사가 말했다. "아니야. 보렴. 이젠 읽을 수 있어. 첫 번째 그림은 산에 올라가는 사람들인데 이건 긴 화살과 그의 친구들이야. 산에 있는 구멍에 들어가는 사람들 그림은 이들이 약초나 이끼를 찾으러 동굴에 들어갔다는 의미지. 무너지는 산은 흔들리던 바위가 떨어져서 이들이 동굴에 갇혔다는 뜻인 거야. 그리고 이들을 위해 동굴에서 나가 이 메시지를 바깥 세상으로 전할 생명이 이 딱정벌레밖에 없었던 거지. 딱정벌레는 구멍을 파서 밖으로 나갈 수 있으니까. 물론 이 딱정벌레가 잡혀서 이 편지가 누군가에게 읽힐 가능성은 아주 희박했어. 하지만 가능성이 전혀 없진 않았어. 그리고 사람이 큰 위험에 처하게 되면 어떤 희망의 끈이든 잡게 마련이란다. 자, 이제 다음 그림을 보자. 벌린 입을 가리키고 있는 사람들이라… 이들은 배가 고파. 기도하는 사람들은 이 편지를 발견한 사람이 누구든 도와주러 와 달라고 간청하는 거야.

누워 있는 사람들은 이들이 아프거나 굶어 죽어 가고 있다는 뜻이고. 스터빈스, 이 편지는 도와 달라는 마지막 외침이란다."

박사님은 설명을 끝내자 벌떡 일어나더니 공책을 꺼내 그 안에 편지를 끼워 넣었다. 박사님 손은 불안과 조급함으로 떨리고 있었다.

박사님이 외쳤다. "모두 산으로 가자! 꾸물댈 시간이 없어. 범포, 물과 열매를 챙겨. 이들이 얼마나 오랫동안 갇혀 있었는지 아무도 모르잖니. 우리가 너무 늦지 않았기를 빌어야지!"

"그런데 어디로 가서 찾아야 하죠? 미란다가 이 섬은 길이가 160킬로미터나 되고 섬 가운데에는 산이 사방으로 뻗어 있다고 그랬는데." 내가 말했다.

"맨 마지막 그림 못 봤니?" 박사님이 땅에서 모자를 집어 머리에 쓰며 말했다. "그건 특이하게 생긴 산이야. 꼭 매의 머리처럼 생겼지. 만약 살아 있다면 거기 있을 거야. 우리가 제일 처음 할 일은 산꼭대기에 올라가서 매 머리처럼 생긴 산이 있는지 섬 전체를 둘러보는 거야. 생각해 보렴. 드디어 황금 화살의 아들 긴 화살을 만날 수 있는 기회라고. 자, 서둘러! 여기서 지체하다가는 가장 위대한 자연학자가 죽게 될지도 몰라!"

7장

매 머리 모양의 산

훗날 우리는 인생에서 그날처럼 힘든 날이 없었다고 입을 모아 말했다. 나는 몇 번이나 피로에 지쳐 쓰러질 뻔했지만, 무슨 일이 일어나든 가장 먼저 포기하는 사람이 되지는 않겠다고 결심하고는 마치 기계처럼 움직였다.

간신히 산 정상에 기어 올라가자 편지 속에 그려진 그 이상한 산이 바로 눈에 띄었다. 산은 완벽한 매 머리 모양을 하고 있었고 이 섬에서 두 번째로 높아 보였다.

산을 올라오느라 우리는 모두 숨이 가빴지만 박사님은 그 이상하게 생긴 산을 보자 숨 돌릴 틈도 주지 않았다. 방향을 찾기 위해 해를 한번 쳐다본 다음 덤불을 헤치고 시냇물을 건너 지름길로 서둘러 내려갔다. 박사님은 뚱뚱한 사람치고는 내가 본 사람 중 가장 날렵한 크로스컨트리 선수였다.

우리는 젖 먹던 힘까지 짜내서 박사님 뒤를 쫓아갔다. 여기서 우리란 범포와 나를 말한다. 지프와 치치, 폴리네시아는 토끼 사냥 같은 놀이라도 하는 듯 즐기며 우리보다 훨씬 앞에, 심지어는 박사님보다도 앞서 가고 있었다.

드디어 산 어귀에 도착했다. 산마루가 무척 가팔랐다. 박사님이 말했다.

"이제 흩어져서 동굴을 찾아보자. 그리고 이곳에 다시 모일 거야. 누구라도 흙이나 바위가 무너져 내린 동굴이나 구멍을 찾으면 나머지 사람들에게 소리를 질러서 알려야 해. 아무것도 찾지 못하면 한 시간쯤 후에 이곳으로 다시 돌아오기로 하자. 모두 알았지?"

그러고 나서 우리는 모두 다른 방향으로 향했다.

우리는 다들 가장 먼저 동굴을 찾고 싶어 했다. 모두가 그렇게 샅샅이 산을 뒤진 적은 한 번도 없었다. 하지만 아아! 우리는 무너진 동굴 비슷한 것도 찾을 수 없었다. 산등성이로 바위가 굴러떨어진 곳은 많았다. 하지만 바위 뒤에 동굴이나 통로가 있을 것 같지는 않았다.

우리는 지치고 실망해서 하나둘씩 만나기로 약속한 장소로 돌아왔다. 박사님은 침울하고 초조해 보였지만 결코 포기하려 하지 않았다.

"지프, 어디서든 원주민 냄새 같은 거 맡지 못했니?" 박사님이 말했다.

지프가 대답했다. "아뇨, 산비탈에 있는 모든 틈새에 대고 킁킁거려 봤어요. 하지만 박사님, 여기서는 내 코가 아무 쓸모도 없는 것 같아요. 문제는 공기 중에 거미원숭이 냄새가 진동을 하다 보니 다른 냄새를 다 먹어 버린다는 거예요. 게다가 냄새를 맡기에는 날씨가 너무 춥고 건조하구요."

"확실히 그래. 그리고 날씨가 계속 추워지고 있어. 이 섬이 계속 남쪽으로 떠내려가고 있는 것 같아 걱정스럽구나. 얼른 멈추기를 바라자. 그렇지 않으면 섬에 있는 모든 게 죽어서 먹을 과일과 열매마저 얻지 못할 테니. 치치, 무슨 좋은 소식 있니?"

"없어요, 박사님. 눈에 보이는 산 정상하고 꼭대기에는 다 올라가 봤거든요. 빈 구멍과 틈새도 구석구석 봤고요. 하지만 사람이 있을 만한 곳은 없었어요."

"폴리네시아, 너는 우리가 어디로 가야 할지 감이 오니?"

"아니, 전혀. 박사, 하지만 한 가지 계획이 있긴 해."

"아, 그래?" 박사님이 다시 희망에 가득 차서 소리쳤다. "그게 뭐지? 들어 보자꾸나."

"그 딱정벌레 말이야, 비즈비즈였던가, 뭐더라… 아무튼 그 가엾은 곤충 아직 가지고 있지?"

"응." 박사님이 주머니에서 유리 뚜껑이 달린 상자를 꺼내며 말했다. "여기 있어."

폴리네시아가 말했다. "좋아. 자, 봐. 만약 박사가 말한 게, 그러니까 긴 화살이 굴러떨어진 바위 때문에 동굴 안에 갇힌 게 사실이라면, 그는 분명히 이 딱정벌레를 동굴 안에서 발견했을 거야. 아마 다른 종류의 딱정벌레들도 많이 있겠지? 긴 화살이 비즈비즈를 데려간 건 아닐 거야. 그는 딱정벌레가 아니라 식물을 채집하고 있었다고 했으니까. 맞아?"

"그래, 아마 그럴 거야." 박사님이 말했다.

"아주 좋아. 그렇다면 긴 화살 일행이 갇혀 있는 바로 그곳에 그 딱정벌레가 사는 집이나 구멍이 있다고 생각해도 되겠지?"

"그래, 그럴 거야."

"좋아. 이제 할 일은 그 딱정벌레를 풀어 주고 나서 지켜보는 거야. 그러면 곧 딱정벌레는 긴 화살이 있는 동굴 속 자기 집으로 돌아갈 거야. 우리는 딱정벌레를 따라가는 거지." 폴리네시아가 한껏 으스대는 태도로 날개 깃털을 쓰다듬으면서 말을 이었다. "어쨌든 그 딱한 벌레가 땅속으로 기어 들어갈 때까지 따라가면 돼. 그럼 최소한 이 녀석이 산 어느 곳에 긴 화살이 갇혀 있는지 우리에게 알려 줄 거야."

박사님이 말했다. "하지만 딱정벌레를 놔 주면 날아가 버릴 텐데. 그 녀석을 놓칠 거야. 우리한테 좋을 게 하나도 없어."

폴리네시아가 경멸하듯이 콧방귀를 뀌었다. "날아가게 놔둬. 앵무새는 비즈비즈만큼 빠르다고. 날아가더라도 그 작은 놈이 내 눈에서 사라지는 일은 없을 거라고 보장해. 만약 땅으로 기어간다면 당신이 쫓아가면 되고."

박사님이 외쳤다. "훌륭해! 폴리네시아, 넌 정말 똑똑해. 지금 당장 딱정벌레 녀석이 기어가게 해야겠다. 그리고 무슨 일이 일어나는지 보자."

우리는 다시 박사님 주위에 모였고 박사님은 주의 깊게 유리 뚜껑을 열고는 손가락으로 그 커다란 딱정벌레를 밖으로 꺼냈다.

"무당벌레야, 무당벌레야, 집으로 날아가렴! 집에 불이 나서 아이들이…" 범포가 흥얼거렸다.

폴리네시아가 짜증을 내며 말을 끊었다. "아, 조용히 좀 해! 녀석을 무시하지 마! 네가 얘기하지 않아도 집으로 갈 만한 눈치 정도는 있다고 생각하지 않니?"

"나는 혹시 얘가 바람둥이 기질이 있지 않을까 생각했지. 자기 집이 지겨워졌을 수도 있잖아. 기운을 북돋워 줄 필요가 있어. 녀석한테 '즐거운 우리 집'을 불러 줄까?"

"아니. 그럼 아예 돌아가지 않을걸. 넌 목소리를 쉬게 할 필요가 있어. 녀석한테 노래 불러 주지 말고 그냥 지켜보기나 해. 아, 그리고 박사, 긴 화살에게 편지를 써서 이 다리에 묶어 보내는 게 어때? 우리가 최선을 다해 찾고 있으니 희망을 버리지 말라고 말이야."

박사님이 말했다. "그게 좋겠군." 그리고 곧 가까이에 있는 덤불에서 마른 잎을 하나 따서는 잎사귀 위에다 연필로 작은 그림을 채워 넣었다.

이윽고 자비즈리는 깔끔하게 준비된 새 행낭을 달고 박사님 손가락에서 땅으로 기어가더니 박사님을 쳐다보았다. 녀석은 다리를 쭉 펴고 앞발로 코를 문지른 다음 느긋하게 서쪽을 향해 움직였다.

우리는 녀석이 산 위로 갈 거라고 예상했다. 그런데 녀석은 산을 둘러서 갔다. 딱정벌레가 산 둘레를 기어가면 얼마나 오래 걸리는지 아는가? 믿을 수 없을 만큼 긴 시간이 걸린다. 시간이 느릿느릿 지나가는 동안 우리는 녀석이 일어나서 남은 거리를 날아가기를, 그리고 폴리네시아가 녀석을 쫓아가기를 바라고 또 바랐다. 하지만 녀석은 한 번도 날개를 펴지 않았다. 난 인간이 딱정벌레가 기어가는 속도에 발을 맞춰 천천히 간다는 게 얼마나 힘든지 몰랐다. 그건 내가 경험한 일 중에 가장 지겨운 일이었다. 그리고 나뭇잎 같은 것 밑으로 기어가는 녀석을 놓칠까 봐 매처럼 녀석을 지켜보면서 어그적어그적 따라가다 보니 어찌나 짜증이 나고 부아가 치미는지 우리는 상대방 머리라도 깨물고 싶을 지경이었다. 녀석이 멈춰 서서 주위 풍경을 한번 훑어보거나 코를 좀 더 문지르기라도 하면 내 뒤에 있던 폴리네시아가 뱃사람들이 쓰는 지독한 욕설을 내뱉었다.

딱정벌레는 우리를 이끌고 그 산을 한 바퀴 다 돌더니 우리가 출발한 바로 그 지점에 다시 와서는 꼼짝도 하지 않았다.

범포가 폴리네시아에게 말했다. "흐음, 지금 이 딱정벌레 정신 상태가 어떤 것 같아? 녀석은 집에 가는 길도 모르는 것 같은데."

폴리네시아가 말을 끊었다. "아, 가만히 좀 있어, 이 바보야! 넌 하루 종일 상자에 갇혀 있었다면 운동 삼아 산책을 하고 싶지 않겠니? 분명히 녀석 집이 이 근처일 거야. 그러니까 다시 돌아왔겠지."

내가 물었다. "하지만 왜 이 산 주변을 먼저 다 돌았을까?"

우리 셋은 그 문제로 열띤 논쟁을 펼쳤다. 그때 박사님이 별안간 외쳤다.

"봐 봐!"

우리가 돌아보니 박사님이 자비즈리를 가리키고 있었다. 녀석은 이제 훨씬 빨리 그리고 훨씬 힘차게 산 위로 올라가고 있었다.

범포가 힘없이 주저앉으며 말했다. "아, 녀석이 또 운동 삼아 산을 넘어서 다시 돌아오려는 거면 나는 여기서 기다리겠어. 치치랑 폴리네시아는 녀석을 따라갈 수 있겠지."

이 딱정벌레가 기어 올라가는 곳은 원숭이나 새 정도만이 올라갈 만한 산등성이였다. 벽처럼 경사가 급한 데다 맨질맨질하고 평평했다.

그런데 자비즈리가 우리 머리 위로 불과 3미터 정도 올라갔을 때 우리 모두 소리를 질렀다. 우리가 보고 있는 가운데 자비즈리가 마치 모래로 스며드는 빗방울처럼 바위 표면 속으로 사라져 버렸기 때문이다.

폴리네시아가 소리쳤다. "사라져 버렸어. 저기에 구멍이 있는 게 분명해." 그러고는 순식간에 날개를 파닥이며 바위 쪽으로 날아가더니 발톱으로 바위 표면에 매달렸다.

폴리네시아가 아래를 향해 소리쳤다. "맞았어. 드디어 찾았어. 녀석 집이 바로 여기야. 이끼가 난 부분 뒤쪽. 손가락 두 개는 들어갈 정도로 큰데."

박사님이 외쳤다. "아아, 산꼭대기에서 이 큰 바윗덩어리가 굴러떨어져 문처럼 동굴 입구를 막아 버렸구나. 불쌍한 사람들! 저 안에서 얼마나 끔찍한 시간을 보냈을까! 지금 곡괭이하고 삽만 있다면!"

"곡괭이하고 삽이 있어 봐야 별 도움이 안 될걸. 저 바윗덩어리 크기를 좀 봐. 높이와 너비가 30미터는 족히 되겠어. 군대를 동원해서 일주일 동안 작업하면 저 바윗덩어리가 좀 움직이려나." 폴리네시아가 말했다.

"바위 두께가 얼마나 될까?" 박사님이 말했다. 그러고는 큰 돌을 집어 들더니 바위 표면을 향해서 있는 힘껏 던졌다. 거대한 북이 울리는 것 같은 소리가 났다. 우리는 모두 그 메아리가 서서히 사라지는 동안 귀를 기울인 채 미동도 없이 서 있었다.

그때 등골이 오싹해졌다. 바위 안쪽에서 두드리는 소리가 세 번 들렸던 것이다. 쿵! 쿵! 쿵!

우리는 땅이 말이라도 한 것처럼 눈을 크게 뜨고는 서로를 바라보았다. 그리고 박사님이 이 짧은 침묵을 깼다.

"하느님 고맙습니다. 최소한 몇 명은 살아 있어!" 박사님이 낮고 경건한 목소리로 말했다.

5부

1장

대단한 순간

그다음 단계가 가장 힘들었다. 어떻게 저 거대한 바윗덩어리를 옆으로 밀어 내거나 깨뜨릴 수 있을까. 머리 위쪽으로 우뚝 솟은 바위를 바라보고 있자니 힘이 미약한 우리에게 절망을 안겨 주는 숙제인 것 같았다.

하지만 산 안쪽에서 생명의 소리가 들리자 우리는 새롭게 마음을 다졌다. 그리고 재빨리 움직이며 우리가 뭔가 해 볼 수 있는 구멍이나 틈새가 있는지 살펴보았다. 치치는 바위 위로 올라가 산등성이에 기대어져 있는 바위 꼭대기를 살펴보았고 나는 혹시 약한 부분이 가려져 있을까 싶어서 덤불을 뿌리째 뽑고 늘어져 있는 덩굴식물도 치웠다. 박사님은 혹시 자비즈리가 다시 돌아오면 안으로 들려 보내기 위해 나뭇잎을 더 따서 그림 편지를 썼다.

폴리네시아는 열매를 한 움큼 따서는 안에 갇혀 있는 사람들이 먹을 수 있도록 딱정벌레가 드나드는 구멍으로 하나씩 밀어 넣었다.

"열매들은 영양이 풍부하니까." 폴리네시아가 말했다.

쥐잡기 선수답게 바위를 긁던 지프가 마침내 우리 계획을 성공시킬 방법을 알아냈다. "박사님." 지프가 코에 진흙을 잔뜩 묻힌 채 박사님에게 달려오며 소리쳤다. "이 바위를 지탱하고 있는 바닥이 아주 부드러운 흙이에요. 정말 쉽게 팔 수 있다고요. 동굴 뒤쪽이 원주민들 손이 닿기에 너무 높은가 봐요. 그렇지 않으면 오래전에 길을 내서 나올 수 있었을 텐데. 우리가 바닥을 파서 바위가 조금 더 내려가면 원주민들이 꼭대기 쪽으로 빠져나올 수 있을 거예요."

박사님은 서둘러 지프가 땅을 판 곳을 살펴보았다.

박사님이 말했다. "이런, 그렇구나. 이 바위는 반듯하게 서 있으니 이 앞 가장자리 아래 흙을 파내면 이 방향으로 바위를 쓰러뜨릴 수도 있겠다. 해 볼만 해. 자, 빨리 해 보자꾸나."

우리가 가진 도구라고는 주변에서 찾은 나뭇가지와 돌조각뿐이었다. 우리는 한 줄로 늘어선 오소리 여섯 마리마냥 모두 쪼그려 앉아서 산등성이를 긁고 굴을 팠는데 누가 봤다면 정말 이상한 모습이었을 것이다.

추운 날씨에도 불구하고 우리 이마에서 땀이 사방으로 뚝뚝 떨어진 지 한 시간쯤 지났을 때 박사님이 말했다.

"바위가 움직일 것 같으면 뛸 준비를 해. 빨리 피해야 해. 이 바위가 사람 위로 넘어지면 다들 호떡처럼 눌려 버릴 거야."

이내 삐걱거리는 소리가 들렸다.

"조심해! 바위다! 흩어져!" 박사님이 소리쳤다.

우리는 살기 위해 산등성이 쪽으로 내달렸다. 큰 바윗덩어리가 30센티미터쯤 아래로, 그러니까 우리가 바위 아래 파 놓은 골로 내려갔다. 그 순간 나는 실망하고 말았다. 바위 위로 동굴 입구가 보일 것 같지 않았다. 작업 전과 마찬가지로 여전히 희망이 없었다. 하지만 위쪽을 보자 꼭대기 부분이 산에서 서서히 떨어지는 게 보였다. 우리가 아래에서 바위의 균형을 무너뜨린 셈이었다. 바위가 산등성이에서 떨어지자 안쪽에서 낯선 언어로 기쁨에 울부짖는 인간의 목소리가 들렸다. 바위가 더 빠르게 앞쪽으로 흔들리면서 아래쪽으로 기울었다. 그러더니 우리가 발을 디디고 있는 산 전체가 흔들리는 듯한 요란한 굉음과 함께 바위가 땅으로 쓰러지면서 두 쪽으로 갈라졌다.

이 세상에서 가장 위대한 두 자연학자, 황금 화살의 아들 긴 화살과 퍼들비에서 온 존 둘리틀 박사님의 첫 만남을 어떤 말로 묘사할 수 있을까? 그 만남은 아주아주 오래전 일인데도 모든 장면 하나하나가 지금 내 눈앞에 분명하고 선명하게 떠오른다. 하지만 막상 글로 표현하려고 하니 그 위대한 사건을 설명하기에는 내 글이 한없이 부족한 것 같다.

박사님은 일생 동안 대단한 일을 많이 겪었지만 항상 그 원주민 과학자를 구한 걸 자신이 한 일 중 가장 훌륭한 일로 꼽는다는 걸 나는 알고 있다. 나는 이 만남이 박사님에게 얼마나 큰 의미가 있는지 알고 있었기 때문에 큰 바위가 마침내 우레 같은 소리를 내면서 발밑으로 쓰러지자 기대와 호기심, 조마조마한 마음으로 뭐가 있는지 보기 위해 바위 너머를 응시했다.

높이가 6미터쯤 되는 동굴의 깜깜한 입구가 모습을 드러냈다. 입구 가운데에 거대한 원주민이 서 있었는데 키는 2미터가 넘었으며 잘생겼고 마른 근육질 몸매였는데 허리에 두른 구슬로 장식된 천과 머리에 꽂은 독수리 깃털 장식을 제외하면 거의 벌거숭이였다. 그는 며칠 동안이나 햇빛을 보지 못해서인지 눈을 보호하려고 한 손으로 얼굴을 가렸다.

"그 사람이야!" 박사님이 내 옆에서 속삭이는 게 들렸다. "그는 키가 크고 뺨에 상처가 있거든."

박사님은 원주민을 향해 손을 뻗은 채 넘어진 바위를 지나 천천히 걸음을 옮겼다.

곧 그 원주민이 눈을 드러냈다. 그리고 나는 그의 눈이 호기심에 날카롭게 번득이는 걸 보았다. 그의 눈은 독수리 눈과 닮았지만 더 상냥하고 온화했다. 그는 조각상처럼 여전히 미동도 않은 채 오른쪽 팔만 천천히 들어 올리더니 박사님 손을 잡았다. 대단한 순간이었다. 폴리네시아가 알겠다는 듯이 만족스럽게 나를 보며 고개를 끄덕였다. 그리고 나는 범포가 감정에 복받쳐서 훌쩍거리는 소리를 들었다. 박사님이 긴 화살에게 말을 건네려고 했

대단한 순간이었다.

지만 물론 그 원주민은 영어를 몰랐고 박사님 역시 원주민 말을 알지 못했다. 그러자 놀랍게도 박사님은 그에게 동물 말로 얘기를 하기 시작했다.

박사님이 개의 말로 말했다. "안녕하세요?" 이번에는 말의 언어로 말을 건넸다. "당신을 만나게 돼서 반가워요." "얼마나 오래 갇혀 있었나요?" 이번에는 사슴 말로 말을 했다. 하지만 여전히 그 원주민은 한 마디도 이해하지 못한 채 그 자리에서 꼼짝하지 않고 꼿꼿하게 서 있었다.

박사님이 다른 여러 동물들 말로도 이야기해 봤지만 별반 다를 게 없었다.

마침내 박사님은 독수리 말까지 동원했다.

"원주민 선생." 박사님은 커다란 새처럼 사나운 비명 소리와 짧게 끊어지는 소리로 말을 이어 갔다. "내 평생 살아 있는 당신을 발견한 오늘처럼 기쁜 날이 없었어요."

불현듯 돌처럼 굳어 있던 긴 화살의 얼굴이 이해했다는 듯이 미소로 빛나더니 독수리 말로 대답했다.

"기운 센 사람이여, 내 목숨을 당신에게 빚졌습니다. 이제 남은 나날 동안 나는 당신이 말하는 대로 따르겠습니다."

나중에 긴 화살은 그가 배울 수 있었던 유일한 말이 독수리 말이라고 했다. 하지만 긴 시간 동안 독수리 말을 쓰지 않았는데, 독수리가 이 섬으로 날아오지 않았기 때문이었다.

곧 박사님은 범포에게 신호를 보내 열매와 물을 가져오도록 했다. 하지만 긴 화살은 열매나 물에 입도 대지 않았다. 대신 고맙다는 인사와 함께 음식을 받더니 몸을 돌려서는 어둑어둑한 동굴 안으로 들어갔다. 우리는 그를 뒤따라갔다.

안에는 남자와 여자, 남자아이 등 원주민 아홉 명이 돌바닥에 드러누워 있었는데 모두 비쩍 마른 데다 진이 빠진 상태였다.

몇몇 사람들은 마치 죽은 것처럼 눈을 감고 있었다. 박사님은 재빨리 그들에게 가서 심장 소리를 들었다. 모두가 살아 있었다. 하지만 한 여자는 제 발로 설 수도 없을 만큼 쇠약한 상태였다.

박사님의 말 한마디에 치치와 폴리네시아가 과일과 물을 더 가져오기 위해 서둘러 정글로 향했다.

긴 화살이 우리가 준 음식을 굶주린 친구들에게 나눠 주고 있을 때 별안간 동굴 밖에서 무슨 소리가 들렸다. 돌아보니 해변에서 우리에게 적의를 드러냈던 원주민 무리가 입구에 모여 있었다.

원주민들은 처음에는 조심스럽게 어두운 동굴 안을 쳐다보았다. 그러고는 곧 우리와 함께 있는 긴 화살과 다른 원주민들을 보더니 달려와서 기쁨에 겨워 웃고 손뼉을 치면서 소란스럽게 떠들어 댔다. 긴 화살은 박사님에게 우리가 긴 화살과 함께 찾아낸 원주민 아홉 명이 두 가족이라고 말했다. 이들은 긴 화살이 약초 찾는 걸 돕기 위해 산에 동행했다. 이들이 축축한 동굴 안에서만 자라는, 소화불량에 효과가 좋다는 특별한 이끼를 찾고 있는데 큰 바윗덩어리가 떨어져 동굴을 막아 버렸다. 그리고 이들은 2주 동안 이끼하고 축축한 벽에서 떨어지는 깨끗한 물을 받아 먹으며 버텼다고 했다. 섬에 남은 다른 원주민들은 사라진 이들이 죽었다고 생각해 찾는 걸 포기하고 무척 슬퍼했는데 이제 친척들이 살아 있다는 걸 알고 무척 놀라며 행복해했다.

긴 화살이 새로 나타난 이들에게 가서 원주민 말로 그들의 친척들을 찾아서 구해 준 사람이 이 백인이라고 말하자 그들은 박사님을 에워싸고는 한꺼번에 뭐라고 말하면서 가슴을 두드려 댔다.

긴 화살은 이 원주민들이 해변에서 박사님에게 심술궂게 대한 것에 대해 미안해하며 사과했다고 말했다. 그들은 전에 한 번도 백인을 본 적이 없었기 때문에 박사님을 무서워했는데, 특히 박사님이 쇠돌고래와 대화하는 걸 보고 박사님을 악마로 생각했다고 했다.

이윽고 원주민들은 밖으로 나가서 우리가 쓰러뜨린 목초지만큼이나 커다란 바위를 보았다. 이들은 바위 둘레를 돌면서 가운데에 갈라진 부분을 가리키며 어떻게 이 바위를 넘어뜨렸는지 궁금해했다.

그 이후 거미원숭이 섬을 여행하는 여행객들에 따르면 그 거대한 바윗덩어리가 지금은 섬의 관광지가 되었다고 한다. 그리고 원주민 안내원이 관광객들에게 바위를 보여 주며 그게 어떻게 거기 있게 되었는지 이야기를 들려준다고 한다. 박사님이 이 바위 때문에 그의 친구 긴 화살이 갇힌 걸 알게 되자 너무 화가 나서 맨손으로 산을 두 동강을 낸 다음 친구를 구했다고!

2장

'움직이는 땅 사람들'

그때 이후로 원주민들이 우리를 대하는 태도가 확 달라졌다. 우리는 실종되었던 원주민 가족을 찾은 걸 축하하는 마을 잔치에 초대되었다. 우리는 아픈 여자를 옮길 수 있게 어린 나무로 들것을 만든 다음 모두 산 아래로 출발했다.

가는 길에 원주민들이 긴 화살에게 뭔가 안 좋은 소식을 전했는지 긴 화살의 낯빛이 심각하게 변했다. 박사님이 왜 그러느냐고 물었다. 그러자 긴 화살은 여든이 좀 넘은 부족 추장이 아침 일찍 세상을 떠났다고 말했다.

폴리네시아가 내 귀에 대고 속삭였다. "해변에서 원주민들이 마을로 되돌아간 게 그 소식 때문이었군. 기억나?"

"왜 죽었지요?" 박사님이 물었다.

"감기 때문이에요." 긴 화살이 대답했다.

아니나 다를까, 해가 지자 우리 모두 덜덜 떨기 시작했다.

박사님이 나에게 말했다. "이거 심각하구나. 섬이 아직도 끔찍한 해류에 밀려 남쪽으로 떠내려가고 있어. 내일 조사를 해 봐야겠는걸. 만약 손을 쓸 수 없다면 원주민들은 카누를 타고 섬을 떠나는 게 나을 거야. 남극 유빙에서 얼어 죽느니 차라리 난파를 당하는 게 낫겠어."

우리는 곧 언덕마루에 도착했고 섬의 먼 쪽을 내려다보니 마을이 보였다. 바다 끝자락에 위치한 마을에는 풀을 엮어 만든 오두막이 옹기종기 모여 있었고 화사한 색깔로 칠해진 동물 모양 기둥이 서 있었다.

"참 멋지군요! 좋은 곳에 자리 잡고 있어요. 마을 이름이 뭐죠?" 박사님이 말했다.

긴 화살이 대답했다. "팝시페텔입니다. 부족 이름이기도 하지요. 원주민 말로 움직이는 땅 사람들이란 뜻이에요. 이 섬에는 두 원주민 부족이 있지요. 이쪽 끝에는 팝시페텔, 저쪽에는 백재그데래그 부족이 살고 있어요."

"어느 부족원이 더 많습니까?"

"백재그데래그가 훨씬 많아요. 그들이 사는 마을 크기가 사방으로 8킬로미터는 될 겁니다." 긴 화살이 그 잘생긴 얼굴을 찡그리더니 낯빛이 어두워지며 덧붙였다. "하지만 나에게는 백재그데래그 부족 100명보다 팝시페텔 부족 한 명이 더 나아요."

우리가 원주민을 구했다는 소식이 이미 마을에 전해진 듯했다. 우리가 마을 가까이 다가가자 함성을 지르며 다시 보리라고는 꿈에도 생각하지 못했던 친구와 친척들을 맞으러 나오는 사람들의 모습이 보였다.

이 선량한 사람들은 처음 보는 백인이 생명을 구했다는 얘기를 듣자 모두 박사님을 에워싸고는 악수를 하고 등을 두드렸으며 박사님을 얼싸안았다. 그리고 탄탄한 어깨에 박사님을 태우고는 언덕을 내려가 마을로 향했다.

마을에서 우리가 받은 환대는 더 놀라웠다. 밤이 되자 공기가 차가워져 집 안에서 덜덜 떨던 마을 사람들 수백 명이 문을 열고 밖으로 나왔다. 이렇게 작은 마을에 그렇게 많은 주민이 있을 줄은 몰랐다. 그들은 우리를 둘러싸고는 웃으며 고개를 끄덕이면서 손을 흔들었다. 긴 화살이 우리가 한 일에 대해 세세히 들려주자 이들은 소리 높여 이상한 노래를 불렀는데 아마 고맙다는 인사나 칭찬의 말인 것 같았다.

우리는 새로 지은 풀집으로 안내됐다. 그 집은 깨끗했고 안에서 달콤한 향이 풍겼는데 우리가 머무를 집이라고 했다. 힘이 센 원주민 소년 여섯 명이 우리 시중을 들어 준다고 했다.

마을로 오는 길에 다른 집보다 더 큰 집이 큰길 끝에 서 있는 게 보였다. 긴 화살은 그 집을 가리키며 추장 집이라고 했다. 하지만 숨을 거둔 노인 추장을 대신할 새 추장이 뽑히지 않았기 때문에 아직 그 집은 비어 있다고 했다.

우리의 새 거처 안에는 생선과 과일이 풍성하게 차려져 있었다. 우리가 도착했을 때 부족에서 중요한 자리를 차지한 사람들이 이미 긴 식탁 앞에 앉아 있었다. 긴 화살은 우리에게 앉아서 먹으라며 권했다.

우리는 모두 배가 고팠기에 그의 말을 듣고 매우 기뻤다. 그러다 생선이 전혀 요리가 되어 있지 않은 걸 발견하고 너무 놀라기도 했고 실망하기도 했다. 그런데 원주민들은 이상하게 생각하기는 커녕 생선을 날것 그대로 맛있게 우걱우걱 씹어 먹는 게 아닌가.

박사님은 긴 화살에게 여러 차례 미안하다는 말과 함께 이들이 개의치 않는다면 우리가 먹을 생선을 요리하겠다고 말했다.

위대한 자연학자 긴 화살이 '요리한다'라는 말이 무슨 뜻인지 모른다는 걸 알았을 때 우리가 얼마나 놀랐던지.

박사님과 나 사이 의자에 앉아 있던 폴리네시아가 박사님 소매를 잡아당겼다.

"박사, 뭐가 문제냐면…" 박사가 폴리네시아의 말을 듣기 위해 몸을 숙이자 폴리네시아가 속삭였다. "이 사람들은 불이 없어! 불을 피울 줄 모른다고. 밖을 좀 내다봐. 거의 깜깜해졌는데도 이 마을 전체에 불빛이 하나도 없잖아. 이 사람들은 불 없이 사는 사람들이야."

3장

불

그러자 박사님이 사슴 가죽으로 된 식탁보 위에 불을 그리더니 긴 화살에게 보여 주며 불이 뭔지 아느냐고 물었다. 긴 화살은 화산 꼭대기에서 솟구치는 걸 본 적은 있다고 말했다. 하지만 긴 화살도, 팝시페텔 마을의 어느 누구도 불을 어떻게 피우는지 알지 못했다.

"불쌍한 야만인들 같으니라고! 나이 든 추장이 감기로 숨을 거둘 만도 하군!" 범포가 중얼거렸다.

그때 문에서 울음소리가 들렸다. 돌아보니 팔에 아기를 안은 원주민 엄마가 흐느끼고 있었다. 그녀는 원주민들에게 우리가 알아들을 수 없는 말을 했다. 긴 화살은 우리에게 아기가 아픈데 그녀가 백인 의사에게 치료를 받고 싶어 한다고 말했다.

"세상에나! 퍼들비랑 똑같군. 한창 식사 중에 찾아오는 환자라니. 음식이 날것이니 식지는 않겠어." 폴리네시아가 내 귀에 속삭였다.

아기를 살펴보던 박사님은 이내 아기가 너무나 차갑다는 걸 알게 됐다.

"불, 불! 불이 있어야 해요." 박사님이 긴 화살을 돌아보며 말했다. "당신들 모두 불이 필요해요. 몸을 녹여 주지 않으면 폐렴에 걸릴 거예요."

"그렇군요. 하지만 어떻게 불을 피워야 할지, 어디서 불을 얻어야 할지 그게 문제예요. 이 땅에 있던 화산은 다 죽었습니다."

우리는 배가 난파되었을 때 구해 둔 성냥이 있는지 호주머니를 뒤졌다. 찾아낸 성냥이라고는 두 통 반뿐이었는데 그나마 모두 바닷물에 젖어 있었다.

박사님이 말했다. "잘 들으세요, 긴 화살. 잠수부들은 성냥 없이도 불을 피울 줄 안답니다. 한 가지 방법은 단단한 유리와 햇빛을 이용하는 건데 지금은 해가 졌으니 이 방법을 쓸 수 없군요. 다른 방법은 단단한 막대를 무른 통나무에 대고 문지르는 건데 역시 해가 졌으니, 이런, 할 수 없군요. 내일까지 기다려야겠어요. 단단하고 무른 나무들뿐 아니라 연료로 쓸 다람쥐 둥지도 필요한데, 이 시간에 등불 없이는 숲에서 필요한 걸 찾을 수 없잖아요."

긴 화살이 대답했다. "계획과 기술은 훌륭하네요. 하지만 당신은 우리에 대해 잘 모르는군요. 불 없이 사는 사람들이 어둠 속에서도 잘 볼 수 있다는 걸 모르나요? 우리는 등불 없이도 빛이 전혀 없는 칠흑 같은 밤에 여기저기 다닐 수 있도록 배웠지요. 내가 사람을 보내겠습니다. 당신은 한 시간 내에 다람쥐 둥지를 받게 될 거예요."

긴 화살이 우리 시중을 들어 주는 소년 두 명에게 이야기하자 이들은 곧바로 달려 나갔다. 그리고 정말 얼마 지나지 않아 다람쥐 둥지와 단단한 나무, 무른 통나무를 우리 문 앞에 대령했다.

아직 달이 뜨기 전이었고 집 안은 말 그대로 칠흑같이 깜깜했다. 나는 겨우 만지거나 들을 수만 있었는 데 반해 원주민들은 대낮인 양 주위를 활보했다. 박사님은 손으로 일일이 만져 보면서 불을 피워야 했으므로 도구를 제자리에 놓지 못했을 때면 긴 화살과 원주민들에게 집어 달라고 부탁했다. 한편 나는 신기한 걸 깨달았다. 어둠 속에서 보려고 노력하니까 어렴풋이 보이기 시작했던 것이다. 그리고 문을 열어 두거나 하늘이 보이기만 하면 칠흑처럼 깜깜하지 않다는 것도 난생처음 알았다.

박사님은 활을 빌려 달라고 하더니 활시위를 느슨하게 하고는 단단한 나무 막대를 고리에 끼운 다음 무른 통나무에 대고 문지르기 시작했다. 곧 통나무에서 연기 냄새가 났다. 박사님은 연기가 나는 부분을 다람쥐 둥지 안쪽에 대고는 나에게 입으로 불라고 했다. 박사님은 나무 막대를 더 빨리 문질렀다. 방이 연기로 더욱 자욱해졌다. 그리고 마침내 우리 주변이 갑자기 밝아졌다. 다람쥐 둥지가 불길에 휩싸인 것이었다.

놀란 원주민들이 소곤거렸다. 처음에는 원주민들 모두 무릎을 꿇더니 불을 향해 절을 했다. 그리고 맨손으로 불을 만지려고 해서 우리는 그들에게 불을 어떻게 이용해야 하는지 가르쳐 주어야 했다. 우리가 생선에 막대를 꽂은 다음 불가에 얹어서 익히자 무척 신기해했다. 이들은 신나서 킁킁대며 냄새를 맡았고 팝시페텔 역사상 처음으로 구운 생선 냄새가 마을에 퍼져 나갔다.

우리는 원주민들에게 마른 장작을 가져와서 쌓도록 했다. 그리고 큰 길 가운데에 거대한 모닥불을 피웠다. 불의 온기를 느끼게 되자 모든 부족원들이 장작불 주위에 모여 기뻐하면서 놀라워했다. 정말 인상적인 장면이었다. 내가 가장 자주 떠올리는 바다 여행 풍경이기도 하다. 까만 밤하늘 아래에서 이글이글 타오르는 불, 모닥불 주위를 둥글게 에워싼 원주민들, 불빛에 어슴푸레 빛나는 구릿빛 뺨과 하얀 이, 빛나는 눈동자. 온 마을 사람들이 아이들처럼 킥킥대고 밀치며 온기를 느꼈다.

얼마 안 지나 원주민들이 불을 좀 더 잘 다루게 되자 박사님은 원주민들에게 어떻게 불을 집에 가져갈 수 있는지 알려 주었다. 그리고 지붕에 연기가 빠져나갈 수 있는 구멍이 있어야 한다는 것도 가르쳐 주었다. 집집마다 불을 옮겨 주고 나서야 길고 길었던 피곤한 하루가 끝났으며, 그제야 우리는 잠자리에 들 수 있었다.

이 가엾은 사람들은 다시 따뜻함을 느끼게 되자 얼마나 기뻤는지 잠자리에 들 생각이 아예 없는 듯했다. 새벽이 되도록 이 작은 마을은 아주 낮게 소곤대는 소리로 웅성거렸다. 팝시페텔 사람들은 이 창백한 피부의 놀라운 손님과 그가 전해 준 불에 대해 수다를 떨면서 늦게까지 깨어 있었다.

4장

섬이 떠다니는 이유

팝시페텔 사람들의 친절함을 경험한 지 얼마 지나지 않아 우리는 뭔가 하려면 언제나 비밀스럽게 진행해야 한다는 걸 알게 됐다. 박사님의 인기가 하늘을 찌르고 사람들이 박사님을 너무나 사랑하게 된 탓에, 아침에 박사님이 대문에 얼굴을 보이기라도 하면 밖에서 기다리던 팬들이 주위로 몰려들었고 어디든 따라다녔다. 박사님이 불을 피우는 솜씨를 본 사람들은 어린아이들처럼 박사님이 끊임없이 마술을 부리기를 바랐고, 박사님이 부리는 마술이라면 하나도 놓치지 않겠다고 마음먹은 듯했다.

첫날 아침 우리는 모여든 인파를 간신히 피해 긴 화살과 함께 여유롭게 섬을 탐험하기 위해 출발했다.

섬 내륙을 살펴보니 풀과 나무만 추위에 고통받고 있는 게 아니었다. 동물의 삶은 더 큰 위기에 처해 있었다. 따뜻한 육지로 날아가려는 새들이 덜덜 떨면서 사방에 모여 있었는데 이들의 깃털은 추위 때문에 모두 부풀어 있었다. 추위로 인해 새가 땅바닥에 죽어 있기도 했다. 해안가에 가 보니 물게가 더 나은 보금자리를 찾기 위해 바다로 향하고 있었다. 섬이 남동쪽으로 떠내려가는 동안 여기저기 빙산이 둥둥 떠 있는 게 보였다. 우리가 그 끔찍한 남극에서 멀지 않은 곳에 있다는 신호였다.

바다를 쳐다보자 우리 친구인 쇠돌고래들이 파도 사이로 뛰어오르는 게 보였다. 박사님이 신호를 보내자 쇠돌고래들이 해변으로 다가왔다.

박사님이 쇠돌고래들에게 우리가 남극 대륙에서 얼마나 떨어져 있는지 물었다.

쇠돌고래들은 160킬로미터 정도 떨어져 있다고 답했다. 그리고 박사님에게 뭐가 알고 싶은지 물었다.

"이 섬이 해류를 타고 계속해서 남쪽으로 떠내려가고 있어. 원래는 숨이 턱턱 막히는 무더위에 열사병 같은 게 있는 열대지방 섬인데. 이대로 남쪽으로 계속 가다가는 여기 있는 모두가 죽고 말거야."

쇠돌고래가 말했다. "흐음, 그럼 이 섬을 더 따뜻한 곳으로 돌려놓으면 되겠네요."

"응, 그렇지만 어떻게? 노를 저어서 돌릴 수도 없고." 박사님이 말했다.

"그렇게 할 수는 없죠. 하지만 고래라면 섬을 밀 수 있어요. 수가 충분히 많기만 하다면요."

"정말 좋은 생각이구나! 고래라니, 안성맞춤인걸! 너희가 고래를 좀 데려올 수 있겠니?" 박사님이 말했다.

쇠돌고래가 말했다. "물론이죠. 저쪽 빙산 사이에서 즐겁게 뛰노는 고래 떼를 지나왔거든요. 우리가 이쪽으로 올 수 있는지 물어볼게요. 그리고 수가 모자라면 조금 더 모아 볼게요. 많을수록 좋잖아요."

박사님이 말했다. "고마워. 정말 친절하구나. 그건 그렇고 혹시 이 섬이 어쩌다가 떠다니는 섬이 되었는지 혹시 아니? 내가 알기로는 적어도 이 섬의 반은 돌로 이루어져 있는데. 계속 떠내려가다니 정말 이상해."

쇠돌고래들이 말했다. "이상하죠. 하지만 설명은 간단해요. 이 섬은 원래 남아메리카 대륙 산악 지대의 일부였어요. 말하자면 툭 튀어나온, 이상하게 생긴 모퉁이였거든요. 그런데 수백만 년 전 빙하시대 때 그 부분이 본토에서 떨어져 나왔는데 뭔가 알 수 없는 이유로 물에 잠기면서 비어 있던 안쪽에 공기가 찬 거예요. 지금 박사님이 보는 건 섬 절반도 안 돼요. 반 이상이 물속에 잠겨 있죠. 그러니까 섬의 산 안쪽에 공기로 가득 찬 커다란 방이 있고 그 부분이 바로 물에 잠겨 있는 거예요. 그래서 물에 떠다니는 거죠."

“정말 기이한 현상이군!” 범포가 말했다.

“그렇구나. 적어 둬야겠어.” 박사님이 그 지긋지긋한 공책을 꺼내며 말했다.

쇠돌고래 무리가 빙산을 향해 폴짝폴짝 뛰어오르며 헤엄쳐 갔다. 그리고 얼마 안 되어 파도가 치고 물보라가 일면서 어마어마한 고래 떼가 전속력으로 우리를 향해 다가왔다.

정말 어마어마하게 큰 동물이었다. 그리고 족히 200마리는 되는 것 같았다.

“여기 데려왔어요.” 쇠돌고래들이 머리를 물 밖으로 내밀며 말했다.

박사님이 말했다. “좋아! 이제 고래 떼에게 설명을 해 주겠니? 이 섬에 사는 모든 생명에게 정말 심각한 문제란다. 그러니 고래들에게 이 섬 저 먼 끝으로 헤엄쳐 간 다음 코를 이용해서 섬을 브라질 남쪽 해변으로 밀어 달라고 말해 주렴.”

쇠돌고래들이 박사님의 부탁대로 고래 떼를 설득하는 데 성공한 게 분명했다. 고래들이 바다를 헤치며 섬 남쪽 끝을 향해 헤엄쳐 가는 게 보였다.

우리는 해변에 누워서 기다렸다.

한 시간쯤 후 박사님이 일어나서 물에 막대를 던졌다. 한동안은 막대가 움직이지 않고 떠 있기만 했다. 하지만 곧 막대가 서서히 해안을 따라 움직이기 시작하는 게 보였다.

“아! 보이니? 섬이 드디어 북쪽으로 움직이고 있어. 하느님, 감사합니다!" 박사님이 말했다.

막대가 점점 더 빠른 속도로 흘러 내려갔다. 그리고 하늘 저 끝에 보이는 빙산이 점점 작고 희미해져 갔다.

박사님이 시계를 꺼내더니 더 많은 막대를 바다에 던진 다음 빠르게 계산을 했다.

"호오! 시속 14노트도 넘는 속도로 가고 있어. 아주 빠른 속도야. 닷새면 브라질 인근에 다시 닿겠는걸. 이제 안심이 되는군. 벌써 따뜻해지고 있어. 가서 먹을 걸 가져오자꾸나."

5장

전쟁이다!

마을로 돌아가는 길에 박사님은 긴 화살과 자연과학에 대해 논의하기 시작했다. 하지만 그들의 가장 큰 관심거리인 식물에 대한 얘기를 시작하기도 전에 원주민 한 명이 우리에게 급히 달려와 말을 전했다.

원주민이 숨을 헐떡이면서 전하는 말을 진지하게 듣고 있던 긴 화살이 박사님에게 독수리 말로 말했다.

"위대한 분이여, 팝시페텔 사람들에게 좋지 않은 일이 일어났습니다. 남쪽에 도둑질을 일삼는 백재그데래그라는 이웃이 살고 있는데, 오랫동안 우리의 잘 여문 옥수수 창고에 눈독을 들이고 싸움을 걸곤 했지요. 그리고 지금 우리를 공격하고 있다고 합니다."

박사님이 말했다. "정말 나쁜 소식이군요. 하지만 너무 속단하지 맙시다. 아마 추수 전에 곡식이 얼어 죽어 음식에 너무 굶주려서 그렇겠지요. 그들이 이곳 마을보다 추운 남쪽에 더 가깝지 않나요?"

"백재그데래그 부족민들은 변명의 여지가 없는 사람들이에요." 긴 화살이 고개를 흔들며 말했다. "아무 의욕이 없는, 게으르기 짝이 없는 종족이지요. 농사일을 하지 않고 옥수수를 얻을 궁리만 하고 있어요. 놈들이 훨씬 큰 부족이 아니었다면, 그래서 이웃을 숫자로 밀어붙일 생각을 하지 못했다면 감히 이 용감한 팝시페텔족을 상대로 전쟁을 일으키지 못했을 겁니다."

마을에 도착하자 온통 난리법석에 시끌시끌했다. 도처에서 남자들이 활을 준비하고 창과 도끼날을 갈고 화살을 수백 개씩 만들고 있었다. 여자들은 마을 둘레에 대나무 장대로 높은 울타리를 쳤다. 정찰병과 전령들은 적의 움직임을 전하기 위해 부지런히 오갔다. 마을에 있는 큰 나무와 언덕 위에선 망을 보는 사람들이 남쪽 산을 감시하고 있었다.

긴 화살이 키는 작지만 어깨가 엄청나게 넓은 원주민 한 명을 데려와서 박사님에게 소개했다. 그의 이름은 큰 이빨이고 팝시페텔 부족 최고의 전사라고 했다.

박사님은 싸우기보다는 평화적으로 문제를 해결해 보겠다며 자진해서 적을 만나겠다고 나섰다. 전쟁이야말로 가장 어리석고 쓸모없는 일이라면서. 하지만 긴 화살과 큰 이빨은 그런 계획은 아무런 가망이 없다며 고개를 저었다. 지난 전쟁 때에도 그들이 평화적인 해결을 위해 전령을 보냈지만 적은 도끼로 전령을 내리쳐 버렸다고 했다.

박사님이 큰 이빨에게 공격에 대항해서 마을을 어떻게 방어할지 물어보는 순간 망을 보던 사람들이 소리를 지르며 위험을 알렸다.

"그들이 온다! 백재그데래그 부족 수천 명이 산을 내려오고 있다!"

박사님이 말했다. "흐음, 여기서는 아주 일상적인 일인가 보군요. 전쟁을 좋아하진 않지만 마을이 공격받는다면 우리도 도와야겠지요."

그리고 땅바닥에서 긴 곤봉 같은 걸 하나 줍더니 돌에 내리쳐서 강도를 가늠해 보았다.

박사님이 말했다. "나한테는 이게 아주 쓸모가 있겠군." 그리고 대나무 장대로 만든 울타리로 가더니 대기하고 있는 다른 전사들 사이에 자리를 잡았다.

우리는 용맹한 팝시페텔 부족민 친구들을 돕기 위해 저마다 무기를 잡았다. 나는 활과 화살이 가득 든 통을 받았다. 지프는 오래되었지만 여전히 튼튼한 이빨을 무기 삼아 기꺼이 싸우기로 했다. 치치는 돌멩이로 적의 미리를 맞추기 위해 돌멩이가 든 가방을 멘 채 야자수 위로 올라갔고 범포는 한 손은 어린 나무, 다른 한 손은 문설주로 무장한 다음 박사님 뒤를 쫓아갔다.

적이 우리가 서 있는 곳에서도 잘 보일 만큼 가까이 왔을 때 우리는 놀라서 숨이 턱 막히고 말았다. 산비탈이 수천 명의 적으로 뒤덮였다. 이들에 비하면 마을에 있는 우리 작은 군대는 한 줌에 불과한 것 같았다.

폴리네시아가 중얼거렸다. "이런, 세상에! 우리 이 작은 군대로는 저 무리에 대항해 봐야 버텨 낼 재간이 없겠군. 절대 안 돼. 가서 도와 달라고 해야겠어." 폴리네시아가 어디로 가겠다는 건지, 무슨 도움을 받겠다는 건지 나는 알 길이 없었다. 폴리네시아는 내 옆에 있다가 사라져 버렸다. 폴리네시아의 말을 들은 지프가 적을 더 잘 보기 위해 울타리의 대나무 장대 사이로 코를 내밀고는 말했다.

"폴리네시아는 십중팔구 쇠검은앵무를 찾아갔을 거야. 폴리네시아가 너무 늦지 않게 쇠검은앵무 떼를 찾아야 할 텐데. 바위산을 내려오는 저 악당들 좀 봐. 엄청나게 많아! 우린 뛰어다니느라 정신없겠는걸."

지프 말이 맞았다. 15분이 채 지나기도 전에 우리 마을은 고래고래 소리를 지르는 백재그데래그 무리에게 완전히 포위되었다.

훗날 팝시페텔의 역사에서 무시무시한 세 전사로 불리게 된 긴화살과 범포, 박사님 이 셋이 없었다면 전쟁은 쉽게 끝났을 것이고 이 섬 전체가 아무 쓸모도 없는 백재그데래그족 손아귀에 넘어갔을 것이다. 하지만 이 영국인과 아프리카 흑인, 원주민은 셋

만으로도 천하무적이었다. 이들로 인해 마을은 어느 누구도 감히 들어설 수 없는 위험천만한 곳이 되었다. 마을 둘레에 친 장대 울타리는 허둥지둥 만든 탓에 그다지 튼튼하지 않았다. 적들이 한꺼번에 울타리로 우르르 몰려들자 처음부터 한 군데, 두 군데씩 뚫리기 시작했다. 그러면 박사님과 긴 화살, 범포가 서둘러 위태로운 지점으로 가서 육탄전을 벌여 적을 물리쳤다. 그러나 거의 곧바로 울타리 다른 쪽에서 위험하다는 외침이 들려왔다. 그러면 이 세 명이 급하게 달려가 다시 적을 물리쳤다.

팝시페텔 부족민들은 꽤 용감한 전사였다. 하지만 다른 땅에서 왔고 피부색도 각기 다른 이 세 명이 함께 뭉쳐서 거대한 전투용 곤봉을 휘두를 때 이들이 발휘한 힘과 영향력은 누구에게나 놀라움과 존경심을 불러일으켰다.

몇 주가 지난 후 어느 날 밤 나는 원주민들의 모닥불 옆을 지나가다가 이 노래를 듣게 되었다. 그 후 이 노래는 팝시페텔의 전통 민요가 되었다고 한다.

무시무시한 세 전사의 노래

오, 무시무시한 세 전사의 노래를 들어라.
그리고 바닷가의 싸움 노래를.
산에서, 험준한 바위에서
백재그데래그가 벌 떼처럼 몰려왔네.

거미원숭이 섬의 매 머리 모양 산에 있는 바위에 새겨진 무시무시한 세 전사

우리 마을을 포위하고 울타리를 부쉈네.
슬프게도 마을과 주민들은 곤경에 처했네!
그러나 하늘은 우리 땅을 해방시키기로 했네.
그리하여 우리에게 무시무시한 세 전사를 보내셨네.
한 명은 까만 사람, 그는 칠흑처럼 까맣다네.
한 명은 붉은 피부에 산처럼 컸다네.
하지만 대장은 하얀 사람, 벌처럼 둥근 몸을 가졌다네.
그리고 무시무시한 세 전사가 모두 나란히 섰네.

어깨를 맞대고 도끼를 휘두르며 쳐부쉈네.
분노의 악령처럼 발길질을 하며 물어 버렸네.
파괴의 벽처럼 한 줄로 서서는
주먹 한 방으로 적 여섯을 납작하게 만드네.

오, 붉은 피부는 힘이 세며 까만 사람은 용맹하다네.
백재그데래그가 벌벌 떨며 도망치려고 하네.
하지만 적들이 하얀 사람을 보고 소리치네.
"조심해!
그가 사람들을 번쩍 들어 공중으로 날려 버려!"

오랫동안 밤이 되면 장난꾸러기 아이들에게 겁을 줬네.
붉은 사람과 까만 사람, 하얀 사람 이야기로.

그리고 오랫동안 무시무시한 세 전사의 노래를 부르네.

바닷가의 싸움 노래를.

→ 6장 ←

폴리네시아 장군

하지만 아아! 힘이 센 이 세 명도 끝없이 몰려오는 적과 영원히 맞설 수는 없었다. 마침내 적이 울타리에 큰 구멍을 냈고 격렬한 전투 도중 긴 화살이 넓은 가슴에 창을 맞아 고꾸라지고 말았다.

범포와 박사님은 나란히 서서 30여 분간 더 싸웠다. 그들이 어떻게 그렇게 오래 버틸 수 있었는지 모르겠다. 숨을 쉴 틈도, 팔을 내려놓을 틈도 없었다.

그날 박사님이 마을 저 멀리서도 들릴 정도로 큰 소리를 지르며 사방에서 몰려오는 무리를 제압하는 모습은 평소 조용하고 친절하며 온화한 박사님과는 전혀 딴판이었다.

범포에 대해 말하자면, 이글이글 불타는 눈과 이를 앙다문 모습이 영락없는 악마였다. 그 누구도 그가 빙글빙글 돌리는 그 강력한 문설주 근처에 얼씬도 하지 못할 것 같았다. 하지만 범포는 날아오는 돌에 그만 이마를 정통으로 맞고 말았다. 그래서 셋 중에 둘이 쓰러졌다. 이제 무시무시한 세 전사 중 존 둘리틀 박사님만이 홀로 남아서 싸우고 있었다.

지프와 내가 쓰러진 사람들 자리를 채우려고 얼른 박사님 곁으로 달려갔다. 하지만 우리는 너무 작고 가벼워서 그들을 대신하기에는 어림도 없었다. 울타리 일부가 또 쓰러지면서 백재그데래그가 밀물처럼 쏟아져 들어왔다.

"카누로! 바다 쪽으로! 목숨 걸고 달아나! 다 끝났어! 전쟁에서 졌어!" 팝시페텔 사람들이 소리쳤다.

하지만 박사님과 나는 달아날 기회조차 없었다. 우리는 정신 차릴 새도 없이 밀려드는 무리에 깔리고 말았다. 한번 넘어지자 다시 일어설 수가 없었다. 깔려 죽을 것 같았다.

바로 그때 전쟁 난리통 위로 인간의 귀를 공격하는 끔찍한 소리가 들렸다. 화가 난 앵무새 수백만 마리가 한꺼번에 끽끽거리는 소리였다.

폴리네시아가 우리를 구하기 위해 때맞춰 데려온 앵무새 부대로 서쪽 하늘 전체가 컴컴해졌다. 후에 나는 폴리네시아에게 당시 앵무새가 몇 마리였냐고 물었다. 폴리네시아는 정확히는 모르지만 6천만 마리에서 7천만 마리 사이였을 거라고 말했다. 그 짧은 시간에 폴리네시아는 남아메리카 본토까지 가서 쇠검은앵무를 데려온 것이었다.

화가 난 앵무새가 우는 소리를 들어 봤다면 그 소리가 얼마나 무서운지 알 것이다. 그리고 쇠검은앵무에게 한 번이라도 물려 봤다면 그게 얼마나 끔찍하게 아픈지도 알 거고.

쇠검은앵무(진홍색 부리와 날개, 꼬리에 있는 빨간 줄만 빼면 온몸이 새카맸다.)가 폴리네시아의 명령에 따라 약탈을 위해 마을로 쏟아져 들어온 백재그데래그를 공격하기 시작했다.

쇠검은앵무는 싸우는 방식이 특이했다. 백재그데래그 전사 한 명의 머리 위에 앵무새 서너 마리가 몰려들더니 발톱으로 머리카락을 꽉 움켜쥐고 머리 옆으로 몸을 숙여 표에 구멍을 뚫듯이 귀를 꽉 깨물었다. 그게 다였다. 귀 외에 다른 부위는 절대 물지 않았다. 하지만 그 덕분에 우리가 전쟁에서 이겼다.

백재그데래그 전사들은 안쓰러울 정도로 울부짖으며 서둘러 그 끔찍한 마을을 빠져나가려다 서로에게 걸려 넘어졌다. 이들은 머리에 앉은 앵무새를 쫓아 보려고 했지만 아무 소용이 없었다. 한 사람 머리에 네 마리도 넘는 앵무새들이 달려들었다. 몇 명은 운이 좋아서 한두 번만 물리고 울타리를 빠져나갈 수 있었다. 앵무새들은 이들이 도망가도록 내버려두었다. 적들의 귀는 앵무새에게 물려 우표 가장자리처럼 굉장히 독특한 모양이 되었다.

쇠검은앵무의 공격을 받았을 때는 정말 아팠겠지만 귀 모양만 바뀔 뿐 영구적으로 해가 되지는 않았다. 그리고 훗날 이 특이한 귀 모양은 백재그데래그 부족이라는 표시가 되었다. 부족의 영리한 젊은 여성들이 한결같이 가리비처럼 우툴두툴한 모양의 귀를 가진 남자 곁에서 걸어가는 모습을 볼 수 있었는데, 그런 귀가 위대한 전쟁에 참가했다는 증거였기 때문이다. 그리고 그 때문에 (과학자들에게 잘 알려져 있지는 않지만) 다른 원주민들은 이들을 우둘투둘한 귀를 가진 백재그데래그라고 불렀다.

적들이 마을에서 물러나자 박사님은 다친 사람들에게 관심을 돌렸다.

오랫동안 격렬하게 싸웠는데 놀랍게도 부상자가 많지 않았다. 딱하게도 긴 화살의 부상이 가장 심했다. 하지만 박사님이 상처를 씻어 내고 침대에 눕히자 곧 눈을 떴고 한층 좋아졌다고 말했다. 범포는 다만 많이 놀랐던 것뿐이었다.

치료를 마친 다음 박사님은 폴리네시아를 불러서 쇠검은앵무로 하여금 적을 그들 땅으로 쫓아낸 다음 밤새도록 망을 보게 했다.

폴리네시아가 짧게 명령을 내렸다. 그러자 수백만 마리 새가 마치 한 마리 새처럼 다시 붉은 부리를 벌리더니 더욱 끔찍한 비명소리를 질러 댔다.

두 번 물리고 싶지 않았던 백재그데래그는 산을 넘어서 왔던 곳으로 허겁지겁 줄행랑을 쳤다. 폴리네시아와 위풍당당한 폴리네시아의 부대는 방심하지 않고 검은 먹구름처럼 그 뒤를 쫓아갔다.

박사님은 전투 중에 벗겨진 긴 모자를 집어 들고 조심스럽게 먼지를 턴 다음 머리에 썼다.

박사님이 언덕을 향해 주먹을 흔들며 말했다. "내일 우리가 평화 조약을 맺을 겁니다. 우리가 백재그데래그 땅에서 평화 조약을 맺을 거예요."

팝시페텔인들이 승리의 함성으로 박사님의 말에 화답했다. 전쟁이 끝났다.

7장

앵무새 평화 조약

다음 날 우리는 멀리 떨어진 섬 끝을 향해 떠났고 카누로(바다로 갔으니까) 스물다섯 시간을 항해한 끝에 목적지에 닿았다. 우리는 딱 필요한 시간만큼만 백재그데래그 마을에 머물렀다.

팝시페텔에서 전투에 나섰을 때 나는 박사님이 정말 화난 모습을 평생 처음 보았다. 한번 분노를 터뜨리자 그 화는 사그라들 줄 몰랐다. 박사님은 해변으로 가는 내내 너무나 게을러 땅을 직접 일구려는 노력도 하지 않고 남의 옥수수를 빼앗으려고 박사님의 친구인 팝시페텔 사람들을 공격한 그 비겁한 부족에 대한 욕을 멈추지 않았다. 박사님은 백재그데래그 마을에 도착할 때까지 화가 나 있었다.

긴 화살은 상처가 다 아물지 않아서 우리와 함께 가지 않았다. 하지만 언어 능력이 뛰어난 박사님은 어느새 원주민 말에 꽤 익숙해져 있었다. 게다가 노를 저어 주러 우리와 동행한 팝시페텔인 여섯 명 중 한 소년에게 우리가 영어를 조금 가르쳐 준 적이 있었다. 그 소년과 박사님이 백재그데래그인들에게 우리 의사를 전달했다. 이 사람들은 굉장히 풀이 죽어 있었다. 그 끔찍한 앵무새들이 백재그데래그 마을 주변 언덕을 까맣게 뒤덮은 채 공격 명령을 기다리고 있었기 때문이다.

카누에서 내린 우리는 큰길을 지나 추장의 궁전으로 향했다. 범포와 나는 군중들이 길에 죽 늘어서서는 화난 모습으로 턱을 내민 채 거들먹거리며 우리 앞에서 걸어가는 작달막한 박사님을 향해 머리가 땅에 닿도록 조아린 채 절을 하는 걸 보고 흡족한 미소를 짓지 않을 수 없었다.

궁전 계단 앞에서 추장과 부족 원로들이 공손한 미소를 띠고 친숙하게 손을 내밀며 우리를 기다리고 있었다. 박사님은 그들에게 조금도 눈길을 주지 않았다. 그들 옆을 그냥 지나쳐서는 계단을 올라 궁전 문으로 향했다. 그리고 거기서 돌아서더니 단호한 목소리로 사람들을 향해 연설을 하기 시작했다.

나는 평생 동안 그런 연설을 들어 보지 못했다. 그들도 마찬가지였을 것이다. 처음에 박사님은 여러 이름을 나열했다. 비겁자, 게으름뱅이, 도둑, 부랑아, 건달 등등. 그러고는 이 아름다운 땅에서 아무 쓸모없는 그들을 단번에 쓸어 없애 버리도록 앵무새들에게 백재그데래그들을 공격해서 바다로 빠뜨려 버리라고 할까 진지하게 고려 중이라고 말했다. 그러자 추장을 비롯한 모든 사람들이 자비를 베풀어 달라며 소리를 지르고 무릎을 꿇었다. 그리고 어떤 평화 조약이든 박사님이 원하는 대로 다 받아들일 것이라고 말했다.

그러자 박사님이 필경사, 즉 그림 글자를 그리는 사람을 데려오라고 했다. 그리고 백재그데래그 궁전 돌벽에 박사님이 말하는 평화 조건을 받아 적도록 했다. 이 평화 조약은 앵무새 평화 조약으로 불리고 있으며, 대부분의 조약과는 달리 오늘날까지 엄격하게 지켜지고 있다.

조약은 꽤 길었다. 궁전 앞면의 절반이 그림 문자로 빼곡히 채워졌고 총 50통의 물감이 소요되고 나서야 지친 필경사가 일을 끝마쳤다. 조약의 주요 부분은 더 이상 전투를 하지 않겠다는 내용이었다. 그리고 두 부족은 어느 한쪽이라도 옥수수 기근에 시달리거나 다른 고충을 겪는다면 서로 돕겠다는 엄숙한 약속을 해야 했다.

이를 보고 백재그데래그는 무척이나 놀랐다. 이들은 박사님의 화가 난 얼굴을 보고 자신들 중 200명쯤은 목이 잘리고 나머지는 평생 노예로 살게 될 줄 알았던 것이다.

박사님이 자신들을 친절하게 대한다는 걸 알게 되자 박사님에 대한 백재그데래그 사람들의 큰 두려움은 엄청난 존경으로 바뀌었다. 박사님이 긴 연설을 끝내고 씩씩하게 다시 계단을 내려와 카누로 돌아가는데 원로들이 박사님 발아래에 엎드려 이렇게 외치는 게 아니겠는가? "저희와 머무르소서. 왕이시여, 백재그데래그가 가진 모든 부를 당신 무릎 앞에 바치겠나이다. 저희는 산속 금광과 바다 밑 진주밭을 알고 있나이다. 저희와 머무르시어 당신의 전능한 지혜로 저희를 번영과 평화로 인도해 주소서."

박사님이 조용히 하라며 손을 들고는 말했다. "스스로의 정직함을 행동으로 보여 주지 않으면 어느 누구도 백재그데래그의 손님이 되려 하지 않을 것이오. 평화 조약을 잘 지키면 좋은 정부를 이루게 되고 번영을 누릴 것이오. 그럼 잘 있으시오!"

그러고 나서 박사님은 돌아섰고 범포와 팝시페텔 사람들과 나는 박사님을 따라 카누를 향해 걸음을 재촉했다.

8장

흔들리는 바위

이후 백재그데래그 사람들은 새로 태어난 것 같았다. 그들은 박사님으로부터 큰 감명을 받았다. 박사님이 생각한 것보다 더 깊은 감명을 받았던 모양이다. 사실 나는 지금까지 박사님이 한 그 어떤 위대한 행동보다도 이 궁전 계단에서 한 연설이 거미원숭이섬 원주민들에게 가장 큰 영향을 주었다고 생각한다. 박사님이 한 일들이 물론 대단하긴 했지만 입소문을 타고 퍼져 나가면서 확대되고 과장되기도 했다.

박사님이 배에서 내릴 때 누군가가 아픈 여자아이를 데려왔다. 그 여자아이는 단순히 약간 아픈 것뿐이었고 박사님은 서둘러 그 아이를 치료했다. 하지만 이로 인해 박사님의 인기가 더욱 치솟았다. 한번은 박사님이 카누에 올라타자 우리 주위에 있는 사람들이 실제로 울음을 터뜨리기도 했다. (나중에 알게 되었는데) 이들은 박사님이 떠나왔던 신비로운 외국 땅으로 돌아가기 위해 바다를 건너가는 줄 알았다는 것이다.

우리가 떠날 때 원로 몇 명이 팝시페텔인들에게 뭔가 이야기를 했다. 나는 그들이 무슨 말을 하는지 알아들을 수 없었다. 하지만 우리는 백재그데래그인을 태운 카누 몇 대가 우리 카누와 어느 정도 거리를 유지한 채 팝시페텔까지 따라오는 걸 봤다.

박사님은 섬 해변을 전체적으로 다 둘러볼 수 있게 반대쪽 해안으로 돌아가기로 했다.

우리가 출발한 지 얼마 안 되어, 그러니까 아직 섬을 채 벗어나지 못했을 때 경사가 아주 가파른 해안이 보였다. 그곳에서는 비누 거품 같은 하얀 포말이 일면서 바닷물이 크게 소용돌이치고 있었다. 좀 더 가까이 가자 이 소용돌이가 우리를 도와주는 고래가 코로 이 섬을 북쪽으로 밀면서 생기는 거라는 걸 알게 됐다. 우리가 전쟁 때문에 너무 바쁜 나머지 고래에 대해 까맣게 잊고 있었던 것이다. 가만히 멈춰 서서 고래가 그 힘센 꼬리로 바닷물을 첨벙대는 걸 보고 있다가 문득 꽤 오래전부터 추위를 느끼지 못했다는 걸 깨달았다. 섬이 우리에게서 너무 멀어지지 않도록 카누 속도를 높이고 해안 쪽으로 가 보았다. 어느새 해변 여기저기에 있는 나무 잎사귀가 파랗고 싱싱해 보였다. 거미원숭이 섬이 원래 기후로 돌아가고 있었다.

고래들이 코로 섬의 끄트머리를 밀고 있었다.

팝시페텔로 가는 도중에 우리는 해변에 내려 2, 3일 동안 섬 중앙을 탐험했다. 노를 저어 주는 원주민들이 우리를 바다 쪽으로 툭 튀어나온 산으로 데려갔는데 그곳은 굉장히 가파르고 높았다. 또 우리에게 속삭이는 바위라는 곳도 보여 주었다.

특이하면서도 멋진 풍경이었다. 마치 산에 있는 어마어마하게 큰 세숫대야나 서커스 극장 같았다. 한가운데에는 탁자처럼 생긴 바위가 솟아 있었고 그 위에 상아색 의자가 놓여 있었다. 그리고 매우 높은 산들이, 계단이나 극장 좌석처럼, 그 주위를 빙 두르고 있었다. 좁은 가장자리 한 곳만 빼고. 그쪽으로 바다가 잘 보였다. 마치 거인을 위한 회의 장소나 콘서트홀 같았고 가운데 있는 바위 탁자는 연기자를 위한 무대이거나 연설자를 위한 연단 같았다.

우리는 안내인들에게 왜 속삭이는 바위라고 부르는지 물었다. 그러자 그들이 말했다. "그 안으로 내려가면 우리가 알려 줄게요."

그 어마어마한 세숫대야는 깊이와 너비가 수 킬로미터에 달했다. 우리가 바위 위로 힘들게 내려가자 원주민들은 우리가 서로 멀리 떨어져서 속삭이기만 해도 이 넓은 극장 어디에서든 그 속삭임이 들린다고 말했다. 박사님은 그게 바위의 높은 벽 사이에서 이리저리 왔다 갔다 하는 메아리 때문이라고 했다.

안내인은 아주 오래전 팝시페텔족이 거미원숭이 섬 전체를 지배했을 때 이곳에서 왕이 즉위식을 올렸다고 했다. 탁자 위에 있는 상아색 의자는 왕이 앉았던 왕좌였다. 극장이 워낙 커서 섬에 있는 원주민 모두 극장에 앉아 왕의 즉위식을 구경했다고 한다.

섬 전체의 최고봉인 화산 분화구 가장자리에 매달려 있는 바위도 구경시켜 주었다. 그 바위는 아주 멀리 떨어진 곳에 있는데도 손으로 밀면 떨어질 것처럼 흔들리는 게 꽤 분명히 보였다. 안내인들이 말하기를, 가장 위대한 팝시페텔 왕이 이 상아색 의자에서 왕위를 이어받으면 이 바위가 화산 분화구로 떨어져서 지구 중심까지 내려간다는 전설이 전해진다고 했다.

박사님은 가서 바위를 좀 더 자세히 관찰하고 싶다고 말했다.

우리가 화산 가장자리에 도착해서 보니(거기까지 올라가는 데 반나절이 걸렸다.) 그 바위는 믿을 수 없을 정도로, 마치 대성당만큼이나 컸다. 바위 밑 검은 구멍을 내려다보았는데 바닥이 없는 것 같았다. 박사님은 화산들은 가끔 이런 구멍으로 불을 내뿜는다고 우리에게 알려 주었다. 하지만 이 떠다니는 섬에 있는 화산은 항상 차갑고 죽어 있었다.

"스터빈스." 박사님이 우리 위로 우뚝 솟은 거대한 바위를 쳐다보며 말했다. "저 바위가 분화구 안으로 떨어지면 무슨 일이 일어날 지 알겠니?"

내가 말했다. "아니요. 무슨 일이 일어나죠?"

"쇠돌고래가 말했던, 이 섬 가운데에 있다는 공기 방 생각나니?"

"네."

"흐음, 이 돌은 굉장히 무거워. 만약 화산 속으로 떨어져서 그

속삭이는 바위

공기 방을 뚫어 버리면 공기가 다 빠져나갈 테니 이 섬은 더 이상 떠 있지 못할 거야. 가라앉아 버리겠지."

"그럼 섬에 있는 사람들이 다 물에 빠져 죽겠네요?" 범포가 말했다.

"아, 아니. 꼭 그렇지는 않아. 섬이 가라앉을 때 그 바다가 얼마나 깊은지가 문제야. 깊이가 30미터쯤 되면 섬이 바닥에 닿겠지만 여전히 많은 부분이 물 위에 나와 있을 거야. 그렇지 않을까?"

범포가 말했다. "네, 그럴 것 같아요. 저 육중한 바위가 균형을 잃지 말기를 바라야겠어요. 그게 지구 중심에서 멈출 것 같지 않거든요. 반대편을 뚫고 나올 것 같아요."

안내인들은 그 외에도 우리에게 섬 중앙의 여러 놀라운 풍경을 보여 주었다. 하지만 지금 모든 걸 일일이 다 얘기할 수는 없을 것 같다.

해안으로 다시 내려왔을 때 우리를 따라온 백재그데래그인들이 우리가 산의 높은 곳에 있을 때에도 우리를 지켜보고 있었다는 걸 알았다. 그리고 우리가 다시 바다로 향하자 이들을 태운 배가 우리보다 앞서서 팝시페텔 쪽으로 향했다. 더 가벼운 카누를 타고 있었기 때문에 그들은 우리보다 빨랐다. 그들 역시 마을로 향한다면 우리보다 몇 시간 빨리 마을에 도착할 것 같았다.

박사님은 이제 초조해하며 긴 화살의 상태가 어떤지 궁금해했다. 그래서 우리는 달빛을 받으며 밤에도 교대로 노를 저었다.

우리는 동이 틀 때쯤 팝시페텔에 도착했다.

놀랍게도 밤에 잠을 안 잔 사람이 우리만이 아니었다. 온 마을 사람들이 밤새도록 잠을 자지 않았다. 많은 군중이 세상을 떠난 추장 집 주변에 모여 있었다. 그리고 우리가 카누에서 내렸을 때 많은 부족 원로들이 대문 밖으로 나오고 있었다.

우리는 무슨 일이냐고 물었다. 그러자 밤새도록 새 추장을 뽑는 선거가 열렸다고 했다. 범포가 새 추장 이름이 무엇이냐고 물었다. 하지만 아직 발표되지 않은 듯했다. 새 추장은 낮에 발표될 예정이었다.

박사님은 바로 긴 화살을 찾았고 그가 많이 좋아졌다는 걸 알게 되자 그제야 마을 끝에 있는 우리 집으로 향했다. 집에서 아침 식사를 한 다음 누워서 푹 쉬기로 했다.

우리에게는 정말이지 휴식이 필요했다. 이 섬에 발을 디딘 후 계속 바쁘고 힘든 나날의 연속이었다. 지친 머리가 베개에 닿자마자 우리는 모두 곯아떨어졌다.

9장

선거

우리는 음악 소리에 잠을 깼다. 대낮의 눈부신 햇살이 우리 문을 비췄고 밖에서는 악단이 연주를 하고 있는 듯했다.

우리는 일어나서 밖을 내다봤다. 팝시페텔 전체 주민이 우리 집을 빙 에워싸고 있었다. 평상시에도 많은 원주민들이 호기심과 존경심으로 우리 문 앞에 진을 치고 있기는 했다. 하지만 그날의 광경은 아주 낯설었다. 어마어마하게 많은 사람들이 가장 좋은 옷으로 차려입고 있었다. 반짝반짝 빛나는 구슬과 알록달록한 깃털, 화려한 옷을 입은 사람들로 바깥 풍경이 휘황찬란했다. 모두가 기분이 좋은지 노래를 부르거나 색칠한 나무 피리, 가죽으로 만든 북 같은 악기를 연주하고 있었다.

우리가 자고 있는 동안 백재그데래그에서 돌아온 폴리네시아가 문설주에 앉아 이 광경을 구경하고 있었다. 우리는 폴리네시아에게 사람들이 왜 이렇게 잔칫날 분위기인지 물었다.

"추장 선거 결과가 나왔거든. 정오에 새 추장 이름이 발표됐어."

"그래, 새 추장이 누구지?" 박사님이 물었다.

"박사, 당신이야." 폴리네시아가 조용히 말했다.

"나라고!" 박사님이 말을 제대로 잇지 못했다. "이런, 하필이면!"

폴리네시아가 말했다. "그러게, 박사가 추장이야. 게다가 그들은 당신 성까지 바꿨어. 이렇게 많은 일을 한 사람에게 둘리틀은 어울리지도 않고 존경할 만한 이름도 아니라나. 이제 박사 이름은 종 싱크어랏이래. 마음에 들어?"

"하지만 난 추장이 되고 싶은 마음이 없는데." 박사님이 짜증스러운 어투로 말했다.

"그런데 이 상황에서 빠져나가기도 쉽지 않을 것 같아. 그 낡아빠진 카누를 타고 다시 바다로 향하지 않는 한. 박사는 단순히 팝시페텔 추장으로 뽑힌 게 아니거든. 왕이 될 거야. 거미원숭이 섬 전체를 다스리는 왕. 박사가 자신들을 다스려 주길 그렇게 원한 백재그데래그 부족민들이 당신이 오기 전에 먼저 첩자랑 전령을 보냈더군. 그리고 당신이 팝시페텔 추장으로 뽑힌 걸 알고는 밤새도록 실망했지. 결국 백재그데래그 사람들은 당신을 잃을 바에는 차라리 독립을 포기하기로 했어. 그리고 지금 백재그데래그와 팝시페텔을 합친 다음 박사가 두 곳 모두의 왕이 되어 달라고 주장하고 있어. 골치 아프게 됐다니까."

박사님이 신음 소리를 냈다. "맙소사! 왜들 그렇게 열광적이지? 정말 성가시군. 난 왕이 되고 싶지 않아!"

내가 말했다. "박사님, 오히려 자랑스럽고 기쁜 일 아닌가요? 저는 왕이 되어 보면 좋겠어요."

"그럴싸하게 들리지." 박사님은 우울하게 신발을 신으며 말했다. "문제는 말이야, 왕은 그만두고 싶어도 책임에서 벗어날 수가 없어. 내 마음대로 그만둘 수 없다는 거야. 나는 내 할 일이 있어. 사실 이 섬에 온 이후로 거의 한순간도 자연과학 연구를 하지 못했어. 내내 남의 일만 하고 있었던 거지. 그런데 그들은 이제 내가 계속 그러기를 바라고 있어! 팝시페텔 왕이 되면 나는 유능한 자연학자로는 끝이야. 너무 바쁠 테니까. 그러면 나는 그냥… 단지 왕일 뿐이겠지."

범포가 말했다. "아, 그 사실을 아십니까? 제 아버지는 왕인데 부인을 120명이나 거느렸습니다."

박사님이 대꾸했다. "끔찍하군. 120배로 안 좋아. 난 할 일이 있어. 왕이 되고 싶지 않다니까."

폴리네시아가 말했다. "봐, 우두머리 남자들이 선거 결과를 발표하러 오고 있어. 빨리 신발 끈을 매."

우리 문 앞에 있던 무리들이 갑자기 뿔뿔이 흩어지더니 기다란 길이 생겼다. 그리고 그 길을 따라 우리를 향해 다가오는 인사들이 보였다. 맨 앞의 남자는 주름진 얼굴이 잘생긴, 나이가 많은 원주민이었는데 나무로 만든 아름답고 화려한 왕관을 손에 들고 있었다. 나무를 공들여 깎은 다음 색을 입힌 왕관이었는데 앞에는 아름다운 파란색 깃털이 두 개 꽂혀 있었다. 그 노인 뒤로는 튼튼한 원주민 여덟 명이 가마, 그러니까 들 수 있게 긴 손잡이가 달린 의자를 들고 오고 있었다.

노인은 한쪽 무릎을 꿇고 머리가 거의 땅에 닿도록 조아리더니 문 앞에서 옷깃을 여미며 넥타이를 매고 있는 박사님에게 말했다.

"아, 힘센 분이시여, 당신에게 팝시페텔인들의 말을 전하겠나이다. 당신의 행동은 위대하고 당신의 마음은 상냥하며 당신의 지혜는 바다보다 깊습니다. 우리 추장은 세상을 떠났습니다. 사람들은 훌륭한 지도자를 원하고 있습니다. 오랜 적이었던 백재그데래그 사람들이 당신으로 인해 우리의 형제이자 좋은 친구가 되었습니다. 그들 역시 당신의 환한 미소 아래에 있고 싶어 합니다. 보소서, 당신에게 팝시페텔의 성스러운 왕관을 바치나이다. 이 섬과 사람들이 하나였으며 한 명의 왕 아래 있었던 오랜 옛날 이후로 어느 왕도 써 보지 못한 왕관입니다. 오, 은혜로운 분이시여, 이 땅 사람들이 한목소리로 당신을 속삭이는 바위로 데려가라는 명령을 내렸나이다. 거기서, 경건하고 엄숙하게 당신은 왕이 될 것입니다. 움직이는 땅의 모든 이들의 왕."

이 선량한 원주민들은 존 둘리틀 박사님이 거절할 것이라고는 꿈에도 생각하지 못한 것 같았다. 나는 이제껏 박사님이 그렇게 당황한 모습을 본 적이 없었다. 사실 박사님이 완벽하게 당황한 건 그때 딱 한 번뿐이었다.

"아니, 이럴 수가!" 박사님이 어디 도망갈 곳을 찾는지 주위를 둘러보며 중얼거렸다. "어쩐다? 내가 단추를 어디에 뒀는지 본 사람 없니? 단추가 없으니 옷깃을 제대로 여밀 수가 없네. 오늘 도대체 왜 이러지? 범포, 침대 아래로 굴러 들어갔을지도 몰라. 나한테 생각할 시간을 하루는 줘야 하지 않니? 도대체 어느 누가 이제 막 잠에서 깬 사람한테, 그것도 세수도 안 한 사람한테 왕이 되어 달라고 한단 말이니? 누구 단추 찾은 사람 없어? 아마 네가 밟고 있나 보다, 범포. 발 좀 치워 보렴."

폴리네시아가 말했다. "아, 단추 얘기 좀 그만해. 옷깃을 여미지 않아도 왕좌에는 오르게 될 테니까. 저들은 뭐가 다른지도 몰라."

박사님이 외쳤다. "할 수만 있다면 난 왕위에 오르지 않을 거야. 뭐라고 얘기 좀 해 봐야겠어. 어쩌면 납득할지도 모르지."

박사님은 문가에서 원주민들 쪽으로 돌아섰다. "나의 친구들, 나는 그런 높은 자리에 오를 자격이 없어요. 나는 왕이 하는 일을 거의, 아니 전혀 몰라요. 여러분들 가운데에서 찾아보면 당신들을 더 잘 이끌어 줄 만한 사람들이 많을 거예요. 칭찬하고 믿어 줘서 고맙습니다만, 제발 내가 그렇게 높은 자리에 어울린다고 생각하지 마세요. 난 그 일을 해낼 수 없을 테니."

노인이 큰 목소리로 뒤에 있는 사람들에게 되풀이해서 말했다.

그들은 단호하게 고개를 가로저으며 미동도 하지 않았다. 노인이 박사님을 향해 몸을 돌렸다.

"당신이 선택받은 분입니다. 이들은 당신 말고는 누구도 받아들이지 않을 것입니다."

박사님의 당황한 얼굴에 갑자기 한 줄기 희망의 빛이 스쳤다.

박사님이 나에게 속삭였다. "가서 긴 화살을 만나 봐야겠어. 긴 화살이라면 나를 구해 줄 수 있을지도 몰라."

그러고는 거기 서 있는 사람들에게 잠깐 양해를 구하고 서둘러 긴 화살의 집 방향으로 향했다. 나는 박사님을 따라갔다.

우리의 커다란 친구는 집 밖에 놓인 풀로 만든 침대에 누워서 잔치 구경을 하고 있었던 듯했다.

박사님은 행인들이 알아듣지 못하도록 빠르게 독수리 말로 말했다. "긴 화살, 내가 큰 곤경에 처했답니다. 당신 도움이 필요해서 왔어요. 이 사람들이 나를 왕으로 삼으려고 해요. 그렇게 되면 내가 하고 싶었던 멋진 일을 다 포기해야 해요. 도대체 왕만큼 자유롭지 못한 사람이 어디 있겠어요? 제발, 당신이 그 사람들과 이야기를 해 보세요. 그들의 친절하고 선량한 마음을 잘 설득해서 그 계획이 현명하지 않다는 걸 알려 주세요." 긴 화살이 팔꿈치로 몸을 일으켰다. "아, 은혜로운 분이여,(박사님에게 말을 할 때는 다들 이런 식으로 하기로 했나 보다.) 당신이 나에게 한 첫 번째 부탁인데 내가 들어줄 수 없다니 참으로 슬픕니다. 아아! 나는 아무것도 할 수 없어요. 이 사람들은 당신을 왕으로 세우기로 마음을 굳게 정했어요. 그러니 만약 내가 방해하면 나를 이 땅에서 내쫓아 버리고 어떻게든 당신을 왕위에 앉힐 겁니다. 당신은 왕이 되어야 해요. 당분간만이라도. 우리가 다스리는 일을 조정하면 당신이 자연의 신비를 탐험하는 데 시간을 할애할 수 있을 거예요. 나중에 왕의 부담을 덜어 줄 계획이 떠오를지도 모르겠지만 지금은 왕이 되어야 해요. 이 사람들은 완고한 부족이라 자신들 뜻대로 할 겁니다. 다른 길은 없어요."

낙담한 박사님이 뒤를 돌아봤다. 박사님 뒤에는 노인이 여전히 주름진 손에 왕관을 들고 서 있었고, 바로 옆에는 왕의 가마가 기다리고 있었다. 가마꾼들은 깊은 존경의 몸짓으로 박사님에게 얼른 앉으라며 가마 쪽을 가리켰다.

불쌍한 박사님은 다시 한번 달아날 궁리를 하며 필사적으로, 부질없이 주변을 둘러보았다. 한순간 나는 박사님이 여기서 빠져나가려는 게 아닌가 하는 생각을 했다. 하지만 우리를 둘러싼 인파가 너무 두터운 데다 밀집되어 있어서 누구도 뚫고 지나갈 수 없었다. 갑자기 옆에 있던 악단이 피리와 북으로 엄숙한 행진곡을 연주하기 시작했다. 박사님은 다시 한번 애원하듯 긴 화살을 보며 마지막으로 도와 달라고 사정했다. 하지만 덩치가 커다란 그 원주민은 머리를 흔들며 가마꾼들이 그랬듯이 기다리고 있는 가마를 가리켰다.

결국 존 둘리틀 박사님은 거의 울 듯한 표정으로 느릿느릿 걸어가서 가마에 앉았다. 어깨가 넓은 가마꾼들이 박사님을 들어

올릴 때 박사님이 힘없이 중얼거리는 소리가 들렸다.

"빌어먹을! 난 왕이 되고 싶지 않아!"

긴 화살이 침대에서 말했다. "안녕히 가세요! 왕좌에 늘 행운이 함께하기를!"

"그분이 오신다! 그분이 오신다! 비켜라! 비켜라! 속삭이는 바위로!" 사람들이 웅성거렸다.

떠나기 위해 행렬이 대열을 갖추자 우리 주변에 있던 사람들은 즉위식이 거행될 그 거대한 극장에서 좋은 자리를 차지하기 위해 서둘러 산 방향으로 걸음을 재촉했다.

10장

종 왕의 즉위식

내 평생 장엄하고도 감격스러운 장면을 수없이 봤지만 그 어떤 것도 종 왕의 즉위식이 거행되던 날 속삭이는 바위에서 보았던 것의 절반만큼도 인상적이지 않았다. 범포와 치치, 폴리네시아, 지프와 나는 드디어 그 커다란 세숫대야 가장자리에 도착해서 안쪽을 내려다보았는데, 마치 구릿빛 얼굴들의 끝없는 바다를 보는 것 같았다. 극장 안의 자리는 꽉 차 있었다. 이 섬에 사는 모든 남녀노소, 그리고 병상에 있는 긴 화살까지 사람들의 도움을 받아 즉위식을 보기 위해 이곳에 도착했다.

그런데도 쥐 죽은 듯 조용했고 아무도 속삭이는 바위의 엄숙한 침묵을 깨지 않았다. 그 모습은 꽤나 으스스해서 등골이 오싹해졌다. 훗날 범포는 그때 어찌나 숨이 막혔던지 말도 안 나오더라고 했다. 또 이 세상에 사람이 그렇게 많은지 전에는 몰랐다고도 했다.

저 아래 왕좌가 놓인 탁자 옆에는 화려한 색깔로 칠해진 새 토템 기둥이 세워져 있었다. 모든 원주민 가족은 토템 기둥을 집 문 앞에 세워 놓는다고 한다. 토템 기둥은 문패나 명함 같은 것으로, 가족이 이뤄 낸 일과 식구들의 특징 같은 걸 나무 기둥에 새겨 나타낸다. 탁자 옆 토템 기둥은 아름답게 장식되어 있었고 다른 것들보다 훨씬 키가 컸는데 이제부터는 싱크어랏으로 불리게 될 둘리틀 박사님의 기둥이었다. 생명에 대한 박사님의 대단한 지식을 나타내기 위해 오로지 동물로만 장식되어 있었는데, 속도를 나타내는 사슴과 인내를 뜻하는 수소, 신중함을 뜻하는 물고기 등 원주민들이 성격의 좋은 특성을 나타낸다고 생각하는 동물들이 선택되었다. 그리고 토템 기둥 꼭대기에는 가족 구성원이 자랑스러워할 만한 동물을 새기는데 싱크어랏의 토템 기둥에는 그 유명한 앵무새 평화 조약을 기리기 위해 거대한 앵무새가 새겨져 있었다.

상아색 왕좌는 향기가 좋은 기름을 칠해 윤기가 흘렀고 강렬한 햇빛을 받아 새하얗게 빛났다. 발치에는 꽃가지들이 수도 없이 흩어져 있었다. 훨씬 따뜻해진 기후로 인해 섬 계곡에 꽃이 활짝 핀 덕이었다.

곧 박사님이 탄 왕의 가마가 보이더니 천천히 탁자의 굽은 계단으로 올라갔다. 이윽고 평평한 꼭대기에 다다르자 가마가 멈췄고 박사님이 꽃가지가 흩뿌려진 바닥에 발을 내디뎠다. 어찌나 조용한지 박사님이 바닥을 디딜 때 아래 있던 가지가 부러지는 소리가 멀리 위쪽에 앉아 있는 나에게까지 들렸다.

노인과 함께 왕좌까지 걸어간 박사님이 연단에 올라가 왕좌에 앉았다. 높은 곳에서 바라보니 땅딸보 박사님이 얼마나 작아 보이던지! 다리가 더 긴 왕을 위해 만들어진 왕좌이다 보니 박사님이 앉자 발이 바닥에 닿기는커녕 제일 위 계단보다 15센티미터 정도 위에서 대롱거렸다.

곧이어 노인이 돌아서서는 사람들을 쳐다보며 조용하고 차분한 목소리로 말하기 시작했다. 말 한마디 한마디가 속삭이는 바위의 가장 먼 구석까지도 잘 들렸다.

먼저 노인은 아주 오래전에 이 상아색 왕좌에서 왕위에 올랐던 팝시페텔 왕들의 이름을 모두 낭독했다. 팝시페텔 사람들의 훌륭함과 이들이 이룬 성공, 겪어 온 역경에 대해서도 이야기했다. 그리고 박사님을 향해 손을 흔들면서 이제 곧 왕이 될 사람이 이룬 일들을 이야기하기 시작했다. 여기서 박사님이 이룬 일들이 이전 왕의 업적을 훌쩍 뛰어넘었다는 걸 짚고 넘어가야겠다.

박사님이 부족을 위해 이룬 업적을 노인이 나열하기 시작하자 곧 사람들은 여전히 침묵을 지킨 채 왕좌를 향해 오른손을 흔들기 시작했다. 그러자 그 거대한 극장 안에서 무척이나 독특한 광경이 연출되었다. 어마어마하게 큰 공간이 아무 소리 없이 움직이는 것들로 가득한 모습이라니.

드디어 노인이 말을 마치고 왕좌로 올라가서는 아주 공손하게 박사님 머리에서 낡은 모자를 벗겼다. 그는 모자를 바닥에 놓으려고 했으나 박사님은 황급히 모자를 빼앗더니 무릎에 올려놓았다. 곧이어 노인이 성스러운 왕관을 존 둘리틀 박사님 머리에 씌웠다. 왕관은 머리가 더 작은 왕들에 맞게 만들어졌기 때문에 잘 맞지 않았고, 햇빛에 반짝이는 바다에서 신선한 바람이 불어오자 박사님은 왕관을 제대로 쓰고 있기도 힘들었다. 그래도 아주 근사해 보였다.

노인이 다시 사람들을 향해 말했다.

"팝시페텔 사람들이여, 당신들이 뽑은 왕을 보라! 기쁜가?"

그러자 마침내 사람들의 목소리가 터져 나왔다.

"종! 종! 종 왕 만세!"

그 소리는 대포 100대가 한꺼번에 발사될 때 나는 굉음처럼 엄숙한 침묵을 깨뜨렸다. 속삭임마저 몇 킬로미터 떨어진 먼 곳까지 전달되는 장소인지라 그 굉음은 얼굴을 한 대 얻어맞은 것 같은 충격을 주었다. 소리가 산 이곳저곳에 부딪치면서 사람들에게 울려 퍼졌다. 그 소리는 우르르 쾅쾅 시끄럽게 섬 전체에 퍼지고 쩌렁쩌렁 울리며 낮은 계곡을 지나 저 멀리 떨어진 바다 동굴 안에 메아리칠 때까지 결코 사라지지 않을 것 같았다.

문득 노인이 섬에서 제일 높은 산꼭대기를 가리키는 게 보였다. 그리고 어깨 너머로 매달려 있던 바위가 천천히 시야에서 사라지더니 화산 가운데로 떨어지는 게 보였다.

"움직이는 땅 사람들은 보라. 바위가 떨어졌고 우리 전설이 이루어졌다. 바로 오늘 왕들의 왕이 탄생했다!"

박사님도 바위가 떨어지자 아예 일어서서 목을 빼고 바다를 쳐다보았다.

범포가 내 귀에 대고 말했다. "박사님은 공기 방을 생각하고 있는 거야. 이 주변 바다가 아주 깊지 않아야 할 텐데."

일 분 정도 지나자(바위가 그 깊은 곳에 다다르기까지 정말 오래 걸렸다.) 멀리서 쿵 하고 부서지는 둔탁한 소리에 이어 바로 쉬익 하고 공기가 새 나가는 소리가 들렸다. 박사님은 불안한 나머지 잔뜩 긴장한 얼굴로 왕좌에 다시 앉아 눈을 크게 뜬 채 여전히 푸른 바다를 노려보고 있었다.

곧 섬이 천천히 가라앉는 게 느껴졌다. 해변이 물에 잠기더니 바닷물이 해변을 넘어 내륙까지 밀려 들어오는 게 보였다. 50센티미터, 1미터, 3미터, 6미터, 15미터, 30미터. 그러더니 다행히 나비가 장미에 사뿐히 내려앉듯이 가라앉는 게 멈췄다! 거미원숭이 섬이 대서양 모랫바닥에 내려앉았고 땅이 다시 한 번 땅과 만났다.

물론 바닷가 근처에 있는 많은 집들이 물에 잠겼다. 팝시페텔 마을 전체가 깡그리 사라져 버렸다. 하지만 아무 문제도 생기지 않았다. 아무도 물에 빠져 죽지 않았다. 섬 사람들 모두가 종 왕의 즉위식을 보기 위해 높은 언덕에 올라와 있었던 덕택이었다.

원주민들은 물론 땅이 가라앉고 있다는 걸 느꼈지만 처음에는 무슨 일이 일어나고 있는지도 몰랐다. 박사님은 훗날 수많은 사람들이 한꺼번에 내지른 그 소리의 충격 때문에 매달려 있던 바위가 떨어졌을 거라고 말했다. 하지만 팝시페텔 역사에서 이 이야기는 종 왕이 왕좌에 앉았을 때 그 무게가 어마어마했으며 섬이 왕을 향해 경의를 드러내기 위해 가라앉은 후 다시는 움직이지 않았다고 전해지고 있다. (그리고 오늘날까지도 그렇게 믿고 있다.)

6부

1장

새로운 팝시페텔

종 싱크어랏이 새로운 왕국을 다스리기 시작한 지 이틀이 채 지나기도 전에 왕과 왕의 생활에 대한 내 생각은 완전히 달라졌다. 나는 왕이 하는 일이라고는 왕좌에 앉아서 하루에 몇 번씩 사람들에게 절이나 시키는 게 전부라고 생각했었다. 하지만 왕 노릇을 제대로 할 경우, 왕이야말로 세상에서 가장 힘든 직업이라는 걸 깨달았다.

아침 일찍 일어나는 그 순간부터 밤늦게 잠자리에 들 때까지 일주일 내내 존 둘리틀 박사님은 눈코 뜰 새 없이 바빴다. 일단 새로운 마을을 지어야 했다. 팝시페텔 마을이 사라졌기 때문에 새로운 팝시페텔 도시를 건설해야 했다. 도시를 건설할 장소를 아주 까다롭게 택했는데 선택된 곳은 강 하구였고 위치가 정말 빼어났다. 그리고 섬 바닷가에 아름답고 드넓은 만이 생겼는데 카누나 배가 이곳에 들어오면 폭풍우의 위험 없이 안전하게 닻을 내릴 수 있었다.

이 도시를 지을 때 박사님은 원주민들에게 갖가지 새로운 아이디어를 제공했다. 도시의 하수구가 무엇인지, 날마다 쓰레기를 어떻게 모으고 불태워야 하는지 보여 줬다. 또 계곡 물을 막아 언덕 높은 곳에 호수를 만들어서 마을 사람들이 이 물을 쓸 수 있도록 했다. 이 모든 게 원주민들이 한 번도 본 적 없는 것들이었다. 제대로 된 배수시설을 갖추고 깨끗한 물을 마시게 되자 이전에 원주민들을 괴롭혔던 수많은 병을 이제 완전히 예방할 수 있게 되었다.

불을 사용하지 않는 사람들은 당연히 금속도 쓸 줄 모른다. 불 없이는 쇠나 강철을 단련시키기가 거의 불가능하기 때문이다. 존 둘리틀 박사님이 가장 먼저 한 일이 철 광산과 구리 광산을 찾기 위해 산을 뒤지는 것이었다. 그리고 원주민들에게 이 금속들을 녹여서 칼과 쟁기, 수도관 등 온갖 것을 만들 수 있는 방법을 가르치는 일에 착수했다.

박사님은 왕국에서 궁중의 오래된 겉치레를 없애는 데 심혈을 기울였다. 박사님은 왕이 되어야 한다면 철저하게 민주적인 왕, 그러니까 백성들과 다정하게 지내며 거들먹거리지 않는 왕이 되겠다고 범포와 나에게 말했다. 그리고 새로운 팝시페텔 도시를 계획하는 그림을 그렸을 때 궁전처럼 보이는 건 아예 없었다. 뒷길에 있는 작은 오두막이 자신을 위한 전부였다.

하지만 원주민들은 어떤 이유를 들어도 이를 허락하지 않았다. 그들은 왕이라면 정말 위엄을 갖춰야 하고 왕다운 방식으로 다스려야 한다고 생각했다. 그리고 박사님을 위해 으리으리한 궁전을 지어야 한다고 주장했다. 원주민들은 박사님이 다 마음대로 할 수 있도록 했으나 왕에 어울리는 의식이나 행사를 없애는 건 받아들이지 않았다. 박사님은 궁전에서 밤낮으로 시중을 들어 주는 하인 천 명과 함께 지내야 했다. 왕이 타는 카누도 있어야 했다. 아름답고 윤기가 흐르는 마호가니로 만들어졌는데 자개가 박혀 있었고 길이가 20미터가 넘어 섬에서 가장 튼튼한 남자 100명이 노를 저었다. 축구장 크기의 열 배에 이르는 궁전 정원에는 정원사가 160명이나 있었다.

가엾은 박사님은 항상 위엄이 넘치고 우아하지만 불편한 옷을 입고 있어야 했다. 박사님이 좋아하는 그 낡은 모자는 옷장에 넣어 두고 몰래 바라볼 뿐이었다. 어떤 경우에도 왕이 입는 옷을 입고 있어야 했다. 가끔 자연과학 탐험을 위해 잠깐씩 궁전을 몰래 빠져나갈 때조차 감히 예전 옷을 입을 엄두도 내지 못했다. 그래서 머리에는 왕관을 쓰고 뒤로 주홍색 망토를 바람에 펄럭이며 나비를 쫓아다녀야 했다.

박사님이 해야 할 일과 결단을 내려야 할 문제는 끝이 없었다. 땅과 경계선에 대한 논쟁 해결에서부터 서로에게 신발짝을 던지

박사님은 머리에 왕관을 쓰고 나비를 쫓아다녀야 했다.

는 부부를 화해시키는 일까지. 왕궁 동쪽에는 정의의 전당이 자리 잡고 있었다. 그리고 종 왕은 아침 9시부터 11시까지 이곳에 머무르면서 앞에 놓인 온갖 사건에 대한 판정을 내렸다.

그러고 나서 오후에는 학생들을 가르쳤다. 박사님의 가르침은 일반 학교에서 배우는 것과는 달랐다. 아이들은 물론이고 어른들도 배우러 왔다. 이들 원주민들은 백인이라면 어린 꼬마라도 아는 걸 모르는 경우가 많았다. 물론 이들이 백인들이라면 꿈도 꿔보지 못한 많은 걸 알고 있는 게 사실이기도 했지만.

산수나 쉬운 것들을 가르치는 건 범포와 내가 최대한 거들었다. 하지만 천문학과 농사를 짓는 데 필요한 과학, 아기 돌보는 법, 그리고 다른 많은 과목은 박사님이 직접 가르쳐야 했다. 원주민들은 너무나 간절하게 공부를 하고 싶어 했고 어마어마한 인파가 몰려왔다. 그래서 야외 수업이었는데도(물론 학교 건물에서는 불가능했다) 박사님은 5천 명이나 6천 명씩 나눠서 교대로 수업을 해야 했고 모두가 들을 수 있도록 확성기나 트럼펫을 사용했다. 나머지 시간에는 길을 닦고 물레방아를 만들고 아픈 사람들을 돌보는 등 무수히 많은 일을 했다.

존 둘리틀 박사님은 그렇게 왕위에 오르기 싫어했지만 일단 일을 시작하자 아주 훌륭한 왕이 되었다. 박사님은 언제나 전쟁터에 나가 영웅적인 상황에 처하는 역사 속 다른 왕들처럼 위엄 있지는 않았다. 하지만 내가 어른이 된 후 다른 나라에 가서 정부가 무슨 일을 하는지 보게 되자 종 싱크어랏 왕이 다스릴 당시 팝시페텔이야말로 세계 역사에서 가장 훌륭하게 다스려진 나라라고 생각하게 되었다.

우리가 이 섬에 머무른 지 6개월 보름 정도가 지난 후 박사님의 생일이 돌아왔다. 사람들은 박사님 생일을 공휴일로 정해 연설도 하고 맛있는 음식과 춤, 불꽃놀이, 잔치를 즐겼다.

생일 잔치가 거의 끝나 갈 무렵 두 부족 원로들이 멋지게 칠해진 3미터 크기의 흑단나무 판을 들고 마을길로 행진했다. 나무 판은 옛날 팝시페텔 왕들의 업적을 기록해서 보존하는 그림 역사책이었다.

성대하고 엄숙한 의식과 함께 그림 판이 새 궁궐 문에 세워졌다. 그리고 모든 사람들이 한데 모여서 그림을 보았다. 거기에는 종 왕이 평생 동안 행한 위대한 업적 여섯 가지를 기념하는 그림 여섯 개가 그려져 있었고, 그 아래에는 그림을 설명하는 시가 적혀 있었다. 시는 왕실 시인이 지은 것이었다. 다음은 그 시를 번역한 것이다.

1

그가 섬에 오다

하늘이 보내셨네.
돌고래가 끌어 주는 카누를 타고
알려지지 않은 세상에서
그가 우리 해변에 왔네.

야자수들이 머리를 숙이고
다가오는 왕을 환영하네.

2

딱정벌레를 만나다

산속 달빛 아래에서
그가 동물과 이야기를 했네.
부끄럼쟁이 자비즈리가
큰 곤경에 빠진 사람들의 그림 글자를 가져다주었네.

3

실종된 가족을 구해 주다

그의 마음은 동정심으로 가득 찼네.
그의 손은 힘이 넘쳤네.
그가 산을 고구마처럼 깨뜨리는 걸 보라!
실종됐던 사람들이 춤을 추며 이날을 즐기네.

4

불을 피우다

우리 땅은 춥고 죽어 가고 있었네.
그가 손을 흔들었네.
그러자 오! 구름 한 점 없는 하늘에서 번개가 친다.

태양이 내려온다.

그리고 불이 피어난다!

우리가 이 은혜로운 불빛에 모여 있을 때

그는 한없이 둥둥 떠 가는 땅을

햇빛이 따사로운 바다에 다시 평화롭게 닻을 내리게 했네.

5

전쟁을 승리로 이끌다

단 한 번 그의 온화한 얼굴이 불쾌함으로 어두워졌네.

아, 슬프도다 사악한 적들!

싱크어랏 추장의 부족을 감히 공격하다니.

6

왕위에 오르다

왕이 되다.

새들이 하늘에서 기뻐하네.

바다가 웃으며 해변에서 춤을 추네.

그가 왕위에 오른 날

모든 원주민이 기쁨의 눈물을 흘리네.

그는 건축가이자 의사이며 선생님이자 왕이라네.

그는 누구보다 위대하네.

천년만년 사시기를.

그의 마음에 행복이 깃들기를.

우리 땅에 평화의 축복을 내려 주기를.

2장

고향 생각

왕궁에는 범포와 나를 위한 아름다운 방이 따로 있었으며 폴리네시아와 지프, 치치도 함께 지냈다.

공식적으로 범포는 내무부 장관이었고 나는 재무부 장관이었다. 긴 화살 역시 방이 있었지만 당시 여행 중이라 그곳에 없었다.

어느 날 저녁 식사 후 박사님이 새로 태어난 아기를 보기 위해 마을에 가고 없을 때 우리는 범포의 응접실에 있는 큰 탁자에 둘러앉아 있었다. 우리는 이렇게 매일 저녁 모여서 다음 날 계획과 나랏일에 대해 얘기를 나눴다. 그러니까 일종의 각료회의였다.

하지만 그날 밤에는 영국에 대해, 또 먹는 것에 대해 얘기했다. 우리는 원주민들이 먹는 음식에 어느 정도 싫증이 난 상태였다.

원주민들은 요리를 할 줄 몰랐다. 그리고 우리는 왕궁 요리사를 가르치다가 맥이 빠지고 말았다. 대부분이 맛있는 음식을 망치는 데 선수였다. 종종 우리는 너무 배가 고팠고 모든 요리사가 잠든 사이에 박사님이 우리를 몰래 궁전 지하로 데려가서 타다 남은 숯불에 팬케이크를 구워 주었다. 박사님은 일등 요리사였다. 하지만 부엌을 엉망진창으로 만들고는 했다. 그리고 물론 들키지 않도록 세심한 주의를 기울여야 했다.

말했듯이 그날 밤 각료회의의 토론의 주제는 음식이었다. 나는 범포에게 몬테베르데에 머물렀을 때 침대 가게 주인의 집에서 먹은 맛난 음식이 생각나느냐고 말했다.

범포가 말했다. "난 지금 거품을 얹은 코코아를 큰 컵으로 한 잔 먹고 싶어. 옥스퍼드에서는 진짜 끝내주는 코코아를 구할 수 있었는데. 이 섬에는 코코아 나무도, 크림을 만들 수 있는 소도 없다는 게 너무 안타까워."

"언제쯤이면 박사님이 여기를 떠나려고 하실까?" 지프가 물었다.

폴리네시아가 말했다. "내가 어제 박사한테 말을 꺼냈어. 그런데 만족스러운 대답이 없더라고. 그 문제에 대해서는 얘기하고 싶어 하지 않는 눈치였어."

한동안 다들 말이 없었다.

그리고 폴리네시아가 덧붙였다. "내 생각에는 박사가 집으로 돌아갈 생각을 아예 포기한 것 같아."

"세상에! 설마!" 범포가 외쳤다.

"쉬잇! 저게 무슨 소리지?" 폴리네시아가 말했다.

우리 모두 귀를 기울였다. 그러자 궁전 복도 멀리에서 보초가 외치는 소리가 들렸다.

"왕이 납신다! 길을 비켜라!" 폴리네시아가 속삭였다. "이제야 오는군. 여느 때처럼 늦었어. 불쌍한 사람 같으니라고. 얼마나 일이 많길래! 치치, 찬장에 가서 파이프하고 담배 좀 가지고 와. 그리고 실내복을 의자에 놔 두렴."

방에 들어왔을 때 박사님은 심각하게 생각에 잠겨 있었다. 녹초가 된 채 왕관을 벗어 문 뒤쪽 옷걸이에 걸었다. 그리고 깊은 한숨을 내쉬며 망토를 벗어 탁자 상석 의자에 걸쳐 두고 실내복을 입은 다음 파이프에 담배를 채우기 시작했다.

폴리네시아가 조용히 물었다. "흐음, 아기는 어땠어?"

"아기?" 박사님이 중얼거렸다. 한참 딴생각을 하고 있었던 것 같았다. "오, 그래. 아기는 많이 좋아졌어. 두 번째 이가 부러졌어."

그러더니 다시 입을 다문 채 꿈을 꾸는 듯한 표정으로 담배 연기 사이로 천장을 응시했다. 우리는 모두 둥글게 모여 앉아서 조용히 기다렸다.

마침내 내가 말했다. "박사님, 우리는 박사님이 들어오기 바로 전에 박사님이 언제쯤 다시 집으로 가실까 궁금해하고 있었어요. 내일이면 우리가 이 섬에 머무른 지 일곱 달이 돼요."

박사님은 좀 불편한 표정으로 의자를 당겨 앉았다.

"흐음, 사실은…" 박사님이 잠시 후 말을 이었다. "오늘 저녁 그 주제에 대해 너희들과 이야기를 하려고 했어. 그런데 으음… 어느 누구에게도 상황을 분명히 이해시키기가 좀 어렵구나. 난 지금 내가 하고 있는 이 일을 떠나는 게 불가능할 것 같아서 걱정스러워. 기억하겠지만, 그들이 처음 내가 왕이 되어야 한다고 주장했을 때 일단 그 자리에 오르면 책임을 내려놓기가 쉽지 않다고 내가 말했었지. 이 사람들은 나한테 아주 많은 부분을 의지하게 되었어. 이들이 우리가 예전부터 누리던 많은 것에 대해 무지하다는 걸 알게 됐지. 그리고 우리는 그들의 생활을 상당히 많이 바꿔 놓았어. 사실 다른 사람들의 생활을 바꾸는 건 굉장히 미묘한 문제란다. 우리가 만들어 낸 그 변화들은, 좋든 싫든, 우리가 지켜보아야 해."

박사님은 잠시 생각하더니 조용하고 슬픈 목소리로 말을 이어 나갔다.

"나는 항해와 자연과학 연구를 계속하고 싶어. 그리고 너희들과 마찬가지로 정말 퍼들비로 돌아가고 싶기도 하고. 3월이면 잔디밭에 크로커스 꽃이 필 텐데. 하지만 내가 두려워하던 게 결국 현실이 되고 말았어. 내가 이 사람들을 떠났을 때 일어날 일을 눈감고 모르는 척할 수는 없어. 그들은 아마 예전 상태로 되돌아가겠지. 전쟁을 치르고 미신을 믿고 악마를 숭배하게 될 거야. 그리고 우리가 가르친 새로운 것들이 잘못 사용될지도 모르고. 그렇게 되면, 이들의 상태는 우리가 처음 발견했을 때보다 훨씬 더 안 좋게 될 수도 있어. 이들은 나를 좋아해. 나를 믿지. 문제가 생기거나 곤경에 처하면 항상 나에게 도움을 청하고 있어. 그리고 자신을 믿는 사람을 배신하는 사람은 없어. 마찬가지로 나 역시 그들을 좋아해. 마치 내 자식들 같아. 난 평생 내 자식이라고는 없었잖아. 난 이들이 어떻게 성장해 나갈지 너무나 궁금해. 내 말뜻 이해하겠니? 내가 어떻게 이들을 저버리고 떠날 수 있겠어? 그럴 수는 없어. 난 오랫동안 이 문제에 대해 생각해 봤고 뭐가 최선인지 결정하려고 노력했어. 내가 왕관을 쓰면서 맡게 된 이 일을 계속할 수밖에 없을 것 같아. 나는 여기 머물러야 해."

"평생 동안 말입니까?" 범포가 낮은 목소리로 물었다.

잠깐 동안 박사님은 얼굴을 찌푸린 채 대답이 없었다.

"모르겠구나. 아무튼 당분간은 내가 이곳을 떠날 가능성은 없어. 그건 옳지 않아."

안타까운 침묵이 이어졌다. 이윽고 문 두드리는 소리가 들렸다.

박사님이 '휴우' 하고 한숨을 쉬더니 일어나서 다시 왕관을 쓰고 망토를 둘렀다.

"들어오시오." 다시 의자에 앉으며 말했다.

문이 열리자 매일 밤 경비를 서는 143명의 보초 중 한 명이 입구에 서서 머리를 숙이고 있었다.

그가 말했다. "친절한 분이시여, 궁궐 문 앞에 폐하를 뵙고 싶어 하는 나그네가 있습니다."

"내기를 해도 좋아. 아기가 또 태어난 거야." 폴리네시아가 중얼거렸다.

“나그네의 이름을 물어봤나요?” 박사님이 말했다.

“예, 폐하. 황금 화살의 아들 긴 화살이라고 합니다.”

3장

위대한 자연학자 긴 화살

“긴 화살이라고! 이렇게 기쁜 일이! 안으로 들여보내요. 얼른.” 박사님이 외쳤다.

“정말 기쁘군.” 보초병이 사라지자마자 박사님이 우리 쪽으로 몸을 돌리며 말을 이었다. “긴 화살이 정말 보고 싶었거든. 긴 화살은 이야기를 많이 하진 않지만 함께하기에 정말 좋은 사람이야. 어디 보자. 브라질로 떠난 지 다섯 달이 됐구나. 무사히 돌아와서 정말 다행이야. 카누로 그런 엄청난 모험을 하다니. 영리한 사람이야. 4미터도 안 되는 카누로 수백 킬로미터 망망대해를 건너는 건 장난이 아니라고. 나는 감히 엄두도 안 나는데.”

다시 문 두드리는 소리가 났다. 박사님의 들어오라는 말에 문이 열리더니 문턱에 우리의 커다란 친구가 튼튼한 구릿빛 얼굴에 미소를 띤 채 서 있었다. 뒤에는 야자나무 거적으로 싼 짐을 든 짐꾼 두 명이 있었다. 인사가 끝나자 긴 화살이 이들에게 짐을 내려놓으라고 말했다.

긴 화살이 말했다. "보십시오, 친절한 분이시여, 약속한 대로 안데스 동굴에 숨겨 두었던 식물을 가져왔습니다. 이 보물들이야말로 내가 일평생 쏟아부은 노력을 보여 주는 것들이지요."

싸 놓은 짐을 풀자 그 안에는 더 작은 봉지와 꾸러미들이 있었다. 긴 화살이 그것들을 탁자에 조심스럽게 줄지어 올려놓았다.

처음에는 뭐가 많기만 했지 별 볼 일 없어 보였다. 안에 든 것은 풀과 꽃, 과일, 잎, 뿌리, 열매, 콩, 꿀, 나무에서 나오는 진, 나무껍질, 씨앗, 벌과 몇 가지 종류의 곤충들이었다.

식물 연구 또는 식물학이라고 부르는 학문은 자연과학의 일종인데 나는 그다지 관심이 없었다. 동물을 공부하는 일에 비하면 지루했다.

하지만 긴 화살이 지금까지 모은 여러 가지 것을 꺼내서 특성을 설명하기 시작하자 나는 점점 마음을 빼앗겼다. 그리고 설명이 채 끝나기도 전에 그가 가져온 식물 세계의 경이로움에 완전히 빠져들었다.

긴 화살이 커다란 씨앗을 보여 주며 말했다. "나는 이것들을 '웃는 콩'이라고 부르지요."

"그건 어디에 쓰입니까?" 범포가 물었다.

"사람을 웃게 만들지요." 긴 화살이 말했다.

긴 화살이 등을 돌린 사이에 범포는 콩 세 개를 집더니 삼켜 버렸다.

"오, 맙소사!" 범포가 뭘 했는지 알게 된 긴 화살이 말했다. "이 씨앗의 힘을 시험하고 싶었다면 하나를 네 조각으로 자른 다음 그중 한 조각만 먹었어야 하는데. 웃다가 죽을 수도 있어요."

범포에게 나타난 콩의 효과는 정말 엄청났다. 처음에는 함박웃음을 짓더니 낄낄거리기 시작했다. 그리고 어찌나 숨이 넘어갈 듯이 포복절도하며 웃던지 결국 우리는 그를 옆방으로 옮기고 침대에 눕혀야 했다. 나중에 박사님은 범포가 그렇게 건장한 체구가 아니었다면 웃다가 죽었을지도 모른다고 말했다. 그는 밤새도록 깔깔거리며 기분 좋게 잠을 잤다. 그리고 다음 날 깨웠을 때조차 그는 빙그레 웃으며 침대에서 굴러 나왔다.

응접실로 다시 돌아온 긴 화살은 붉은 뿌리를 보여 주며 이 뿌리에 설탕과 소금을 넣고 끓인 국을 먹으면 아주 빠른 속도로 오랫동안 춤을 추게 된다고 말했다. 그는 우리에게 한번 먹어 보겠느냐고 물었다. 하지만 우리는 고맙다고 말하고는 사양했다. 범포의 모습을 보고 나니 더 실험을 해 보는 게 조금은 무서워졌다.

긴 화살의 수집품은 끝이 없었고 하나같이 신기하고 유용한 것들이었다. 하룻밤 사이에 머리카락을 자라게 하는 포도나무 기름, 긴 화살이 페루에 있는 자신의 산속 정원에서 직접 길렀다는 호박만 한 오렌지, 한 숟가락만 먹어도 잠이 들었다가 다음 날 기분

좋게 일어날 수 있는 까만 꿀(긴 화살은 이 꿀을 만드는 벌과 꿀이 나는 식물 씨앗도 함께 가져왔다), 노래를 잘 부를 수 있도록 목소리를 아름답게 만들어 주는 열매, 상처에서 피를 멈추게 하는 물풀, 뱀에게 물린 상처를 치료해 주는 이끼, 바다 멀미를 막아 주는 이끼까지.

물론 박사님은 흠뻑 빠져들었다. 탁자에 놓인 걸 하나하나 살펴보며 목록을 만들고 긴 화살이 불러 주는 대로 이름과 특성, 설명을 공책에 적느라 새벽까지 무척이나 분주했다.

박사님이 기록을 끝마치면서 말했다. "스터빈스, 이것들이 실력 있는 약사들 손에 들어가게 되면 이 세상의 의학과 화학에 큰 변화가 일어날 거야. 이 잠들게 하는 꿀은 우리가 지금까지 사용해야 했던 좋지 않은 약들을 절반은 대신할 수 있을 것 같아. 긴 화살은 자신만의 약을 발견한 거란다. 미란다 말이 맞았어. 그는 훌륭한 자연학자야. 린네(칼 폰 린네(1707~1778), 스웨덴의 식물학자로 생물 분류학의 기초를 정립했다.—옮긴이)와 어깨를 나란히 할 만해. 언젠가는 내가 이걸 몽땅 영국에 가져가야겠어. 하지만 언제 가져갈 수 있을까?" 박사님이 서글프게 덧붙였다. "그래, 그게 문제야. 언제 가져가지?"

→ 4장 ←

큰유리바다달팽이

앞서 말한 그 각료회의가 끝난 후 우리는 오랫동안 박사님에게 집에 돌아가는 것에 대해 묻지 않았다. 거미원숭이 섬에서 보낸 생활은 한 달 한 달이 바쁘고도 즐겁게 지나갔다. 크리스마스와 함께 겨울이 지나갔고 어느새 다시 여름이 우리 곁에 찾아왔다.

시간이 지날수록 박사님은 대가족을 보살피는 데 점점 더 많은 시간을 보냈다. 그러다 보니 자연과학을 연구하는 시간은 점점 더 줄어들었다. 박사님이 종종 퍼들비에 있는 집과 정원, 오래된 계획과 꿈에 대해 생각한다는 걸 나는 알고 있었다. 영국이나 예전 생활을 떠오르게 하는 뭔가를 만날 때면 박사님이 생각에 잠기거나 표정이 약간 슬퍼지는 걸 알아챌 수 있었다. 하지만 박사님은 결코 이들에 대해 말을 꺼내지 않았다. 그 사고가 없었다면, 그리고 폴리네시아가 아니었다면, 박사님은 분명히 거미원숭이 섬에서 남은 여생을 보냈을 것이다.

이 나이 든 앵무새는 원주민들에게 가뜩이나 싫증이 난 상태였고 그 감정을 숨기려 들지 않았다.

어느 날 우리가 바닷가를 걷고 있을 때 폴리네시아가 나에게 말했다. "유명한 존 둘리틀 박사가 그 소중한 인생을 원주민들 시중이나 들면서 보내다니 말이 안 되잖아!"

우리는 그날 아침 내내 박사님이 팝시페텔에 새로 들어서는 극장 공사를 감독하는 걸 지켜보고 있었다. 팝시페텔에는 이미 오페라 극장과 콘서트홀이 들어서 있었다. 폴리네시아가 그 광경을 지켜보다가 하도 성질을 내는 바람에 결국 내가 같이 산책이나 하자고 말했다.

모래 해변에 앉으면서 내가 물었다. "박사님이 정말로 퍼들비에 다시 돌아가지 않을 것 같아?"

폴리네시아가 말했다. "모르겠어. 한때는 집에 남겨 둔 동물들 생각에 곧 집으로 돌아갈 줄 알았어. 그런데 지난 8월에 미란다가 와서 거기는 별일 없다고 전한 후로 희망이 사라져 버렸어. 몇 달 동안 계획을 짜내느라 내 머리가 돌아 버리겠다고. 박사의 생각을 자연과학으로 다시 돌릴 뭔가가 떠오르기만 하면, 그러니까 박사가 큰 관심을 가질 만한 뭔가가 있다면 어떻게 해 볼 텐데. 그런데 도대체 어떻게?" 폴리네시아는 넌더리가 나는 듯 어깨를 으쓱했다. "어떻게? 박사가 지금 생각하는 거라고는 길을 닦고 애들한테 2 곱하기 1은 2라는 걸 가르치는 것뿐인데!"

그날은 햇살이 눈부시고 더운, 전형적인 팝시페텔의 날씨였다. 나는 졸린 눈길로 바다를 바라보며 어머니와 아버지를 생각하고 있었다. 내가 오랫동안 돌아오지 않아 부모님 근심이 더 커진 건 아닐까 걱정했다. 내 옆에서는 폴리네시아가 낮은 목소리로 계속 투덜대고 있었다. 그리고 그 말소리가 해변에 부드럽게 부딪치는 파도 소리와 섞여 한데 어우러졌다. 부드럽고 온화한 공기 탓에 나는 폴리네시아가 웅얼거리는 소리를 자장가 삼아 스르르 잠이 들었다. 잘 모르겠다. 아마 나는 그때 이 섬이 다시 움직이는 꿈을 꾼 것 같다. 예전처럼 둥둥 떠가는 게 아니라 갑자기 힘이 아주 센 무언가가 이 섬을 밑에서 들었다가 다시 확 내려놓은 것 같았다. 얼마나 오래 잤는지 모르겠다. 누군가가 코를 부드럽게 콕콕 쪼는 바람에 잠에서 깼다.

"토미! 토미!" 폴리네시아 목소리였다. "일어나! 대단하구나, 자느라고 지진이 일어난 줄도 모르다니! 토미, 들어 봐. 지금이 기회라고. 일어나 봐, 제발!"

"무슨 일인데?" 내가 하품을 하면서 자리에서 일어나며 물었다.

"쉿! 봐 봐!" 폴리네시아가 바다를 가리키며 속삭였다.

여전히 잠이 덜 깬 나는 게슴츠레한 눈으로 앞을 바라보았다. 해변에서 30미터도 떨어지지 않은 얕은 바닷물에 엷은 분홍빛을 띤 거대한 조개가 보였다. 둥근 지붕 모양이었는데 무지갯빛 곡

선으로 이어진 꼭대기까지 키가 어마어마했다. 바닥 주변으로 파도가 하얗게 부서지고 있었다. 그건 분명 황당하기 짝이 없는 꿈이었다.

"이게 도대체 뭐야?" 내가 물었다.

폴리네시아가 속삭였다. "수백 년 전부터 뱃사람들은 이걸 바다뱀이라고 불렀어. 난 배가 난파되었을 때 이 녀석이 물에 들어갔다 나왔다 하는 모습을 멀리서 본 적이 있지. 그런데 지금 가까이서 보니 이 바다뱀이 피지트가 우리한테 얘기했던 큰유리바다달팽이인 게 분명해. 저게 만약 7대양에 오직 한 마리 남았다는 그 물고기가 아니라면 나를 까마귀라고 불러도 좋아. 토미. 우리는 운이 좋아. 이제 우리가 할 일은 이 녀석이 깊은 구멍으로 사라져 버리기 전에 박사를 이리로 데려와서 이 멋진 녀석을 보여 주는 거야. 그렇게만 하면, 내가 장담하는데, 이 지긋지긋한 섬을 떠날 수 있을 거야. 너는 여기서 저 놈을 잘 지켜보고 있어. 내가 박사를 찾으러 갈 테니. 움직이지 말고 말도 하지 마. 숨도 크게 쉬지 말고. 저 녀석이 무서워할지 모르니까. 달팽이들은 몹시 소심하거든. 그냥 보기만 해. 눈 깜빡할 사이에 돌아올게."

모래밭에서 살금살금 덤불까지 걸어간 폴리네시아는 덤불 뒤에 다다라서야 날개를 펴고 마을 쪽으로 날아갔다. 그동안 나는 바닷가에 혼자 남아서 얕은 바다에 몸을 담그고 있는 그 어마어마한 괴물을 넋을 잃은 채 바라보았다.

그 녀석은 아주 조금씩 움직였다. 가끔 물 위로 머리를 내밀어 엄청나게 긴 목과 더듬이를 드러냈다. 때때로 달팽이가 움직일 때처럼 몸을 위로 끌어당겼다가도 지친 듯이 다시 물속으로 들어가 버렸다. 내 눈에는 몸 아랫부분을 다친 것처럼 보였다. 하지만 아래쪽은 물 밑에 들어가 있어서 볼 수 없었다.

내가 여전히 그 거대한 동물에 흠뻑 빠져 있을 때 폴리네시아가 박사님과 함께 돌아왔다. 어찌나 조용하고도 조심스럽게 다가왔는지 내 바로 뒤에 쭈그리고 앉아 있는 걸 발견할 때까지 아무런 인기척도 느끼지 못했다.

달팽이를 보자마자 박사님은 딴 사람이 되었다. 기쁨에 눈이 반짝거렸다. 박사님이 그렇게 흥분하고 행복해하는 건 이 섬에 처음 발을 디뎠을 때 자비즈리딱정벌레를 잡은 이후로 처음이었다.

박사님이 속삭였다. "그 녀석이야! 큰유리바다달팽이. 확실해. 폴리네시아, 저기 바닷가에 가서 쇠돌고래가 있는지 좀 찾아볼래. 아마 그 녀석들이라면 이 달팽이가 왜 여기 있는지 알려줄 수 있을 거야. 이 녀석이 이렇게 얕은 물에 있는 건 굉장히 이상한 일이거든. 그리고 스터빈스, 너는 부두로 가서 작은 카누를 한 대 가져오렴. 그런데 노를 저어 만에 들어올 때 각별히 조심해야 해. 달팽이가 겁을 먹기라도 하면 깊은 바다로 가 버릴 테고, 그럼 우리는 저 녀석을 두 번 다시 볼 수 없을 테니까."

"원주민들에게 아무 말도 하지 마." 내가 가려고 하자 폴리네시아가 소곤대는 목소리로 덧붙였다. "이 사실을 비밀로 해야 해. 그렇지 않으면 5분 안에 구경꾼들이 몰려들 거야. 이 조용한 만에서 달팽이를 발견하다니 정말 운이 좋았어."

부두에 도착한 나는 내가 뭘 찾는지 아무에게도 얘기하지 않고 거기 있는 카누 중에 작고 가벼운 것을 하나 고른 다음 노를 저어서 바닷가로 향했다.

난 내가 바닷가로 돌아가기도 전에 달팽이가 가 버릴까 봐 너무도 애가 탔다. 바위투성이 곶을 지나 바닷가가 눈에 들어왔을 때 그 녀석이 아직 거기 있는 걸 발견하고 얼마나 기뻤던지!

폴리네시아는 심부름을 마치고 쇠돌고래 한 쌍과 함께 나보다 먼저 돌아와 있었다. 이들은 벌써 존 둘리틀 박사님과 낮은 목소리로 얘기를 나누고 있었다. 나는 카누를 바닷가에 댄 다음 대화를 듣기 위해 얼른 그쪽으로 향했다.

박사님이 말했다. "내가 알고 싶은 건 어떻게 이 달팽이가 여기 있느냐는 거야. 이 녀석은 평상시에는 깊은 구멍에 산다고 들었는데. 그리고 바다 한가운데에 있을 때에나 수면 위로 나온다고 했는데."

쇠돌고래가 대답했다. "아, 박사님 몰랐어요? 아직 못 들었나 봐요. 박사님 때문에 이 섬이 가라앉았을 때 섬이 깊은 구멍을 막아 버렸어요. 섬이 깊은 구멍 입구 꼭대기에 내려앉았거든요. 그러니까 뚜껑이 닫힌 것처럼요. 그때 그 안에 있던 물고기들은 지금까지도 거기서 빠져나오고 있어요. 그런데 이 큰달팽이는 정말 불운했지 뭐예요. 조용히 저녁 산책이나 하려고 깊은 구멍에서 나오던 순간 섬이 꼬리를 눌러 버렸거든요. 그리고 거기에 여섯 달 동안이나 갇혀 있었어요. 달팽이는 거기서 빠져나오려고 낑낑댔죠. 결국 마지막에 이 섬 전체를 들어 올려서 꼬리를 빼낼 수 있었어요. 한 시간쯤 전에 지진 같은 게 느껴지지 않았나요?"

"응. 느꼈지. 내가 짓고 있는 극장 일부분이 흔들리면서 내려앉았거든." 박사님이 말했다.

쇠돌고래들이 말했다. "달팽이가 깊은 구멍에서 빠져나오느라 섬을 들어 올려서 그런 거예요. 다른 물고기들도 달팽이가 이 뚜껑을 들어 올렸을 때 기회를 놓치지 않고 도망쳐 나왔어요. 저 녀석이 크고 힘이 센 게 물고기들한테는 다행이었던 거죠. 그런데 무거운 섬을 들어 올리느라 꼬리를 과하게 쓴 거예요. 꼬리 근육에 염증이 생겨서 많이 부어올랐어요. 달팽이는 조용히 쉴 곳이 필요했는데 이 부드러운 해변이 가깝다는 걸 알고 이리로 기어온 거랍니다."

박사님이 말했다. "이런! 정말 미안하구나. 이 섬이 가라앉을 때 어떻게든 알려 주었어야 했는데. 하지만 사실대로 말하자면 우리도 몰랐단다. 우연히 일어난 일이거든. 저 불쌍한 녀석은 많이 다쳤니?"

쇠돌고래가 말했다. "잘 모르겠어요. 우리는 아무도 달팽이 말을 모르거든요. 하지만 여기 오는 길에 달팽이 옆으로 헤엄쳐 왔는데 아주 심하게 다친 것 같지는 않았어요."

"너희 중 조개와 얘기할 수 있는 녀석은 없니?" 박사님이 물었다.

"전혀요. 진짜로 어려운 말이거든요." 쇠돌고래가 말했다.

"조개류의 말을 아는 물고기를 찾을 수 없을까?"

"글쎄요. 한번 찾아볼게요." 쇠돌고래가 말했다.

박사님이 말했다. "그렇게 할 수 있다면 정말 고맙겠구나. 이 달팽이한테 물어보고 싶은 중요한 질문이 많거든. 그리고 최선을 다해서 꼬리를 치료해 주고 싶어. 최소한 내가 할 수 있는 일이니까. 내가 직접 그런 건 아니지만 달팽이가 다친 건 내 잘못이기도 하단다."

쇠돌고래가 말했다. "여기서 기다리시면 저희가 한번 알아볼게요."

5장

마침내 풀린 조개 수수께끼

둘리틀 박사님은 마치 크누트 왕(중세시대 북해제국을 건설한 왕—옮긴이)처럼 왕관을 쓴 채 바닷가에 앉아서 기다렸다. 그리고 쇠돌고래들이 한 시간 내내 들락날락하면서 박사님을 돕기 위해 저 깊은 바다에 사는 온갖 동물을 데려왔다. 하지만 조개류들 자신 말고는 조개의 말을 할 수 있는 동물이 거의 없었다. 그런데 쇠돌고래들이 나이가 아주 많은 성게(몸 주변 사방에 긴 수염이 나 있는, 공처럼 생긴 재미난 녀석이었다) 한 마리를 데려오면서 희망이 조금 더 커졌다. 성게는 조개의 말을 하지는 못하지만 어렸을 때 같이 어울려 지낼 정도로 불가사리 말을 알아들었다고 했다. 열광할 정도는 아니지만 상황은 점점 더 나아지고 있었다. 성게를 우리 곁에 남겨 놓은 채 쇠돌고래는 다시 불가사리를 데리러 떠났다.

이 지역에는 불가사리가 꽤 흔하기 때문에 오래 걸리지 않았다. 그리고 쇠돌고래들은 성게를 통역 삼아서 불가사리에게 질문을 던졌다. 불가사리는 좀 멍청한 동물이었다. 하지만 도와주기 위해 최선을 다했다. 그리고 끈덕지게 물어본 결과 기쁘게도 불가사리가 조개의 말을 꽤 잘한다는 걸 알아냈다.

한껏 고무된 박사님과 나는 곧 카누에 올라탔다. 그리고 옆에서 헤엄쳐 오는 쇠돌고래와 성게, 불가사리와 함께 아주 살살 노를 저으며 우뚝 솟은 큰달팽이 껍질 아래로 가까이 다가갔다.

곧이어 내가 목격한 것 중에 가장 특이한 대화가 시작되었다. 먼저 불가사리가 달팽이에게 질문을 던졌다. 그리고 달팽이가 무슨 대답을 하면 불가사리가 그 대답을 멍게에게 전해 주고, 그걸 다시 멍게가 쇠돌고래에게 전달하면 쇠돌고래가 박사님에게 말하는 식이었다.

이런 식으로 우리는 주로 동물 왕국의 아주 오래된 역사에 관한 꽤 쓸 만한 정보를 얻었다. 하지만 불가사리가 멍청한 데다 여러 언어를 거쳐 박사님에게 전해지다 보니 달팽이가 좀 길게 이야기하면 세세한 부분을 놓치기 일쑤였다.

달팽이가 말을 하는 동안 박사님과 나는 달팽이 껍데기에 귀를 대 보았는데, 그렇게 하니까 달팽이 목소리가 아주 잘 들렸다. 피지트가 묘사한 대로 달팽이 목소리는 깊은 데다 마치 종이 울리는 것 같았다. 물론 달팽이 말은 단 한 마디도 알아들을 수 없었다. 어쨌든 박사님은 오랫동안 알고 싶어 하던 말을 배울 수 있게 되자 매우 들떠 있었다. 그리고 물고기로 하여금 달팽이가 말한 짧은 문장들을 계속 반복하게 시키고는 박사님이 직접 단어들을 짜 맞추기 시작했다. 알다시피 박사님은 이미 한두 가지 물고기 언어에 익숙했고 이게 어느 정도 도움이 되었다. 한동안 이런 식으로 연습을 하던 박사님은 카누 옆으로 몸을 구부리더니 얼굴을 물속에 집어넣고는 달팽이와 직접 얘기를 해 보려고 시도했다.

힘들고 어려운 작업이었다. 성과 없이 몇 시간이 흘러갔다. 하지만 박사님 얼굴에 기쁜 표정이 떠오르는 걸 보니 조금씩 좋아지고 있다는 걸 알 수 있었다.

해가 서쪽으로 지면서 서늘한 저녁 바람이 대나무 숲을 바스락바스락 흔들기 시작했을 때 마침내 박사님이 일을 마치고 나에게 말했다.

"스터빈스, 내가 달팽이를 설득해 해변 마른 곳으로 가서 꼬리를 보여 달라고 했단다. 다시 마을로 가서 일꾼들에게 오늘은 극장 공사를 중단한다고 알려 주겠니? 그리고 궁전에 가서 내 왕진 가방을 가져다 다오. 아마 접견실 왕좌 밑에 있을 거야."

내가 출발할 때 폴리네시아가 속삭였다. "그리고 잊지 마. 한 마디도 하면 안 돼. 누가 묻더라도 입을 꼭 다물고 있어. 그냥 이가 아픈 척해."

왕진 가방을 가지고 돌아와 보니 달팽이가 바닷가 마른 언덕에 있었다. 그 녀석의 전체 모습을 보자 예전에 미신을 믿었던 뱃사람들이 왜 그 녀석을 바다뱀이라고 불렀는지 쉽게 이해가 됐다. 정말 거대한 데다 우아하고 아름다운 생명체였다. 존 둘리틀 박사님은 부은 꼬리를 살펴보고 있었다.

박사님은 내가 가져온 가방에서 커다란 약병을 꺼내더니 상처에 문지르기 시작했다. 그러고는 가방에 있던 붕대를 몽땅 꺼낸 다음 끝부분을 묶었다. 그래도 그 어마어마한 꼬리의 반도 감싸지 못했다. 박사님은 부은 부분을 어느 정도 꽉 묶어 주어야 한다고 했다. 그리고 나에게 한 번 더 궁전에 가서 벽장에 있는 침대보를 다 가져오라고 했다. 폴리네시아와 나는 침대보를 다 찢어 박사님이 붕대로 쓸 수 있도록 했다. 그리고 드디어 박사님이 만족할 만큼 상처 부위를 잘 감싸는 데 성공했다.

달팽이는 보살핌을 받자 굉장히 기뻐하는 눈치였다. 박사님이 치료를 하는 동안 나른한 듯 몸을 쭉 펼쳤다. 달팽이가 이 자세를 취하자 등에 있는 빈껍데기 사이로 반대편에 있는 야자나무가 보였다.

"우리 중 한 명이 밤에 이 녀석 옆에 있는 게 좋을 것 같구나. 이 일은 범포에게 맡기는 게 좋겠어. 여름 별장에서 하루 종일 낮잠을 잤으니. 달팽이는 꽤 심하게 다쳤어. 만약 잠을 잘 수 없다면 곁에 말벗이 있는 게 더 좋을 거야. 며칠 내에 좋아질 것 같아. 내가 끔찍하게 바쁘지만 않다면 이 녀석 옆에 있고 싶구나. 그럴 수 있다면 좋겠는데. 아직도 이 녀석과 하고 싶은 얘기가 많거든."

우리가 마을로 돌아갈 준비를 하고 있는데 폴리네시아가 말했다. "그런데 박사, 당신은 좀 쉬어야 해. 모든 왕이 종종 휴가를 간다고. 예를 들면 찰스 왕 말이야. 물론 옛날 사람이긴 해. 어쨌든 찰스 왕은 항상 휴가를 즐겼어. 당신은 그 왕을 모범적인 왕이라고 생각하지 않겠지만. 아무튼 엄청나게 인기가 많았어. 모두가 왕을 좋아했지. 햄프턴 코트 연못에 사는 금붕어까지도. 왕으로서 마음에 들지 않는 점이 딱 하나 있는데, 작고 멍청한 데다 멋 내는 것만 좋아하는, 사람들이 킹 찰스 스패니얼이라고 부르는 개 품종을 만들어 낸 거야. 딱한 찰스 왕에 관한 얘기는 참 많지. 하지만 내 생각에는 그게 찰스 왕이 한 일 중 최악이었어. 아무튼 이건 다 주제에서 벗어난 이야기이긴 해. 내 말은 왕도 다른 사람들처럼 휴가를 가져야 한다는 거야. 당신은 왕위에 오른 후 하루도 쉰 적이 없잖아?"

"쉰 적이 없지. 그건 사실이야." 박사님이 말했다.

폴리네시아가 말했다. "그럼 내가 당신이 어떻게 해야 할지 말해 줄게. 궁전에 돌아가자마자 건강을 위해 일주일 동안 한적한 곳에 가 있겠다고 왕의 이름으로 선포하는 거야. 그리고 시중 들어 주는 사람 없이 떠나는 거지. 그냥 평범한 사람처럼 말이야. 왕들이 신분을 숨기고 여행하는 걸 암행이라고 불러. 다들 그렇게 해. 편하게 지내려면 그 방법밖에 없거든. 그리고 그 일주일 동안 해변에서 달팽이하고 편히 쉬는 거야. 어때?"

"그러고 싶어. 정말 멋져. 하지만 새 극장을 짓고 있잖아. 내가 알려 주지 않으면 여기 목수들은 서까래를 얹을 줄도 몰라. 그리고 아기들은 또 어떡하고. 이곳 원주민 엄마들은 하나같이 아기를 돌볼 줄 몰라." 박사님이 말했다.

"아, 빌어먹을 극장! 아기도 마찬가지야." 폴리네시아가 박사님의 말을 끊었다. "극장이야 일주일 기다리면 되지. 아기들은 배앓이밖에 더 하겠어? 도대체 당신이 여기 오기 전엔 아기들이 어떻게 살았대? 좀 쉬어. 당신은 휴식이 필요하다니까."

6장

마지막 각료회의

폴리네시아가 말하는 걸 들어 보니 휴가에 대한 생각도 폴리네시아의 계획의 일부인 것 같았다.

우리가 말없이 마을을 향해 걸어가는 동안 박사님은 대답이 없었다. 하지만 폴리네시아가 한 말이 박사님에게 깊은 인상을 주었다는 걸 알 수 있었다.

저녁 식사 후 박사님이 어디로 간다는 말 한마디 없이 궁에서 사라졌다. 전에는 한 번도 그런 일이 없었다. 물론 우리 모두 박사님이 어디로 향했는지 알고 있었다. 달팽이와 같이 시간을 보내기 위해 해변으로 되돌아간 것이었다. 박사님이 범포에게 달팽이에 대해 한 마디도 하지 않은 것으로 보아 그리로 향한 게 확실했다.

그날 밤 각료회의를 위해 문을 닫자마자 폴리네시아가 장관들에게 말했다.

"자, 친구들, 여길 좀 봐. 우리는 이번에 어떻게든 박사가 쉬도록 만들어야 해. 평생 동안 이 지긋지긋한 섬에 머물고 싶지 않다면."

"박사님이 쉬면 뭐가 달라지는데?" 범포가 물었다.

폴리네시아가 조바심이 나서 내무장관을 쳐다봤다.

"모르겠니? 박사가 한 주 동안 온전히 다시 자연과학에 몰두하게 되면, 바다 생물이나 바다 밑바닥을 보고 싶어 했던 예전 꿈을 떠올리게 될 테고, 그러면 이 성가신 곳을 떠나는 걸 찬성하게 될지도 몰라. 박사가 여기서 왕 노릇을 하는 동안에는 나랏일 말고 다른 일을 생각할 겨를이 없었잖아."

"그래, 맞아. 박사님은 너무나 일에 몰두하고 있어." 범포가 동의했다.

폴리네시아가 말을 이었다. "그리고 박사가 여기를 떠나는 걸 비밀로 할 거야. 휴가 때 암행을 떠나는 거지. 박사가 어디 있는지, 무엇을 하는지 우리 외에는 아무도 몰라야 해. 만약 박사가 바다를 건널 만큼 커다란 배를 만들기라도 하면, 원주민들이 곧 알게 될 테고 어디에 쓸 건지 묻겠지. 그러면 못 떠나게 막을 거야. 이들은 박사를 잃지 않으려고 무슨 짓이든 할 테니까. 박사가 여기서 빠져나갈 궁리를 하고 있다는 걸 알게 되면 아마 박사를 쇠사슬로 묶어 둘걸."

“응, 진짜 그럴 것 같아. 그런데 배가 없으면 어떻게 떠나지? 그것도 아무도 모르게.”

폴리네시아가 말했다. “흐음, 방법이 있지. 일단 박사가 휴가를 가도록 설득한 다음, 달팽이에게 가서 우리를 껍데기 안에 태운 다음 퍼들비 강 입구까지 데려다 달라고 부탁하는 거야. 달팽이가 그렇게 해 주겠다고 하면 박사님도 거절할 수 없을걸. 분명히 가게 될 거야. 가는 길에 바다 밑바닥을 볼 수도 있고 긴 화살이 가져온 식물과 약을 영국 의사들한테 가져갈 수 있을 테니까.”

“정말 멋진걸! 달팽이가 우리를 태우고 바다 밑으로 여행해서 퍼들비까지 데려다줄 수 있다는 거야?” 내가 외쳤다.

폴리네시아가 말했다. “물론이지. 그 정도 여행은 그 녀석한테 아무것도 아니야. 달팽이가 바다 밑을 기어 가면 박사는 주변 풍경을 볼 수 있겠지. 정말 간단하다니까. 박사가 휴가를 가기로 결정하고, 달팽이가 우리를 태워 주겠다고 허락하기만 하면 존 둘리틀 박사는 떠나게 될 거야.”

“와, 정말 그렇게 되면 좋겠다. 난 이 더운 날씨에 질려 버렸어. 너무 더우니까 게을러지고 아무 짝에도 쓸모가 없어지는 것 같아. 여긴 쥐도 없어. 있다 한들 쫓아다닐 힘도 없겠지만. 다시 예전 퍼들비랑 정원을 보면 얼마나 좋을까! 대브대브도 우리를 만나면 반가워하겠지!” 지프가 한숨을 쉬었다.

“다음 달 말이면 우리가 영국을 떠난 지, 그러니까 킹스브리지에서 닻을 올리고 강을 통과하다가 이리저리 부딪친 지 꼬박 2년

이 되네.”

“진흙 기슭에 처박히기도 했지.” 치치가 꿈을 꾸는 듯 아련한 목소리로 덧붙였다.

“사람들이 강둑에서 우리한테 손 흔들던 거 기억나?” 내가 물었다.

“응, 마을 사람들이 그 후에도 가끔씩 우리에 대해 얘기했을 거야. 죽었나 살았나 궁금해하면서.” 지프가 말했다.

범포가 말했다. “그만해. 슬퍼서 눈물이 나오려고 하잖아.”

7장

박사님의 결정

박사님이 밤새도록 달팽이와 이야기를 하고 난 다음 날, 휴가를 가기로 결정했다고 얘기했을 때 우리가 얼마나 기뻤는지 짐작할 수 있을 것이다. 즉시 전하께서 일주일 동안 시골로 휴가를 떠날 것이며 왕이 없는 동안에도 궁전과 관청은 평상시처럼 문을 열 것이라는 포고문이 발표되었다.

폴리네시아는 몹시 기뻐했다. 그리고 우리가 바로 출발할 수 있도록 조용히 준비에 나섰다. 물론 우리가 어디에 가는지, 뭘 타고 가는지, 언제 떠나는지, 궁궐 어느 문으로 빠져나갈 건지 아무도 눈치채지 못하도록 조심하면서.

수완 좋은 책략가였던 폴리네시아는 빠뜨리는 게 없었다. 박사님 편인 우리조차도 폴리네시아가 왜 그런 준비를 하는지 상상하지 못했다. 폴리네시아는 나를 안쪽으로 데려가더니 다른 건 몰라도 박사님 공책을 챙겨 가는 건 잊으면 안 된다고 말했다. 원주민 중에서는 긴 화살만이 우리 목적지를 알고 있었는데 큰달팽이를 보고 싶다며 해변까지만 우리와 같이 가고 싶다고 말했다. 폴리네시아는 긴 화살에게 수집한 식물을 가져오는 걸 잊지 말라고 말했다. 범포에게는 박사님 모자를 외투 안쪽에 조심스럽게 숨겨서 가져오라고 했다. 그리고 밤에 경비를 서는 경비원 대부분을 마을로 심부름을 보내서 가급적 아주 적은 수의 하인만이 우리가 떠나는 모습을 보도록 했다. 폴리네시아는 마을 사람들이 대부분 잠드는 자정을 출발 시간으로 택했다.

휴가를 위해 우리는 식량 일주일분을 가져가야 했다. 자정이 되자 우리는 다른 무거운 짐까지 챙겨 들고 궁 서쪽 문을 연 다음 달빛이 비치는 정원으로 살금살금 발걸음을 내디뎠다.

"발뒤꿈치 들고 걸어. 정체를 숨겨야 해." 우리가 육중한 문을 조심스럽게 닫을 때 범포가 속삭였다.

우리가 떠나는 걸 본 사람은 한 명도 없었다.

공작 테라스에서 이어진 돌계단 앞에 다다랐을 때 나는 잠시 걸음을 멈추고 뒤돌아서서 단 한 명도 와 본 적 없는 이 낯설고 먼 땅에 우리가 직접 지은 웅장한 궁전을 바라보았다. 오늘 밤에 여기를 떠나면 다시는 돌아오지 못하리라는 걸 직감했다. 그리고 우리가 떠나고 나면 어느 왕과 장관들이 이 멋진 방에 살게 될까 궁금해지기도 했다. 공기가 후끈했다. 유순한 홍학들이 백합 연못에서 첨벙대는 소리 말고는 모든 게 쥐 죽은 듯 조용했다. 갑자기 편백나무 울타리 모퉁이에서 야간 경비원이 든 등불이 빛났다. 폴리네시아는 내 스타킹을 잡아당기면서 들키기 전에 서두르라고 황급히 속삭였다.

해변에 도착했을 때 달팽이는 이미 경과가 매우 좋아져서 통증 없이 꼬리를 움직일 수 있었다.

천성적으로 호기심이 많은 동물인 쇠돌고래는 무슨 재미있는 일이 벌어질까 싶어 여전히 앞바다에서 맴돌고 있었다. 박사님이 새로운 환자를 돌보고 있는 동안 책략가인 폴리네시아는 쇠돌고래와 은밀히 이야기를 나누기 위해 이들에게 신호를 보내서 가까이 오라고 했다.

폴리네시아가 낮은 목소리로 얘기했다. "자, 봐 봐, 친구들. 존 둘리틀 박사가 동물들을 위해 얼마나 많은 일을 했는지 알지. 박사는 동물들에게 전 생애를 바쳤어. 자, 지금이 박사를 위해서 뭔가 할 수 있는 기회야. 들어 봐. 박사는 자신의 의지와 상관없이 이 섬의 왕이 되었어. 이제 일 때문에 이 섬을 떠날 수 없다고 생각해. 원주민들이 박사 없이는 살아갈 수 없을 거라고 생각하는 거지. 하지만 너희나 내가 잘 알다시피, 그건 말이 안 되잖아. 좋아. 내가 하고 싶은 말은 이거야. 이 달팽이가 박사와 우리를 껍데기에 싣고 영국까지 기꺼이 데려다 주겠다고 하면, 박사는 분명히 떠날 거야. 짐도 조금이야. 많지 않아. 30, 40개 정도야. 게다가

“발뒤꿈치 들고 걸어. 정체를 숨겨야 해.” 범포가 속삭였다.

박사는 바다 밑에 대한 거라면 사족을 못 쓰니까. 이게 박사가 이 섬을 떠날 수 있는 유일한 기회일 거야. 이제 정말 중요한 건 박사가 고향에 돌아가서 자신의 연구를 계속해 나가는 거야. 이 세계 동물들을 위해 많은 일을 하는 거지. 그러니까 내가 하고 싶은 말은, 우리를 껍데기 안에 싣고 퍼들비 강까지 데려다 달라고 성게와 불가사리를 통해서 달팽이에게 말해 달라는 거야. 알겠니?"

"그럼, 그럼. 최선을 다해서 달팽이를 설득해 볼게. 네가 말한 대로 이렇게 훌륭한 사람이 여기서 시간을 낭비하는 건 정말 한심한 일이거든. 동물들에게 진짜 필요한 사람인데." 쇠돌고래가 말했다.

"그리고 지금 하려는 일을 박사가 알게 해서는 안 돼." 쇠돌고래들이 가려고 할 때 폴리네시아가 말했다. "우리가 이 일에 개입했다는 걸 박사가 알게 되면 안 가려고 할 테니까. 알겠지?"

자신이 하고 있는 일 말고는 아무것도 모르는 존 둘리틀 박사님은 무릎까지 오는 야트막한 물속에 서서 여행을 할 수 있을 정도로 달팽이 꼬리가 나았는지 살펴보고 있었다. 범포와 긴 화살, 치치와 지프는 해변에 있는 야자나무 앞에서 뒹굴거리고 있었다. 폴리네시아와 나도 가서 그들 옆에 누웠다. 그리고 30분이 지났다.

우리는 쇠돌고래가 맡은 일을 잘 해냈는지 궁금했다. 그런데 별안간 박사님이 달팽이 곁을 떠나 가쁘게 숨을 쉬면서 물을 첨벙거리며 우리에게 걸어왔다.

"어떡하지? 달팽이가 자진해서 우리를 껍질 안에 태워 영국까지 데려다준다는구나. 어쨌든 깊은 구멍이 막혀 버렸으니 새로운 집을 찾아 항해를 떠나야 한다는 거야. 우리가 함께 간다면 퍼들비 강에 우리를 내려 주더라도 그렇게 많이 돌아가는 건 아니래. 세상에, 이런 기회가 오다니! 가고 싶어. 브라질에서 유럽까지 가는 내내 바다 밑을 관찰할 수 있다니! 아무도 해 본 적이 없잖아. 얼마나 멋진 여행일까! 아, 난 왕이 되지 말았어야 했어! 일생에 단 한 번 찾아온 기회를 그냥 흘려보내야 하다니."

박사님은 우리에게서 등을 돌리고 다시 해변 모래밭으로 내려가더니 생각에 잠긴 채 뭔가 바라는 듯한 표정으로 달팽이를 바라보았다. 머리에 왕관을 쓴 채 달빛이 비치는 해변에 외롭게 서 있는 박사님 모습이 특히 슬프면서도 쓸쓸해 보였다. 박사님 형체는 반짝반짝 빛나는 바다에 대비되어 더욱 검게 보였다.

내 옆에 있던 폴리네시아가 어둠 속에서 일어나더니 조용히 박사님 쪽으로 갔다.

폴리네시아는 고집 피우는 아이를 달래듯이 말했다. "박사, 왕은 당신이 진짜 해야 할 일이 아니야. 이 원주민들은 당신 없이도 잘 살아갈 거야. 물론 당신이 있을 때만큼 잘 살지는 못하겠지만. 당신이 오기 전에 살았던 것처럼 살아가겠지. 누구도 당신이 할 일을 저버렸다고 말할 수 없어. 원주민들이 잘못한 거니까. 그들이 당신을 왕으로 만들었잖아. 달팽이의 제안을 받아들이는 게 어때? 모든 걸 내려놓고 가자니까? 여기서 하는 일보다 돌아가서 할 일, 집으로 가져갈 정보가 훨씬 가치 있을 거야."

박사님이 폴리네시아를 향해 슬프게 말했다. "친구, 난 못 해. 그들은 비위생적이던 예전 상태로 돌아갈 거야. 물은 더럽고, 익히지 않은 생선에, 하수도도 없으니 장티푸스에 걸릴 거야. 아냐. 난 원주민들의 건강과 행복을 생각해야 해. 난 원래 의사로 인생의 첫걸음을 내디뎠어. 결국 다시 의사로 돌아온 것 같아. 난 그들을 저버릴 수 없어. 나중에 혹시 무슨 계기가 생길지도 모르지. 하지만 지금은 그들을 떠날 수 없어."

"그 생각이 틀렸어, 박사. 지금이 바로 떠날 때라고. 아무 일도 일어나지 않을 거야. 여기 오래 머무를수록 더 떠나기 어려워져. 지금 가. 오늘 밤 떠나라고."

"뭐? 원주민들에게 잘 있으라는 인사도 없이 몰래 가라고! 폴리네시아, 어떻게 그런 말을 할 수 있어!"

"원주민들이 당신에게 잘 가라고 인사를 한다고! 웃기고 있네!" 마침내 참을성이 바닥난 폴리네시아가 코웃음을 쳤다. "잘 들어, 박사. 당신이 작별 인사든 뭐든 하기 위해 오늘 밤 궁전으로 되돌아간다면 거기서 평생 살게 될 거야. 지금 이 순간이 당신이 가야 할 때라니까."

늙은 앵무새의 진실한 말이 정곡을 찌른 듯했다. 박사님은 한동안 생각에 잠긴 채 조용히 서 있었다.

이내 박사님이 말했다. "하지만 공책이 없잖아. 공책을 가지러 가야겠어."

"제가 가지고 있어요, 전부 다요. 박사님." 내가 말했다.

박사는 다시 곰곰이 생각했다.

"그리고 긴 화살이 수집한 것들 말이야. 그것들도 가져가야 해."

"여기 있습니다. 친절한 분이여." 야자나무 밑 그늘에서 긴 화살의 깊은 목소리가 들렸다.

"하지만 여행에 필요한 식량은?" 박사님이 물었다.

"일주일 동안 먹을 식량을 가져왔어. 필요한 양보다도 더 넉넉히." 폴리네시아가 말했다.

박사님은 세 번째로 조용히 생각에 잠겼다.

이윽고 박사님이 초조하게 말했다. "그래, 내 모자. 이제 결정했어. 난 궁궐로 돌아가야 해. 모자 없이는 떠날 수 없거든. 머리에 왕관을 쓴 채 어떻게 퍼들비에 모습을 드러낼 수 있겠니?"

"박사님, 모자는 여기 있습니다." 범포가 코트 안에서 박사님이 아끼는 낡은 모자를 꺼냈다. 폴리네시아는 정말 모든 걸 염두에 두고 있었다.

그런데도 우리는 박사님이 아직도 변명거리를 생각하고 있다는 걸 알 수 있었다.

긴 화살이 말했다. "오, 친절한 분이여, 왜 망설이고 있나요? 갈 길은 분명합니다. 당신의 미래와 일이 바다 건너에 있는 고향으로 돌아가라고 손짓하고 있어요. 인류를 위해 내가 모은 것들을 가져가세요. 그곳에서라면 훨씬 유용하게 쓰일 겁니다. 동이 트고 있어요. 곧 날이 밝을 거예요. 신하들이 오기 전에 떠나세요. 계획이 들통나기 전에 가세요. 지금 당장 떠나지 않으면 평생 팝시페텔에 붙잡힌 채 왕으로 살아야 할 겁니다."

중요한 결정은 종종 한순간에 내려지곤 한다. 나는 옅어져 가는 하늘을 등지고 선 박사님 모습이 갑자기 굳어지는 걸 보았다. 그는 천천히 성스러운 왕관을 벗더니 모래밭에 내려놓았다.

그리고 박사님은 눈물에 목이 멘 채 이야기했다.

"나를 찾아 나선 원주민들이 여기서 왕관을 보게 되겠구나. 그러면 내가 떠났다는 걸 알게 되겠지. 내 아이들, 내 불쌍한 아이들! 내가 왜 자신들을 떠났는지 과연 이해할 날이 올까? 과연 나를 이해하고 용서할까?"

박사님은 범포로부터 낡은 모자를 받았다. 그리고 긴 화살과 마주 서서는 말없이 그가 내민 손을 잡았다.

"올바른 결정을 했습니다, 친절한 분이여. 어느 누구보다도 황금 화살의 아들 긴 화살이 당신을 그리워하고 슬퍼할 것입니다. 안녕히. 늘 행운이 함께하기를!"

박사님이 우는 걸 본 건 그때가 처음이자 마지막이었다. 박사님은 우리에게 한마디 말도 없이 돌아서서는 해변을 지나 얕은 바닷물 속으로 걸어 들어갔다.

달팽이가 등을 구부려서 어깨와 껍데기 가장자리 사이를 열어주었다. 박사님이 기어 올라갔고 우리는 짐을 올린 다음 박사님을 따라갔다. '휘익' 하고 빨아들이는 소리와 함께 열렸던 곳이 꽉 닫혔다.

그리고 그 거대한 동물은 동쪽으로 방향을 튼 다음 깊은 물을 향해 경사진 곳으로 움직이기 시작했다. 검푸른 파도가 소용돌이치며 우리 머리 위를 덮는 순간 커다란 아침 태양이 바다 저 끝에서 모습을 드러냈다. 그리고 투명한 진주 벽 사이로 우리를 둘러싼 바다 세상이 새벽 태양의 다채로운 빛을 받아 갑작스레 환하게 빛났다.

자, 이제 집을 향한 여정의 나머지 이야기를 들려주겠다.

우리의 새로운 방은 굉장히 만족스러웠다. 달팽이 등 껍데기 안쪽은 널찍해서 차갑고 눅눅한 느낌에 적응하기만 하면 소파보다도 둘러앉기가 편했다. 달팽이가 출발하자 우리는 신이 나서 다른 풍경을 감상하기 위해 이쪽저쪽으로 뛰어다녔는데 달팽이가 신발 밑창 때문에 등이 아프다며 신발을 벗어 주면 좋겠다고 부탁했다.

아주 부드럽고 일정하게 움직였기 때문에 불쾌한 기분은 들지 않았다. 사실 수평선만 보고 있으면 움직이는지도 몰랐을 것이다. 밖으로 지나가는 풍경을 보고 알 수 있었다.

무슨 이유에선지 나는 항상 바다 밑바닥이 평평할 거라고 생각했다. 하지만 육지 표면처럼 불규칙적이고 변화무쌍했다. 우리는 봉우리 위에 다른 봉우리가 솟아 있는 거대한 산맥을 올라갔다. 키 큰 바다풀이 빽빽하게 자란 숲을 헤치면서 가기도 했다. 사막같이 넓게 펼쳐진 모래 진흙밭을 건너기도 했다. 얼마나 넓은지 거기를 지나는 하루 내내 우리 앞에는 흐릿한 수평선 외에 아무것도 보이지 않았다. 때때로 이끼로 덮여 있는 구릉지 같은 곳이 보였다. 비옥한 목초지처럼 푸르고 평화로워서 이 바다 밑 언덕에서 풀을 뜯고 있는 양 떼가 보일 것만 같았다. 가끔 달팽이가 갑자기 경사가 가파른 깊은 계곡으로 내려갈 때마다 우리는 달팽이 껍질 속에서 완두콩처럼 데굴데굴 굴렀다.

더 깊은 곳에서 우리는 언제 침몰해서 부서졌는지도 모르는 난파선의 어렴풋한 형체와 마주치곤 했는데, 이들 옆을 지나갈 때면 교회에서 무서운 것이라도 만난 아이들처럼 소곤댔다.

아주 깊고 어두운 물속에선 동굴이나 빈 구멍에서 조용히 먹이를 먹어 치우곤 하는 무시무시하게 생긴 물고기가 휙 나타나기도 했는데, 우리가 다가가자 놀라서 쏜살같이 어둠 속으로 사라져 버렸다. 반면에 용감한 놈들도 있었다. 이놈들은 섬뜩한 모습에 이상한 색상을 띠고 있었는데 달팽이 바로 앞까지 와서는 껍데기 사이로 우리를 빤히 쳐다봤다.

"저 녀석들은 우리가 수족관에 있는 줄 아나 봐. 물고기가 되는 건 싫은데." 범포가 말했다.

바닷속 여행은 긴장감이 넘치면서도 변화무쌍했다. 박사님은 쉴 새 없이 글을 적거나 그림을 그렸다. 오래지 않아 우리가 가져온 빈 공책이 가득 차고 말았다. 그러자 우리는 주머니를 뒤져 아무 종이든 꺼내서 관찰한 내용을 썼다. 심지어는 다 쓴 공책을 꺼낸 다음 줄 사이에도 적고, 앞뒤 표지에도 휘갈겨 적었다.

우리에게 닥친 가장 큰 어려움은 바깥을 보는 데 필요한 빛을 충분히 모으는 거였다. 깊은 바닷속은 굉장히 어둡기 때문이다. 셋째 날 우리는 반딧불이처럼 몸에서 빛이 나는 커다란 전기뱀장어 떼 옆을 지나가게 되었다. 박사님은 이 녀석들이 우리와 함께 가게 해 달라고 달팽이에게 부탁했다. 결국 전기뱀장어들이 우리 옆에서 헤엄쳐 갔고 이 녀석들 몸에서 나오는 빛은 아주 밝지는 않았지만 꽤 요긴했다.

이 거대한 달팽이가 이토록 어마어마하면서 어둑어둑한 세상을 가로지르는 길을 어떻게 찾는지가 우리에게는 커다란 수수께끼였다. 존 둘리틀 박사님은 어떻게 길을 찾냐고, 퍼들비 강을 향해 맞게 가고 있는지 어떻게 아냐고 달팽이에게 물었다. 그리고 박사님은 달팽이의 대답에 너무 흥분한 나머지 남은 종이가 없자 소중한 모자 안감을 찢은 다음 그곳에 빼곡히 적어 넣었다.

밤에는 물론 아무것도 볼 수 없었다. 어두울 때는 달팽이가 기어가지 않고 헤엄쳐서 갔다. 헤엄칠 때는 긴 꼬리를 흔들기만 해도 굉장한 속도로 나아갔다. 그 덕택에 우리 여행은 닷새 하고 한나절 만에 마무리되었다.

항해 기간 내내 환기를 시킬 수 없었기 때문에 우리 방은 숨이 막히고 답답했다. 처음 이틀 동안 우리 모두 두통 때문에 고생했다. 하지만 그 이후에는 익숙해졌고 조금도 개의치 않았다.

여섯째 날 이른 오후에 우리가 완만한 경사를 오르고 있다는 걸 알게 됐다. 위로 올라갈수록 점점 밝아졌다. 마침내 달팽이가 물 밖으로 기어 나와서 회색빛 좁은 모래밭에 멈췄다.

우리 뒤로는 바람이 불어 바다 표면에서 잔물결이 일고 있었다. 왼쪽은 썰물이 빠져나가는 강 하구였다. 앞에는 낮고 평평한 땅이 안개 너머로 펼쳐져 있었는데 안개 때문에 어느 쪽으로도 멀리까지는 볼 수 없었다. 목을 길게 뺀 들오리 한 쌍이 날갯짓을 하며 우리 옆을 지나 그림자처럼 바다 쪽으로 사라졌다.

풍경으로 보자면 밝은 햇살이 내리쬐는 팝시페텔과는 너무나 달랐다.

달팽이는 우리가 기어 나갈 수 있게 전과 똑같이 휘파람처럼 빨아들이는 소리를 내며 구멍을 열어 줬다. 우리가 습지에 발을 내디뎠을 때는 가느다란 가을비가 부슬부슬 내리고 있었다.

"여기가 살기 좋은 영국이라고?" 안개 속을 응시하며 범포가 말했다. "그런 것 같지 않은데. 달팽이가 잘못 데려다준 것 같아."

"아니." 폴리네시아가 깃털에서 빗방울을 털어 내며 말했다. "여긴 영국이야. 이 끔찍한 날씨를 보고도 모르겠니?"

"오, 친구들!" 지프가 크게 숨을 들이마시며 말했다. "냄새가 나는걸. 아주 좋은 냄새야! 잠깐만 기다려 봐. 물쥐가 보이네."

"쉿! 들어 봐!" 추위에 이를 탁탁 부딪치며 치치가 말했다. "퍼들비 교회 시계가 네 번 울렸어. 짐을 나눠 들고 얼른 가는 게 어때? 습지를 가로질러서 집까지 가려면 한참 더 가야 해."

내가 끼어들었다. "대브대브가 부엌에 불을 피워 놓았으면 좋겠다."

박사님이 짐 사이에서 낡은 가방을 집어 들며 말했다. "분명히 피워 놓았을 거야. 동쪽에서 바람이 불 때는 동물들을 따뜻한 집 안에 들여놓아야 하거든. 자, 강둑에 바짝 붙어서 가자. 그래야 안개 속에서 길을 잃지 않아. 그거 아니? 영국의 나쁜 날씨에도 좋은 점이 있어. 누군가를 기다리며 부엌에 불을 피워 놓았을 때지. 네 시구나! 가자. 차 마실 시간에 딱 맞출 수 있겠다.”

둘리틀 박사의 모험 2
둘리틀 박사의 바다 여행

1판 1쇄 펴냄 2017년 3월 10일
1판 3쇄 펴냄 2020년 6월 25일

지은이 휴 로프팅
옮긴이 임현정

주간 김현숙 | **편집** 변효현, 김주희
디자인 이현정, 전미혜
영업 백국현, 정강석 | **관리** 오유나

펴낸곳 궁리출판 | **펴낸이** 이갑수

등록 1999년 3월 29일 제300-2004-162호
주소 10881 경기도 파주시 회동길 325-12
전화 031-955-9818 | **팩스** 031-955-9848
홈페이지 www.kungree.com | **전자우편** kungree@kungree.com
페이스북 /kungreepress | **트위터** @kungreepress
인스타그램 /kungree_press

ISBN 978-89-5820-442-8 04840

책값은 뒤표지에 있습니다.
파본은 구입하신 서점에서 바꾸어 드립니다.